KEITAI
SHOUSETSU
BUNKO
野いちご SINCE 2009

モテすぎる先輩の
溺甘♡注意報

ばにぃ

● STARTS
スターツ出版株式会社

イラスト／榎木りか

"史上最強"の俺様……ここに現る。

　桃～ママとパパみたいな恋がしたい！～
「あたしはひーくんのことが好きで好きで好きでしょうがないんだもん」

　陽～女なんてどうせいつか裏切るだろ？～
「じゃあ、俺の言うことなんでも聞くってことな？」

　初恋の人との再会
　漫画でよくあるような始まり
　……ではなかった!?
　なんたって相手は……。
"ひーくん"なのだから。
　たくさんの女の子と遊んでるひーくんが
　あたしを好きになるなんてありえない。
　それでもこの恋をやめられないのは
　初恋という名の罠にかかってしまったのかも。
「こっちおいで」
　甘く囁くその声から
　今日もあたしは逃げられない。
　ニヤリと笑うその顔を
　なぜか見たいと思ってしまうの。
「こんなに頑張ってる俺に何かイイコトはないの？」
　今日もいじめられ（愛され）まくってます（笑）。

モテすぎる先輩の溺甘♥注意報

登場人物紹介♥

前辻 桃(まえつじ もも)

大好き!! 初恋♡

明るくて元気な高校1年生。美少女でモテるけど、恋愛にはウブ。子供の頃、幼なじみの陽に片想いをしていた。『狼彼氏×天然彼女』の親友カップル、洸太と奈瑠の子供。

親友

好き

宇野 日菜子(うの ひなこ)

桃のクラスメイトで、小学校からの親友。恋愛経験豊富で、アドバイスをくれる。

☆ contents

～注意報①～

王子様との再会ではなく	10
意地悪はいけません	23
雨の日の気持ち☆side H	33
隙を見せちゃいけないよ	40
お邪魔虫参上	49
さようなら宣言	64

～注意報②～

お勉強は大事なんです	78
俺が幸せにするんで	94
闇を抱えた俺様☆side H	110
キスアンドクライ	119
闇から救ってあげる	135
王子様たちの戦い	146

～注意報③～

前途多難でございます	158
ヤキモチもちもち	171
耐えられると思ってんの？	184
まだ心の準備ができてません	194
強敵チワワ	206

意地悪プレゼント	216
可愛い俺の彼女☆side H	228

～注意報④～

空き教室の秘め事	234
完敗な俺様☆side H	245
ピンチです、ご主人様	253
親友の嘘☆side H	268
最強の敵、ここに現る	273
平行線の２人	285
恋する乙女よ強くあれ	294

～ラスト注意報～

一方通行の好き	308
恋愛初心者マーク☆side H	318
ハグしてキスして	325
俺様からの贈り物	338
桃ちゃんプンプン旅行	350
ひーくん注意報発令中	366

あとがき	372

~注意報①~

王子様との再会ではなく

　ママとパパは高校生のときに付き合い、同じ大学に行き、卒業したあとすぐに結婚した。
　まさに……あたしの理想像。
　ママとパパが出会って恋をしたように、あたしも高校で素敵な恋をしたい！
　そう意気込んでいた。
　そんな夢見がちなあたしは、今年の春から晴れて高校生になった。
　さっそくクラスでは新しい友達ができ、理想の高校生活の土台作りは順調。
「隣のクラス見た!?　イケメンいたんだけど！　しかもあたしのタイプ！」
「えー！　見たーい！」
「今行く!?　どうする？」
　クラスの中でよく一緒にいる６人のうち、あたしを含めた４人は彼氏がいなくて、いわゆる飢えている状態だ。
　だから、イケメン情報には目がない。
「桃も行こうよ！　目の保養しに行かなきゃ！」
　４人のうち行動が早い２人は、あたしが携帯をいじってるうちにさっさと教室を出ていて、身長148ｃｍのちっちゃい愛ちゃんだけが待っていてくれた。
　２人のあとを追って愛ちゃんと隣の教室に向かうと、他

のクラスから来たであろう女の子たちが教室の前に群がっていた。
「イケメンくんいたー？」
「2人ともやっと来た！　ほら、あれあれ！　窓側に3人でいるじゃん」
　先に行ってた友達を見つけ、間から顔を出し、言われるがまま窓側を見ると……確かに、顔が整った男の子が友達2人と話をしている。
　女の子たちが見に来ているのをわかっているのか、その友達がからかうように男の子の肩を叩いた。
　当の本人は恥ずかしがっているのだろう。あまりこっちを見てくれない。
　すると、さすがに教室にいづらくなったのか、その男の子は立ち上がり……友達2人とあたしたちがいる、教室の入り口に向かってきた。
「ヤバ！　こっち来る！」
「どうする？　どうする？」
　先頭を陣取っているあたしたちは、どうアピールするかを瞬時に考えた。
　とりあえず男の子たちが通れるようにスペースを作り、そして……じょじょに距離が縮まってきた。
　……そのときだった。
「なんだよ、桃じゃん」
「うわ。元希」
　顔が整った男の子に集中していたから気づかなかったけ

ど、イケメンの友達の1人があたしと中学が一緒の元希だった。

元希とは中学校3年間同じクラスだったから、結構仲がいい。同じ高校を受験すると知って、お互いに励まし合ったこともあった。元希が途中で塾を変えたから、夏以降はあまり会ってなかったけど。

元希は中学生のときは野球部で、あたしの中では坊主のイメージが強い。だから、高校で部活に入らずチャラチャラして髪を伸ばしている雰囲気がガラッと変わっているように感じる。

「2人知り合いなの!?」

「中学同じで結構仲いいんだよ、な？ ももたろー。あと宇野日菜子もな」

「そのももたろーってやつ本当にやめて。高校では禁止って言ったじゃん！」

「あたしのこと、フルネームで呼ぶのあんたくらいだわ」

誰よりもイケメン好きな葉月は、あたしと日菜子が元希と知り合いだと知って目が輝き出した。

イケメンとの繋がりができたと思ったからだろう。

最後にツッコミを入れたもう1人の彼氏がいない友達の日菜子は、小学校5年生のときに初めて彼氏ができて、それから今までに5人と付き合ったことがある恋愛経験豊富な子だ。

だからか、わりと落ち着いている。

日菜子はあたしと小学校から同じで部活も一緒だったか

ら、"ひーくん"とあたしのこともよく知っている。

　元希があたしに付けた"ももたろー"というあだ名は中１のとき一気に広まり、中学時代はほとんどの男子にそう呼ばれていた。
「なぁ、いろいろ話してぇしどっか行かね？　ここいると誰かさんのファンだらけで落ち着かないしさぁー」
　元希はイケメンくんの肩に腕をのせた。
　その案にあたしたちが反対するはずもなく、むしろイケメンと仲良くなれる機会ができてラッキー！と浮かれて賛成した。
　昼休みのため中庭にはすでに人がいたけど、ベンチが１つ空いていたのでギュウギュウになりながらベンチにあたしたち４人が座り、元希たちは芝生に直に座った。
　基本あたしと元希の２人は中学時代の話で盛り上がり、その他のメンバーは自己紹介から入り、まとめるのが上手な葉月を中心に話が盛り上がっていた。
　明らかに葉月はイケメンくんを狙っていて、彼は質問攻めにされ、どこか困ってるようにも見えた。
　あっという間に昼休みが終わり、教室へ戻ることにした。
「元希くんと桃ってもしかして付き合ってたの？　なんか妙に仲良くない？」
　葉月がニヤニヤしながら聞いてくる。
「あたしと元希が？　ないない！　兄妹みたいな感じだもん、ね？」
「こいつを女として見たことなんてねぇよ。顔だけだしな、

可愛いのは」
「はぁ？　ほんとひと言余計！」
　そんなやり取りに葉月たちは笑い、あたしも久しぶりに中学のときを思い出して楽しくて、廊下にはあたしたちの笑い声が響いた……。
　あたしたちは教室がある校舎に行くため、2階の中廊下へ向かった。
　そこには、見た目からしてけっして優等生ではないであろう男の子たちが、通路を塞いでいた。
　まばらに地べたに座り込み、完全に他の人は通れない。
　それなのに、元希は躊躇することなくその人たちに近づいていった。
　え、元希、大丈夫なの？
　しかもよく見たら上履きの色……緑ってことは3年生じゃん！
　上履きとジャージ、ネクタイは学年で色が別れていて、1年は青、2年は赤、3年は緑。
　ただただ不安が募るあたしをよそに、元希はついに話しかけた。
「本宮先輩、お久しぶりです！」
「お、元希。久しぶり」
　……よかった。どうやら知り合いだったらしい。
　冷静に考えれば、元希は2歳上にお兄ちゃんがいるから、先輩の知り合いが多いことは充分ありえる。
　元希が知り合いだったのが幸いで、軽い挨拶を終えてあ

たしたちも元希のあとに続いて歩き出した。

　さっきチラッと見たとき、先輩たちの身につけていた時計やピアスが太陽の光に反射して輝いていたから……あたしはそれ以上見ちゃダメだと判断し、なるべく見ないように歩いた。

　……それなのに。

　ふと懐（なつ）かしい香（かお）りがした気がして、あたしは思わず足を止めた。

　嗅（か）いだことのある香り。

　甘い……懐かしい香り。

　覚えている……この甘い香りをまとった人を。

　今でも覚えている。

　足を止めたその場所で、あたしは座っている"ある人"へと視線を移した。

「ひーくん……」

　そこには……記憶（きおく）の奥（おく）に眠（ねむ）っているはずの、初恋の人がいた。

　柔（やわ）らかい印象の緩（ゆる）くパーマがかかっている茶色の髪。

　ブレザーの下のワイシャツはちゃんと第二ボタンまで留めているけどネクタイはなく、左腕からはチラッと時計が見えた。

　記憶の中の"ひーくん"がまだ少し残っている。

　じゃなきゃ、こんなにすぐ気づかない。

「やっと気づいてくれた」

　見上げながら笑うひーくんは昔と変わらずかっこよく

て、色素の薄い茶色の瞳が……あたしは、大好きだった。
　目線を合わせるように、あたしもその場でしゃがむ。
「久しぶり……だね」
「俺が引っ越して以来か」
「そう、だね」
　最後に会ったのはあたしが中学1年生で、ひーくんが中学3年生のとき。
　ひーくんが引っ越す前日だった。
「桃も高校生か、綺麗になったね」
　綺麗なんて言われたことないから、わかりやすいぐらい照れてしまった。
　頬が赤くなるのがわかる。
　顔の温度が……どんどん上がる。
「こっち、おいで」
　ひーくんの誘導に……自然と身体が動く。
　ひーくんの足の間に収まった。
　近づくと甘い香りが強くなった。
　好きで好きでしょうがなかったあの頃を思い出す。
　香りが……あたしを、惑わせた。
「……好き」
　気がつけば勝手にそう口にしてた。
　体温が上がる。
「それ、ほんと？」
「え？　あ、うん。ほんと、っていうか、あの……」
　勝手に自分の口から出た言葉に戸惑いを隠せない。

ていうか追いつかない。
　あたし何言っちゃってんの……!?
　すると、ひーくんの手が近づいてきて……そっとあたしの頬に触れた。
　心臓の鼓動が速くなる。
　ドキドキする。久しぶりの感覚に心地よさを感じる。
　あぁ……あたし、やっぱりひーくんのこと……。
　真っ直ぐな目で見てくるから、視線を逸らせない。
　２人の距離が縮まることはわかっていてもどうしようもなかった。
　頭の中は真っ白。
　気がつけば、目の前にはひーくんの整った顔があった。
「……っ」
　柔らかい感触。
　少しの間だけ、唇が触れた。
　すぐに離れていったけど、感触だけは残っていた。

　そのあとのことは……正直あまり覚えていない。
　葉月たちはあたしの初恋の人が"ひーくん"って知っているから、あたしが「ひーくん」と口にした時点で、空気を読んで先に教室に戻っていてくれたらしい。
　あたしはというと、多分キスされたあと、何も言わずにその場を立ち去った……んだと思う。
　あまりの出来事に記憶が飛んじゃったらしい。
　だってだって、初めてのキスだったんだよ？

高校に入学して1ヶ月が経ち、そろそろ高校生らしく遊びや恋愛をたくさんする気満々ではあったけれど、まさか初恋の人と、しかも感動の再会をしてたった数分でキスなんて……あたしの高校生活どうなっちゃうんだろうか。
　教室に戻るなり葉月たちに質問攻めされたあたしは、すべてを吐き出すことになった。
　もちろん、キスのことも。
　授業が始まっているにもかかわらず、ガールズトークは止まらず、最終的には先生に注意されてこの話はいったん終わった。

「で？　付き合うの？」
　放課後になるや否や葉月があたしの机に来た。
　バイトがないメンバーだけで教室に残ると再び尋問が始まった。
「そういうの、いっさい話さないまま来ちゃったから……」
「桃は好きって言ったんでしょ？　向こうは？　彼のほうは何か言ってこなかったの？」
「そういえば……何も言われてない」
「それははっきりさせないと！　だって簡単にキスするような人じゃないんでしょ？」
　葉月のその言葉にすぐに返事ができなかったのには……理由がある。
　あたしが小学生でひーくんが中学生のときの話。
　ひーくんは誰にでも「綺麗になったね」って言えるよう

な人だった。
　女の子関係にはだらしなくて、周りにはいつも可愛い女の子がたくさんいた覚えがある。
　はっきり言ってしまえば、チャラいイメージしかない。
　そんなひーくんを、なぜかあたしは好きだった。
「え、ちょっと待って。チャラかったの？」
「うん。かなり」
「いや、桃、『うん』じゃなくて。しかもかなり？　じゃあ、今回のキスは？　まさか前にも同じようなことあったとか？」
「それはない！　だけど、今回は脈ありなのかな？って」
「脈あり？　その自信はどこから来るのよ」
「だってキスしておいて好きじゃないなんて、さすがのひーくんでもないよね？」
「そんなこと言って、もし好きじゃないって言われたらどうするのよ。まぁ、愚痴ならいつでも聞いてあげるから当たって砕けな！」
　まだフラれたわけじゃないのに葉月に慰められた。
「あたしは前に話聞いてて、本宮先輩がどんな人かわかるから、断固反対」
　横から割って入ってきたのは恋愛経験豊富な日菜子。バッサリと言われ落ち込むなか……みんなでひーくんを探す旅に出た。
　正直なんでいきなり「好き」と言ってしまったのかわからない。

あるとするなら、あたしの脳と身体は久しぶりにひーくんを目の前にし、悩殺フェロモンにやられて勝手に判断してしまったに違いない。
　それしか考えられない。

　小学生のとき、ひーくんのことがずっと好きだった。
　当時住んでいたマンションの部屋が隣同士で、近所の子どもたちと混ざってよく遊んでいた。
　最初は"頼れるお兄ちゃん"って感じで恋愛感情はなかったものの、ひーくんのことを好きなんだと気づくのに時間はかからなかった。
　ひーくんが中学生になると一気に関わらなくなった。
　派手な人たちと付き合うようになったひーくんの髪色はどんどん明るくなっていた。思春期によくあるように"グレてしまった"わけで……小学生ながらに近づいちゃいけないのがわかった。
　だけど部屋が隣だから、知りたくなくてもひーくんの家に女の子が入っていくところを見たことがある。
　マンションの前でキスしているのも、女の子が必要以上にくっついて２人でイチャイチャしているのも見た。
　鉢合わせるたびに、あたしは平静を装った。
　見た目は変わったものの中身は昔のままで、会えば必ずあたしの頭をポンポンと優しく叩いてくれていた。
　それが嬉しくて、会えないかなぁと毎日考えながら外を歩いていた。

そして、あたしも中学生になり、さらにひーくんと関わる時間は減った。
　……そんなある日、ひーくんが引っ越すという噂が耳に入った。
　偶然にも引っ越しの当日、ひーくんとアパートの前でばったり会った。
　そのとき……あたしはひーくんに自分の気持ちを伝えようとした。
　だけど、結局伝えることはできなかった。
　なぜなら……「いい彼氏見つけろよ」と、笑いながら捨てゼリフだけを残されたから。
　告白せずフラれたも同然の言葉をもらい、あたしの初恋が実ることはなかった。
　それから３年が経ち、ひーくんは初恋の人としてあたしの記憶に刻まれた。
　会うこともなくなり、あたしは同級生と付き合ったこともあったけど、一度手を繋いだだけでそれ以上進展もなく、周りもそんな感じだった。
　それから自然とひーくんへの想いは薄れていった。
　……それなのに、突然あたしの目の前に現れるから、あのときの想いが溢れ出た。
　普通は初恋の思い出っていうと、落ち込んでるときに優しくしてくれた、とか席が隣でいつも一緒にふざけてた、とか、そういう甘酸っぱいものだと思う。
　あたしの勝手なイメージなのかもしれないけど、そのと

きのことを思い出すとキュンキュンするようなものが初恋だと思う。
　な、の、に。
　あたしの初恋ってなんなの？
　しかも相手がひーくんって。
　言っちゃ悪いけど、いいのは容姿だけで性格はなんてったってと——っても捻くれていて扱いづらいったらありゃしない。
　それに好きって言われたわけじゃないし、優しくされたわけじゃないし、ただの俺様だし、特別扱いされたわけでもない。
　ひーくんとの記憶は胸キュンな思い出２割、意地悪された思い出８割。
　それでも、さっきひーくんだと気づいた瞬間に身体の温度が高くなって鼓動が速くなった原因は……好きって感情以外思いつかない。

意地悪はいけません

　高校の最寄り駅の周辺には商店街があり、あたしもよく通っている。
「あーあ。桃にもついに彼氏かぁー」
「あのね、まだわかんないからね？」
　学校を出たあと、葉月と愛ちゃんと日菜子とファストフード店に入り、窓際の席から外をチェックしていた。
　明らかに口角が上がってる葉月はさらに笑顔になり、それが可愛くて憎めない。
　いつも一緒にいる６人グループの中で彼氏がいないのはあたしと葉月と愛ちゃんと日菜子で、なんとなく誰が先を越すか競ってる。
　あたしだってもう高校生。
　ひーくんが引っ越していく前のチンチクリン中学生のときとはわけが違う。
　きっと、ひーくんもあたしの魅力に気づいて、うっとりしてキスしちゃったんだろう。
「ちょっとー！　誰かさんニヤけてるんだけど！　気持ち悪ーい」
　ニヤけるあたしの頬を突きながら、からかう顔を向けてくる葉月。
　あのひーくんと付き合えるかもって考えるだけで顔が緩んでしまう。

完全に重症だ。

商店街にはカラオケやファストフード店、本屋などたくさんのお店があり、放課後に時間を潰すにはうってつけの場所だ。

ただ、気をつけなければいけないこともある。
「あれ、彼じゃない?」

葉月が外の路地裏を指しながらそう言った。

細い路地を通って裏通りに行けば一気に雰囲気は悪くなり、そこを歩く人たちの雰囲気も変わる。

一度間違えて行ってしまったことがあって、ラブホテルやホストクラブ、キャバクラがたくさんあったことを覚えている。

ちなみに、ママとパパからは路地裏に行くことは禁止されている。

そんな危険な世界から……彼は歩いてきた。

葉月のおかげであたしも気づき、店内からもその姿を確認することができた。

女の子4人、男の子3人と楽しそうに歩くひーくん。

なんなら、ひーくんの左右には女の子が1人ずつピタッとくっついていて、ひーくんも慣れてる顔で普通に歩いてるからムカつく。
「あ、友達と出かけてるんだね!」
「いつも遊ぶ仲良いメンバー的な?」

必死にフォローしようとしてくれる愛ちゃんと葉月の優しさに涙が出そうだった。

それでも現実は変わらない。
　仲良い友達同士だとしたって、腕を絡ませながらピタッとくっついて歩いてる姿には誰だって違和感を抱く。
　ひーくんは女の子に対して嫌がるそぶりを見せるわけでもない。
　冷静になってきた今、サーッと熱が引くのがわかる。
　何も変わらないんだね。
　女の子が大好きなただのチャラ男。
　それでも、ひーくんのことが好きだった。
　真っ直ぐ見つめてくる瞳が大好きだった。
　だから今、こんなにも……ショックを受けている。
　あんなチャラ男のせいでこんな思いを２度もしなきゃいけないなんて、悔しい。
　そのあと、３人が気を使ってカラオケに連れていってくれた。
　おかげでそれ以上ひーくんのことを考えずに済み、その上３時間歌って騒いだからか、帰ってご飯、お風呂を済ませてすぐに寝てしまった。

　ふだんは眠りが浅いのに、肉体的にも精神的にも疲れたのか熟睡できて、みごとに翌日寝坊した。
　じつはママはあたしが通う高校で国語の先生をしていて、この学校は３年目になる。
　そのため家を出る時間はあたしより少し早く、たまに起こしてくれるときもあるけど、基本的には目覚ましを使い

自力で起きるしかない。
　パパも他の高校で数学の先生をしていて、その高校が2駅先にあるため、パパはママより30分早く家を出ている。
　だから、朝は家に誰もいないため見事に寝坊した。
　なんとなくママが起こそうとしてくれたような気もしたけど……あたしは熟睡してたからまったく気づかなかったようだ。
　1時間目の始まりには間に合わないし、遅刻で行くのも面倒くさい。2時間目から行こう……。
　寝坊したくせにゆっくり支度をして、2時間目に間に合うように家を出た。
　学校まではバスに10分ほど乗れば着く。
　家から一番近いバス停であたしはいつものようにバスを待っていた。
　そんななか、騒がしい声が聞こえてきて……声がするほうを見た。
　……そこには、昨日の中廊下を塞いでいた3年の先輩たちがいた。
　身にまとう雰囲気が明らかに一般人とは違う。
　噂で3年にイケメンだらけの先輩グループがあると聞いたことがあった。
　昨日は突然のことで何も考えられなかったけど、今思えばそのグループの正体はこの人たちに違いない。
　そのグループはやっぱり、あたしの後ろに並んだ。
　よーく見ると、全員なぜかカバンを持っていない。

この人たち……何しに学校に行ってるんだろう。
　そして何より問題なのはこのグループが隣にいるということじゃなく、その中にひーくんがいるということ。
　今、会いたくない人ナンバーワン。
　できればこの場から気づかれないように去ってしまいたいけど……そんな不審な行動ができるほど、あたしの精神面は強くできていない。
　なるべく顔を見られないように下を向いてバスが来るのを待った。
　こんなにもバスを待つ時間が苦痛だったことはない。
　ただただ待つバスへと"早く来て早く来て"とテレパシーを送っていた。
「あれ？　もしかして、昨日の１年生？」
　でも、ありもしないテレパシーが届くはずもなく……隣にいた先輩の１人に顔を覗かれ、バレてしまった。
「あーっ！　チューしてた１年生じゃん！」
「え、てか美人じゃない？」
「バカかよ英二。この子は陽のだからダメ」
　隣にいた人は英二という名前らしく、やたらとあたしの顔を見て絡んできた。
　……いやいや。
　ひーくんのじゃないです。
　あたし昨日、ひーくんが女の人といるのを見てて全部知ってますから。
　心の中で思わずツッコミを入れた。

なんでイケメングループがこのバス停にいるのかというと、どうやら英二って人の家がこの近くにあるらしく、今日はその人の家で遊んでから学校へ行くことになったからしい。
「なんだ、桃もサボり？　せっかくだし一緒に行く？」
　ひーくんは、昨日の夕方に自分がしてたことをあたしに見られたって思ってないから、普通に接してくる。
　ひーくんは昔からこういう人だ。
　悪気なく悪いことができちゃうからタチが悪い。
　気持ちの整理をつけなきゃ。

　結局あたしはイケメン先輩グループと一緒にバスに乗り学校に行くことになった。
　一番後ろの長い席の真ん中に英二って人を含め３人が座り、その前の２人席に１人が、その横の２人席の窓側にあたし、なぜかその隣にひーくんが座った。
「なぁなぁ、じっさい２人は昔付き合ってたの？」
「あ、それ気になるー」
「付き合ってねぇよ。つーか桃はそういうんじゃない」
「え、そういうんじゃないって、昨日チューしてたじゃん」
　隣にいるひーくんはあっさりと、あたしとの関係をバッサリと切った。
『そういうんじゃない』って……。
　ひーくんの中であたしという存在は"恋愛対象"にすら入ってないようだ。

今それがはっきりして、胸の奥がズキズキして痛い。
　これ以上……聞きたくない。
　耳を塞いでしまいたかった。
「あー……つい、ね。綺麗になったなぁって思ってたら、いつの間にかチューしてた」
「おまっ、桃ちゃん隣にいるのに本当のこと言うなよー。これだからモテる男はやんなっちゃうよー」
「すげぇな。人間っていつの間にかチューしてること、あんだな」
　グループの人たちは面白がって笑ってたけど、あたしは付き合いでも笑えなくて……ただ窓の外を見ていた。
　煮え繰り返った心の中を見られないように……。
　……だって、何それ。
　あのときは再会できて嬉しくて、昼休みが終わるから急いでたけど、それでも話したくて足まで止めた。
　目の前にいるのがひーくんだとわかった瞬間、正直、素直に嬉しかった。
　もう会えないと思っていたからこそ……触れられるほど近くにいる初恋の人に胸の高鳴りを感じた。
　香りと整った顔に惑わされ、簡単に告白しちゃったあたしも確かにどうかとは思うけど、初キスを奪われて遊ばれるようなことをした覚えはない！
　こんなバカにされて惨めなことない。
「……して」
「ん？」

「返して」
「……」
「あたしの初キス返してほしい」
　ひーくんは突然のあたしのお願いに、戸惑いを隠せないようだった。
「そう言われたらひーくん困る？」
「そうだな。それはさすがに困る」
「じゃあ、もう簡単にキスしちゃダメだからね」
「簡単にしてないよ？」
「とりあえず、守ってください」
「あぁ。桃に言われたからには守るよ」
　……嘘つき。
　あたしのお願いを守ってくれたことなんか一度もないくせに……。

　あれは確か、ひーくんとあたしがまだ小学生だった頃のこと。家が隣同士だったため、お互いの家を行き来してよく遊んでいた。
　その日は、たまたま洗濯物が出しっぱなしで部屋の片隅に置かれていて……あたしはそれを忘れ、部屋にひーくんを招いた。
　しかも、運悪く一番上にはクマが描かれている白いパンツがあって、それをひーくんに見られてしまったのだ。
　そのパンツはちょっと恥ずかしかったけど、大好きなおばあちゃんにもらったから穿いていた。

ひーくんに見られたときは恥ずかしさのあまり、「みんなには内緒にしてほしい」と頼んだ覚えがある。
　そんなあたしのお願いに、ひーくんは「わかった。ぜったい言わない」と約束してくれた。
　だけど、翌日の放課後、近所の公園でひーくんも含むいつものメンバーで遊んでるときに、ひーくんがいきなり発表した。
「そういえばさ、桃がクマのパンツ穿いてるって知ってる？」
　あたしはそれからしばらく、いろんな男子に「クマパンツ」とバカにされた。
　バカにされるあたしを見てひーくんはなぜか嬉しそうに笑っていた。
　ふだんからいじられることはたくさんあったから深く考えることもなかったけど、今思えば、あたしはひーくんに優しくしてもらったことなんかなくて、むしろ意地悪しかされてない。
　あたしが虫が大嫌いなのを知ってるくせにわざと虫を取ってきて頭や肩に置いたり、ママに可愛く結んでもらった髪の毛のゴムを引っ張ってほどいたり。会えば髪をぐしゃぐしゃにしてきたり、辛くて不味いガムを食べさせてきたり……意地悪をされた思い出ばかり思い浮かぶ。
　それを思い出すたびに浮かぶのは、嫌がるあたしを嬉しそうに見てるひーくんの顔。
　今でも鮮明に浮かぶ。

そんな大魔王化してるひーくんが約束を守るとはとうてい思えない。
　あたしのような被害者が出ないことを祈るしかない。

「桃ちゃんって、めっちゃいい匂いする」
「そう、ですか？」
「俺、いい匂いがする女の子大好きなんだよねー」
　バスを降りてからも、英二って人がすごい勢いで絡んできて、あたしは頑張って笑って返すしかない。
　この人は緩くパーマがかった暗めの茶髪に、首にはクロスのシンプルなネックレスを身につけていて、オシャレなお兄さんって感じ。
　匂いのことを言ってるけど、この人からも爽やかなムスクのような香りがする。
　くっきり二重で鼻も高い。
　きっとこの人もモテるんだろうな……。

　その予感はすぐに的中した。
　それは学校に着いて上履きに履き替えたあと、英二って人の押しに負けて連絡先を交換しているときのこと……。
　すれ違う女の子たちのほとんどが英二って人を見ながらキャーキャー言っていて、これぞ"ザ・モテ男子"ってところをまざまざと見せつけられたのだった。

雨の日の気持ち☆side H

　自分の記憶にいる桃はまだ幼さが残る女の子で……まさかここまで綺麗になってるとは思っていなかった。

　小さい頃から可愛くて、人懐っこい性格だったからモテてはいたけど、3年近く会ってないと雰囲気がガラッと変わってて、正直すぐにはわからなかった。

　でも、相変わらず顔が小さく、緊張するとすぐ真っ赤になる耳を見て……桃だと気づいた。

　生意気に化粧して甘い香水までつけてる。

　桃なのに、綺麗だと思ってしまった。

　しかも、真っ直ぐな目で俺を見て「好き」と呟く。

　無性にムカついて、唇を塞いだ。

　汚れのない純粋な目をした桃を、俺の手でどうにかしたかった。

　ただそれだけ。

　放課後に女と歩いてる俺を店の中から見てたのも気づいてる。

　関係をはっきり断ったり、告白をスルーしたりしても、なぜか桃は何も言ってこなかった。

　まぁ、昔から女にだらしない俺を見てきてるから諦めがついたんだろう。

　桃は……昔からそうだ。

　好き好きオーラがすごいくせに、女といても何も言って

こない。
　束縛もしない。
　桃はどっちかっていうと……妹っぽい。

「桃ちゃん、ほんっと可愛い。俺のタイプど真ん中かもしれない。いや、ど真ん中だわ。あー付き合いてぇー」
「英二の好きそうな顔だもんなー桃ちゃん。しかも１年生なだけあってやっぱピチピチしてる」
「だよなー。あと匂いな。いい匂いだったー」
　１年の頃からよく一緒にいるメンバーの中では英二と綾斗とクラスが同じで、教室に入って早々なぜか話題は桃。
　しかもピチピチとか、話してる内容が完全にオヤジ。
　いい匂いー、って、変態かよ。
「ひーくんはいいよなー、好きって言われたあげくチューまでできちゃうんだからさー」
「その呼び方止めろ。お前に言われると鳥肌立つ」
「じっさいどうなの？　やっぱり久々に会って綺麗になってた桃ちゃん見て、ときめいた？」
「ときめいたっつーか……んー、綺麗になったなとは思ったけど」
「はい出ましたー。女の子がいつも周りにいるモテ男はつげーん」
　人のことさんざんに言うけど、２人だって女にはだらしない。
　綾斗はバイト先に好きな子がいるから、今はその子に一

途(と)らしいけど、浮気(うわき)がバレて修羅場(しゅらば)になったこともある。
過去に問題を起こしてるのはトップ。
「問題ありありなお前らに言われたくねぇわ」
「いやいやいや。誰かさんみたいに女の子たぶらかすようなマネしたことないですもん」
「誰がたぶらかしてんだよ？ あくまでも、女の子を幸せにしてあげてんの」
「もうさ、陽の怖(こわ)いところは悪気なくそういうこと言っちゃうところだよな。それでどれだけ女の子が傷ついてきたことか……」
　英二はわざとらしく大きなため息をついて、「ほどほどにしろよ？」と俺の肩を軽く叩いた。
　本当に英二だけには言われたくない。

　放課後になり、今日は真っ直ぐ帰宅。
　……と思いきや、家の前には見たことのある女が立っていた。
「来ちゃったっ」
　風に乗って、そいつの甘ったるい匂いが流れてくる。
　そんなこと言って確信犯(かくしんはん)なのはわかってる。
「親は？　今日はいない？」
「いねぇの知ってるから来たんだろ」
「あー、バレたー？」
　そいつはふふふと笑って、俺が家の鍵(かぎ)を開けると当たり前のように中に入ってきた。

結局、来たときから入る気満々だったんじゃねぇかよ。

　気づいたら２人して寝ていて、起きたのは日も暮れた夕方６時で、約２時間も寝ていたらしい。
「暗いからもう帰れ」
「えっ？　は？」
「帰れ。駅まで送る」
「……はいはい。わかりましたよー」

　２人で家を出た。
　普段は送るなんて面倒なことはあまりしないけど今日はあいにくの雨で、こいつが傘を持ってなかったから仕方なく、だ。
　駅までは徒歩10分。
　途中には商店街があるため、よく知り合いに会う。
「明日午後からだったから、お泊まりできたんだけどなぁ」
「どんだけ遊びてぇんだよ」
「ち、違うもん。ただ何もしなくてもいいから、一緒にいたかったなって……」
「何もなし？　俺とお前が？」
　よく言うよ。
　遊ぼうと言ってきたのはこの女のほう。
　それに、自分は大学生で、高校生と遊んでるなんてバレたくないって言ってたの誰だよ。
　俺は誰かと付き合いたいって思ったことがない。

映画観て、買い物して、部屋でダラダラして……なんて、そんなの男とでもできるから彼女(かのじょ)なんていらない。
　遊べる女がいればいい。
　それ以上もそれ以外も「女」に求めるものは何もない。
　自分でもそうとう捻くれてるなと思う。
　まあ、今に始まったことじゃないしどうしようもない。

　駅に着き、女が改札を通るまで見送った。
　すると、こっちに向かってくる人混みの中に桃がいるのがわかって、目が合った。
　女と別れたあとでよかったなと不思議と安心してる自分がいる。
「桃、どっか行ってたの？」
「うん。友達と買い物行ってた」
「傘は？」
「傘？　え、もしかして雨降ってるの!?」
　さっきまで駅直結のショッピングセンターで遊んでいて外に出なかったから、雨が降ってることを知らなかったらしい。
「家は？　前住んでたマンション？」
「そうだよ。今日は駅で友達と遊んでたの。ま、まさかっ、傘入れてくれるの!?」
「いいよ。その代わり貸し１な」
「え……」
　桃の表情はいきなり暗くなり、何かを考え出したようだ。

あー……、懐かしいな。
　この困ってる感じ。
　自然と笑みがこぼれる自分は、心底性格悪いなと思う。
　この顔が見たくて何かにつけて「貸し」にしてた。
　なのに従順だから文句も言わず承諾して、いつも俺の言うことを聞いちゃうのが桃。
「昔みたいに理不尽なこと言わないから安心しろ」
「なっ、ひーくんわかってるんじゃん！　あたしが"貸し1"にどれだけトラウマ持ってるか知ってるんでしょ！」
「はいはい。いいからさっさと行くぞ」
　桃の肩をそっと引き寄せ、傘をさす。
　俯いてこっちを向こうとしないから照れてるんだとわかり、桃から少し離れた。
「そういえば、ひーくんって今どこに住んでるの？」
「ばあちゃんち」
「え、あの広いお家！？」
「あー……そういえば前に来たことあったな」
「懐かしいなぁ。へぇーそうなんだー」
　部屋が桃の家と隣同士だったマンションから、徒歩10分くらいのところに俺のばあちゃんちはあって、今はそこに住んでいる。
　3年間住んでいたのは今の駅の2駅先で、高校に入ると同時に今住んでいるばあちゃんちに引っ越してきた。
　桃も子供の頃に何回かばあちゃんちには来たことがあって、たまにばあちゃんと桃の話をすることもある。

「おばあちゃん、元気?」
「今は、元気だよ。一昨年(おととし)に倒(たお)れて大変だったけどよくなってきてる」
「そうだったんだ。なんか……ごめんね」
「お前が謝ることねぇだろ。つーか、たまに桃の話するときもあるし」
「え! うそ! 嬉しい! 今度遊びに行こうかなー!」
　何回かしか会ったことがないはずなのに、桃の表情はガラッと変わりすごく嬉しそうで、俺まで思わず口元がほころんでしまった。
「あ、でもひーくんに会いに行くわけじゃないからね! これっぽっちも、ひーくん要素は入ってないから!」
「さすがにそこまで言われると悲しいな」
「残念でした! あたしのお目当てはおばあちゃんだけでーす!」
「とか言いつつ、隙(すき)を狙って俺に会いに来たいんじゃないの?」
「……ちっ、違う! ひーくんのそういう自信満々なところ、ほんとムカつく!」
　ムカつくとか言ってくるくせに耳が真っ赤で照れてる。
　図星なのか、反応してそうなっただけなのかはわからないけど、ちょっとは桃の中に「俺の存在」があるのを知ることができて……なぜか嬉しかった。

隙を見せちゃいけないよ

　ひーくんに家まで送ってもらってる途中、昔は相合い傘をしたくてわざと傘を忘れたこともあったなぁ、とぼんやり思い出した。
　けど、相合い傘をしてる今、この近距離が嬉しくも悲しくもある。
　……だって、見ちゃったんだ。
　改札まで可愛い女の子と歩いてきたひーくんを。
　私服を着た女の子は明らかに年上で、すれ違うとき顔を見ることはできなかったけど、サラサラの髪の毛は確認できた。
　あたしにあそこまでの女子力はない……。
　今朝のバスでフラれたから、そんなことは問題じゃないんだけどね。
　初恋は叶（かな）わない、って本当だったんだ。
　昨日の告白はとっさに出たものだから、深入りしてるわけじゃないと思ってたけど……自分が思う以上にひーくんへの気持ちは強いものがあるらしい。
　次に恋をするなら、ひーくんのようなチャラチャラじゃない一途な人がいいなあ。
　気持ちの整理はついたはずなのに、さっきの女の人を見たモヤモヤが止まらない。
「さっき改札まで一緒にいた人ってさ……」

「あー、あの大学生？」
　やっぱり、大学生なんだ。
　どうりで大人っぽく見えたわけだ。
「すごく、可愛いかったよね！」
「そうか？」
「か、可愛いかったよ！　髪の毛サラサラだったし！」
「なあ」
「え？」
「他に聞きたいことあんじゃねぇの？」
　まさかの図星をつかれ、もう遠回しに言っても仕方ないと思い、「彼女なの？」と単刀直入に聞いた。
　すると、ひーくんはフッと鼻で笑ったあとに「違うよ。"おトモダチ"」と、信じていいのかダメなのかわからないことを言ってきた。
　おトモダチってワードにどうもいやらしさを感じるのはあたしだけなのだろうか。
　だからって、これ以上踏み込む勇気もない。
　正直、「彼女」ではないとわかって安心する自分がいた。

　そうこうするうちにあたしの家に着き、ひーくんはエントランスまで来てくれた。
「わざわざ送ってくれてありがとう」
「あぁ。役に立てて嬉しいよ」
「うわー、また思ってもないことをすぐ言う。そのクセ直したほうがいいよ？」

「別に思ってないこと言ってねぇよ。むしろ自分に正直に生きてるつもりなんだけど」

　そういう真面目なことをサラッと言っちゃうところがまた怪しい。

　今まで騙され続けてるあたしの脳細胞は、ひーくんに何を言われてもすぐには信じないようにできてる。

　それもこれも、嘘をつき続けてきたひーくんのせいだ。

「そういえば、英二がお前のこと気に入ってた」

「英二くんが？」

「あぁ。めっちゃいい匂いで可愛いって騒いでた」

「えー！　なんか照れるなぁ」

　嬉しいのは確かだけど、ひーくんにそう言ってもらえたら飛び上がるほど嬉しいんだけどなぁ……なんて、そんなこと思っても言えない。

「嬉しそうなのムカつく」

「え？」

　さっきまで普通に話してたのに、急にひーくんの声のトーンが下がったから戸惑う。

「貸し1」

「……」

「お返し、ちょうだい」

「えっ、だ、だって、貸しは冗談だって──」

「……そんなこと、言ったっけ？」

　ひーくんはじょじょに距離を縮めてきて……ニヤッと笑ったあと、あたしの腰に腕を回した。

グイッと引き寄せられたあたしはバランスをとれず、ひーくんの胸に顔を押し付けることになった。
　呼吸するために両手でひーくんの胸を押すけど……ひーくんの腕が腰に力強く回ってて、離れることができない。
「なっ、何……？」
「ん？」
「ん？じゃないよっ。なんでこんなことするのっ、誰かに見られたらっ……」
「やなの？」
　……この声。
　久しぶりに会って、キスされたときの声だ。
　ひーくんの醸し出す雰囲気も……あのときと同じ。
『やだ』って、あたしが言えないことわかっててやってるもん。確信犯だよ。
「桃、顔見せて」
　さっきは怒ってるような声だったのに、こういうときに限って優しい声で話しかけてくる。
　だから……ずるい……。
「お返し、できないの？」
「や、やだ」
「悪い子になっちゃったんだな。昔と違って」
「あの頃は、ひーくんのことが好きだったから返してただけです」
「俺さぁ、今ムカついてるから、言うこと聞いといたほうがいいと思うよ？」

突然、お怒り意地悪モードに入られたご様子の大魔王様。
　しかし、あたしだって昔のか弱い少女じゃないのよ！
　何がなんでもこの腕から抜け出してみせる！
「昔はもっと従順で可愛かったなぁ」
「昔、昔って……！　あたしだって成長してるんだから！」
　ひーくんがしつこく昔のあたしと比べるからつい興奮してしまった。
　顔を上げてしまったが最後、まんまとひーくんの罠にはめられ、そのまま顎を軽く持たれたあたしはひーくんに唇を塞がれた。
　身長153センチと小さめのあたしは、3年前と変わってなければ177センチだろうひーくんとは身長差があり、上を向くとかなり息がしづらい。
　唇を挟むようにひーくんがキスしてくるから、酸素を取り入れたいのとくすぐったいのが合わさって……みごとに口を開けてしまった。
　経験のないあたしでもわかる、大人のキスだ。

「桃には、ちょっと激しかったか」
　解放されたあたしは、さっきのようにひーくんの胸に寄りかかる形になった。
　呼吸をすることで精一杯。
　心臓の鼓動は速く、不覚にもすごくドキドキしてる。
「さっ、最低っ！」
「ふーん。気持ちよさそうにしてたけどな？」

「してない！　絶対してない！　てか、もうキスしないでって言ったじゃん！」
「あれはなるべく、だろ？」
「ダ、ダメだよ！　なるべくじゃなくて、絶対ダメ！　キス禁止！　てか、接近禁止！」
　酸素を取り入れ、いつもの調子を取り戻したあたしはひーくんからすぐに離れて距離を保った。
　この男は、余程のことがない限りあたしの言うことを聞かない。
「お返しなんだから、そこまで怒るなよ」
「怒るよ。だって、あ、あんなキス……」
「あんなキス？　あんなって？」
「あー！　もうー！　ひーくんといるとほんと調子狂う」
　ひーくんは、慌てるあたしを見て楽しそうに笑っていた。
　それを見て、月日が経ってもこの男は人をからかうのが生きがいなんだなって改めて思い知った。
　あたしの気持ちなんか知らずに……平気でキスができちゃう人。
　キスだって、不思議と嫌な気持ちはしなかった。
　むしろ、離れたくないと思ってしまった。
　ドキドキして、頬が赤くなるのもわかった。
　こんな気持ちになるのは初めてで、どうしたらいいかわからない。
　それは……相手がひーくんだからだ。
　そうに違いない。

女の子の扱いに慣れてるから、あたしもまんまとその技にはめられ、見事にドキドキしてしまった。
　こんなチャラいひーくんのことだから……すぐに忘れられるだろう。
　同じ学校ではあるけど学年が違うからあまり会うこともないだろうし、世の中にはたくさんの男の子がいるし、チャンスならいくらでもある。
　ひーくんのことは忘れる、忘れられる。
　……そう……自分に言い聞かせていた。
　ひーくんはあたしの２度目のキスを奪ったあとも終始楽しそうで、「じゃ、また明日な？」とあたしの頭をポンポンと２回叩くと、傘を持って帰っていった。
　出入り口の自動ドアが閉まる寸前で「ありがとう」とお礼を言うと、振り返ってニコッとわざとらしく笑い、そのままひーくんは歩き出した。

　……その日は寝るまでなんだか頭がぽわーんと温かいようなほんわかするような……変な感じがした。
　いつものように、ご飯を食べてお風呂に入ってテレビを観ていたはずなんだけど、家族と話した覚えもなく……心ここにあらず状態。

　翌日、あたしは葉月たちに相談した。
　エントランスであったことのすべてを話すと、まあ反対意見が出てくる……。

「そんな男ダメ！　顔は確かにかっこいいのかもしれないけど、チャラチャラした人間は好きになっちゃダメ！」
「だ、大丈夫！　もう好きじゃない」
「ほんとにー？　ならいいんだけど、桃ってチャラい人に引っかかりそうだからなあ」
「えっ、あたしってそんなキャラ!?　チャラ男に遊ばれるほどバカじゃないから安心して！」
「ははっ、わかってるって。よし。じゃあ今日は合コンへ行くぞ！」
「へ？」

　顔が広い日菜子があたしに気を利かせてか、合コンをセッティングしてくれた。

　日菜子は、正直ひーくんのことをあまりよく思っていないようだ。

　ひーくんは中学生のときバスケ部に所属していて、グレてたくせにちゃっかり部活は熱心で、その上バスケがうまくてエースで女の子にはモテモテだった。

　日菜子は小学生のとき学校のバスケットボールクラブに所属していて、中学では１年生のときからレギュラー入りするほどバスケがうまく、他校との試合ではあたしよりひーくんを見る機会が多かったのだ。

　ひーくんに会えるかもしれないと思ったから、あたしも中学ではバスケ部に所属した。

　でも、不純な理由で入部したもんだから、試合に出られるほどではなかった。

それでも悔しくなかった。

　ひーくんと試合で会えるだけでよかった。

　たまに試合でひーくんを見ることがあったけど、なんせ、彼目当ての女の子たちが大勢いたから、あたしが応援していたことをひーくんは知らないと思う。

　同じ中学のバスケ部内ではあたしがひーくんを好きなことは知れ渡っていて、特に日菜子にはよく話をしていた。

　だから、ひーくんが女の子にだらしないことも充分に知ってる。

「ひーくんはいい加減諦めよう！　ああいう人は１人に絞れないと思うよ。自分の周りに、つねに女の子がいなきゃダメなんだよ」

　日菜子はあたしからひーくんを離したくてしょうがないらしく、昼休みにはもう合コンを組んでくれていて、半ば無理やり、参加することになった。

　愛ちゃんはバイトがあるから行けず、女子はあたしと葉月と日菜子の３人。

　相手の男子はうちの高校から自転車で10分くらいの場所にある男子校に通う３人で、１人は日菜子が以前合コンで知り合った人らしい。

　写真を見せてもらったけど、３人とも明るめの茶髪で、正直誰が誰か区別できなかった。

お邪魔虫参上

　商店街にあるカラオケ屋の前で待ち合わせをし、合流したあとすぐに受付をして部屋の中に入った。
「じゃあー、まず自己紹介しよっか！」
　こうして男の子と遊ぶのは初めてじゃないけど、合コンというものが初めてだから、内心かなり緊張している。
　うう、なんか気持ち悪いかも……。
　慣れない空気に気分が悪くなってきてしまったあたしは、気がつけば始まっていた自己紹介を、なんとなく聞いていた。
　Ｌ字に置かれたソファーに男女交互に座り、男の子・葉月・男の子・あたし・男の子・日菜子の順番で自己紹介をする。
「えー、彼女ほんとにいないのー？」
「マジマジ。１年？くらいいないよ。葉月ちゃんこそ可愛いからいるんじゃないのー？」
「いないってばー。そんなお世辞言ったって何もあげないからね？」
　葉月が明らかに狙っている端に座る通称コタローは、この３人の中だったら一番かっこいいと思う。
「飲み物いる人ー？　先着２人まで持ってきてあげる！」
　歌い始めて盛り上がった頃、日菜子が立ち上がった。
　気の利く日菜子の言葉にちゃっかりと乗っかったあたし

たち。
「はいはい！　あたしミルクティー欲しい！」
「俺、コーラ！」
「あたしもミルクティー！」
「あのー、さすがにそんなに持ってこれないんだけど……」
「じゃあ、俺も行くよ」
　さすがに1人で4つのコップを持てるわけもなく……そこで立ち上がったのがあたしの左隣に座っていた、通称マコくんだった。
　マコくんは見た目が誠実そうで、背が高く、しゃべり方がとても優しい。
　飲み物を取りに2人は一緒に部屋を出ていった。
　相変わらず葉月とコタローは2人の世界に入り楽しそうで、あたしたちが入れる雰囲気ではない。
　……気まずい、どうしよう。
　合コンってこんな感じなの!?
「桃ちゃん、緊張してるでしょ」
「えっ」
「さっきから全然歌わないし、つまんなそうな感じだし。もしかして、こういうの初めて？」
　あたしの気持ちをズバリ言い当てたのは、唯一あたしの話し相手になってくれている、通称カッくん。
　香水を大量につけているのか、近くにいると頭がクラクラしそうになる。
「ちょっと、外行く？」

「外?」
「気分転換(てんかん)に行かない? 他のヤツらも俺たちなんか目に入ってないみたいじゃん?」

カッくんはニコッと笑ってあたしの手を取った。

ちょうど外の空気を吸いたいと思っていたから、それについていくことにした。

どうせ葉月も日菜子もあたしがいようがいまいが関係ないだろうから、ちょっと気分転換に行くくらい、いいよね?

カラオケ屋を出てちょっと離れたところに古びたベンチがあり、あたしたちはそこに座った。

5月になって昼間は暑いけど夜(すず)は涼しく過ごしやすい。

今日は強すぎない風が吹(ふ)いていて……だいぶ気分も楽になってきた。

そういえば、なんでこんなに今日不調なんだろ……。

カラオケもよく行くし、男の子と遊ぶことだってあるし、別に風邪(かぜ)を引いてるわけでもないのに。
「気分どう? 大丈夫?」
「外出たらだいぶよくなったよ。ありがとう」
「そっかそっか。顔色もよくなってきたから安心した」

カッくんに顔を覗き込まれて、自然と目が合った。

こんなに近くで話をしていても、ドキッとすることはまったくない。

やっぱり、ひーくんといるときとは違う。

ひーくんとは何か話をしなくてもつねにドキドキして、

こんなに近くにいようものなら心臓はバクバクすること間違いなし。
　……なんてことを思いながらため息が出る。
　こうやって他の男の子といても、結局はひーくんのことを考えてしまう。
　どうせあっちは、あたしのことなんか１ミリも思い出さずに、可愛い女の子と楽しんでるんだろうけど。
　あたしも今を楽しもうと思い、そのあとはカッくんと他愛もない話でとても盛り上がった。

　気づけば１時間経っていて、その間に連絡先も交換した。
　……すると、聞いたことのある声が聞こえてきた。
　声が近づくとともに嗅いだことのある香りが鼻先をかすめた。
　このタイミングでそう来るのね。
　できる限り顔を上げずにカッくんとの話を続ける。
　声も小さくして、その人が気づかずにあたしの前を早く通り過ぎることだけを願っていた……。
　なのに……。
「桃？　こんなところで何してんの？」
　案の定、その人……こと、ひーくんはあたしの目の前で立ち止まり、明るい声で話しかけてきた。
　やっとひーくんのことを考えずに他の男の子と盛り上がって話ができてたのに！
　一番会いたくない人に会ってしまった。

「合コンだよ、合コン！　ね？　カッくん」
「うん」
　こうなったらとことん"ひーくん離れ"したところを見せつけてやる……！
　あたしだっていつまでもひーくんを好きなわけじゃないんだから！
「ふーん」とひーくんはどうでもよさそうな返事をして、自分で仕掛けた罠(しか)であたしの心は傷ついた。
　くそぉ……とことんあたしのことなんかどうでもいいんだね。
「桃ちゃん、知り合い？」
　ひーくんをジーッと見つめながらそう聞いてくるカッくんに「学校の先輩だよ」と説明した。
「2人で抜け出した感じ？」
　バカにしたようにそう言うひーくん。
「あなたに関係あります？」
「あ？」
「いや、桃ちゃん、あなたに会いたくなさそうだったんで。俯いて声小さくなってたし、何かあんのかなーって」
　なぜかケンカ腰の2人。
　カッくんはあたしの異変に気づいて守ってくれてるようだけど、ひーくんはなんで不機嫌なの？
　もしかして……あたしが他の男の子といるから妬(や)いてくれてる？
「あー、俺ね、こいつの保護者みたいな存在だから心配に

なっちゃって」

その言葉ですぐにその思いは打ち砕かれた。「保護者」のたった一言で、一線を引かれた気がした。

あたしのことを異性として見てないと遠回しに言われた気持ちになった。

「そうそう！ お兄ちゃんみたいなの！ 小さい頃から知ってて、もう家族みたいな！ だから全然気にしなくていいよ！」

泣きそうな気持ちを押し殺すように、あたしは全力の笑顔でしゃべった。

なんとか笑って誤魔化そうとした。

こんなに心はひーくんでいっぱいのあたしと、あたしなんかこれっぽっちも心にはいないひーくん。

その差がこのとき明確にわかった。

最初から全部わかってる。

出会った頃からそうだった。

優しいお兄ちゃんみたいな面もあったけど、それはあたしにだけじゃなくて、他の女の子たちにもそうだった。

それも含めてひーくんのことが好きで、いつもいつもその背中を見ていた。

意地悪されるのも普通になって、あたしに構ってくれることが嬉しかった。

約３年間会わず、その間に何かあったわけでもないのに再会したとき……確かに胸の高鳴りを感じた。

会った瞬間、好きだと思った。

どんなに女の子にだらしなくて遊んでいる人だと知っても、それでも好きだと思った。
　どっちかっていうと、優しくされたことより意地悪されたことのほうが多いし、両想いだなって感じたこともないし、だけど、意地悪するのはあたしにだけで……どこかで特別なのかもと浮かれていた。
　それもこれも全部、あたしの勝手な解釈で、あたしがした妄想に過ぎない。
　ひーくん自身が言ったわけじゃない。
　希望なんて最初からなかったんだ。
「陽ぉー、もぉ、どこ行ってたのぉ？」
　近くのコンビニから制服を着た女の子が出てきた。
　甘ったるい声を出して隣に来たかと思えば、ひーくんの腕に絡んで抱きついた。
　現在進行形で心がズタボロなあたしにさらに追い打ちをかけるような出来事が目の前で起きたのだ。
　まあ、だからってあたしは彼女じゃないから関係ないですけどね！
　ただただ惨めな気持ちになる。
「急にいなくなるから心配したんだよぉ？　てか、この子たち誰？」
「あぁ、こっちが知り合いで」
「へぇー」
　目が合った瞬間、確実に女の子からは敵意を感じた。
「お取り込み中で悪いし、俺らも行こっか、桃ちゃん」

「そうだね。邪魔しちゃ悪いもんね」
　そんな敵意むき出しにしなくても、そもそもあたしはひーくんの眼中にないですから安心してください。
　関係ないもんね。どうせ兄妹みたいな関係なんだし。
　カッくんは立ち上がり、あたしの手首を掴んだ。
　……バイバイ、ひーくん。
　心の中で呟いた。
　今日できっぱり忘れられるかはわからないけど……あなたのことはいい思い出として心に残しておく。
　だからせいぜいその女の子みたいな、巨乳で可愛い子たちと仲良くしていくことね……！
　あたしはこれからいい人を見つけていい恋をして、バラ色の高校生活を送ってやるんだから……！
　ビビリなあたしは何１つ声には出せず、心の中でとにかく発散し勝ち誇った気でいた。
「１つ、教えてやるよ」
　ひーくんが……声を発するまでは。
「この子、太ももの内側にホクロがあるんだけど、それコンプレックスだからあんま言わないであげてね」
　突然の告白に……カッくんは固まった。
「ちょっ……！　なん、でそれっ……！」
「一緒に風呂入った仲だろ？」
「ご、誤解されるようなこと言わないでよ！」
「誤解？　裸見せ合ったのは事実だろ」
「うわーー!!!　やめてやめて！　それが誤解されるような

ことなんだってばー!」
　なんで、いきなりそんなこと言う!?!?
　意味がわからないんだけど!!
　ヤキモチ焼いたのかなーって思えば、ただからかいに来ただけであたしをどん底に落とすし、しまいには女の子が登場してきてさらに傷つけてくるし、かと思えば最後の最後に爆弾(ばくだん)落としてきて!
　ひーくんがいったい何をしたいのか、心の底から理解ができない。
「も、もう行こう!」
　これ以上ひーくんといると頭がパニックになると思ったあたしは、カッくんの手首を掴んでその場を足早に去った。
　少女漫画だったら、普通はこういうときに男の子が追いかけてきて、引き止めてくれたりするんだろうけど……。
　あたしたちの場合……そんなことありえない。
　相手がひーくんな時点で、そんなシチュエーションは諦めなきゃいけない。
　さんざんあたしの気持ちかき乱しといて、自分が満足したらそれで終わり。
　……それが、大魔王ひーくん。

　カッくんはあたしに気を使ってか、さっきのひーくんの言葉を気にしてか、それからカラオケ屋に戻るまでいっさい口を開かなかった。
　あたしもすぐに手を離して、少し距離を置いて歩いた。

カラオケの部屋に戻ると、4人でとても盛り上がっていて、そのおかげで自然の流れでノリに乗って一緒に楽しむことができた。
　ひーくんのことを考えることもなくなって助かった。
　あっという間に8時になり、解散することにした。

　家に帰っても、カッくんから連絡は来なかった。
　ひーくんがよくわかんないことを言ったからきっと引いちゃったんだと思う。
　けど、ビックリしたのは連絡が来なかったことじゃなくて、それに対して自分があまり残念に思っていないということだった。
　リビングのソファーに座ってテレビを観ていたら、隣にママが来た。
「桃、最近はどうなの？」
「え？　最近って？」
「恋愛よ、恋愛。最近聞かないから、どうなのかな？って」
　温かい紅茶をあたしの分まで持ってきてくれたママ。
　夜はよく2人でソファーに並んで話したり、テレビを観たりする。
　ママとは友達みたいな関係で、悩みごとやその日あった出来事など、なんでも話をする。
　もちろん恋バナも。
　だから、あたしがひーくんに長く片想いしていたことも、もちろん知ってる。

「ひーくんはどうなの?」
　よりによってその名前が出てきて、リアルタイムすぎて思わず言葉に詰まる。
「昔はひーくんと結婚する!って騒いでたでしょ?　だから久々に会って、またいいなぁって思ったりしないの?」
「そうだね……。顔はかっこいいけど、相変わらずチャラいんだもん。周りにいっつも女の子いるんだよ?」
「あのかっこよさは群を抜いてたもんねー、そりゃチャラくなっちゃうでしょ!」
「そういうものなの!?」
「ま、かっこよさで言ったらパパも負けてないけどね?」
「はいはい」
　ママはパパのことが大好きで、世界で一番かっこいいとあたしは耳にタコができるくらい聞かされている。
　娘のあたしが言うのもなんだけど、確かにパパはかっこいいと思う。
　……と、パパの話をしているとちょうどパパ本人が帰ってきた。
「おかえりなさい!　ご飯食べてきたんだよね?」
「うん、ごめんな?　まだあいつ悩んでてさ、どうしてもほっとけなくて」
「そっかぁ。でも、洸太になら頼れると思って相談してくれてるんだから、親身になって聞いてあげなね」
「うん。そうするよ」
　高校の頃からの長い付き合いなだけあって、2人がケン

力してるところをあまり見たことがない。
　馴れ初めやどんな高校生活だったかをママからはたくさん聞かされてきたから、ママとパパのことで知らないことはないと言い切れる自信がある。
　２人が通っていた当時の高校には"レディクラ"という特別なシステムがあって、美男美女が毎年必ず数名選ばれていたという。
　寮がある学校だったから、そのレディクラに入れた男女だけは共同の寮に入ることができて、コンテストやペアでダンスコンテストなどもあったらしい。若い男女が同じ寮にいるなんて……今じゃ考えられない。
　パパもそのレディクラに入っていたため、ママは高校時代、他の女子を寄せ付けないためにすごく努力したらしい。
　その変わった高校こそ、今、あたしが通ってる高校だ。
　何年も前に"レディクラ"はなくなり、今あるのは毎年文化祭で行われるミスターコンテスト。
　寮も残ってはいるが、建物が古いままなため現在は使う人はいない。

「パパってさ、正直チャラかった？」
　コーヒーを飲み始めたパパにそう聞くと、図星なのかパパはむせ返した。
「な、何言ってんだよっ。俺がチャラかったわけないだろ。ずっと奈瑠一筋だよ」
「じゃあさ、モテてた？　他の女の子から告白とかされた

ことあるでしょ？」
「んー、前にも話したことあるけど、一応レディクラに入ってたからなあ。何回かはされたことあるかな」
「そんなに告白されて、中には可愛い子もいたでしょ？ちょっと浮気しちゃおうかなーとか思わなかったの？」

　ママはキッチンで食器を洗っているから、あたしたちの会話は聞こえない。

　こういう話は男のパパに聞いてみたほうがいいのかもしれないと思い、あたしはひたすら質問攻めにした。
「思わないよ。だって大好きな人を傷つけるようなことはしたくないからね」

　パパは少し頬を赤らめながらそう言った。

　そうだよね。普通はそうだよ。

　大好きな人がいたら、どんなに他の女の子が言い寄ってきたとしても関わろうとしないよね。
「でもね、男っていう生き物は不器用だから、自分の気持ちとは反対のことを言っちゃうときもあるかもね」
「反対のこと？」
「ほら、よく小学生の男子は好きな女子に意地悪しちゃうって言うだろ？　素直に好きって言えなくて、でも構ってほしいから意地悪しちゃう。男ってそういう生き物なんだよ」

　じゃあ、ひーくんがあたしに意地悪してくるのは好きの裏返しってこと？

　……いやいや、それはないな。

　だって、それって小学生の男子がよくすることでしょ。

ひーくんはもう高校生。
　自分にとって好都合に考えて、それが違って傷つくのはもうまっぴらだ。
　小学生の頃そうだったとしても、今好きになってもらえないなら意味がない。
「パパも素直になれないときあったの？」
「そりゃ、あったよ。それで奈瑠のことを傷つけちゃったこともあるよ」
「でも、今こうして結婚してるってことは乗り越えたんだよね？　どうやってそれを乗り越えたの？」
「周りの友達が気づかせてくれて、俺と奈瑠が向き合う時間を作ってくれたんだ。それは結局、奈瑠から頼んだものだったらしいんだけど」
　ママは昔から積極的だったらしい。
　告白もママからって言ってたもんなぁ。
「ていうかさ、こんなに恋愛のことを俺に聞いてくるなんて珍しくない？」
「え？　そ、そう？」
「好きな人ができたのよ。ねえ、桃？」
　キッチンから戻ってきたママが余計なことを言う。
「はっ？　す、すす、好きな人!?」
　パパは持っていたコーヒーを慌てたようにテーブルに置いた。
　ああもう……パパに好きな人がいることがバレると面倒くさいのに……。

「って、いや別に好きじゃないし！ 全然そんなんじゃないから！」
「焦ってるところがまた怪しい。いい？ "好きになりたい"って思ってるのは恋じゃないの。"好きになっちゃダメ"って思ってるのが恋なのよ」
「え、どうして？ だって"好きになりたい"ってことは相手のことがいいなぁと思ってるからじゃないの？」
「そうかもね。でも、人間って不思議な生き物なのよ。"好きになっちゃダメ"って思えば思うほどその人のことが気になっちゃうんだなぁ」
「ふーん」
　人生の先輩としてママから学ぶことはたくさんあるけど、今回のことはどうも納得いかない。
　あたしは"好きになっちゃダメ"と悪い印象を持つ人が自分を幸せにしてくれるとは思わない。
　好きじゃなくても"好きになりたい"といい印象を持つ人こそが自分を幸せにしてくれると思う。

さようなら宣言

　初めての合コンから月日は流れ……6月も半ばに入っていた。
　梅雨入りし雨も多く、髪をせっかくセットしても湿気で学校に着く頃にはクセが出て台無し。
　そんな季節なのに、今週の土曜日には体育祭がある。
　3学年のクラスが同じ組ずつで分けられて、色別で対抗するのが恒例になっているらしい。
　1組だったら、3年1組と2年1組と1年1組が同じチームとなる仕組み。
　それぞれの学年が7クラスずつあるから、7つのチームで戦うことになる。
　あたしは3組で紫色。
　チームそれぞれで3年生が考えたチームTシャツがあって、そのTシャツはチーム色で作られている。
「桃、あたしら絶対1位取ろうね！　そんでコタローにご褒美もらうんだー！」
「コタローくん来るの？」
「来るに決まってるでしょ！　可愛い彼女が頑張る体育祭だよ？　応援しに行くって言われちゃったー、ふへへ」
　葉月はあの合コン以来、コタローくんといい感じになって、何回か遊んだあとに付き合うことになった。
　隣のクラスのイケメンを狙ってるのかと思っていたけ

ど、コタローくんもかっこいい部類に入るし、なんといっても葉月が幸せそうだから応援してあげたい。

あたしと葉月はペアで二人三脚をすることになり、見た目派手なくせに運動とか燃えちゃうタイプの葉月のおかげで死ぬ気で頑張らなきゃいけない。

仲良いメンバーの他の４人も二人三脚に出場し、それがリレー形式になってるため、葉月の圧力はあたしたち全員にかけられることとなった。

その他にクラス全員でのリレーがあって、学年ごちゃまぜの綱引きなどもある。

学年関係なく仲良くなるために考えられたらしい。

しかも、男女もごちゃまぜ。

なんと、そのクラス選出メンバーの中にあたしと愛ちゃんは選ばれてしまった。

これはあみだくじで決まったことで、はっきり言って下の学年ほどやりたくない競技なのだ。

だってそうでしょ。

普通にしてたって先輩って怖い存在なのに、なんで一緒に、しかも密着して綱引きなんかしなきゃいけないの！　仲良くなれるわけないじゃん！　怖すぎる！

なのに選ばれたのは、どっちかって言うと小心者の愛ちゃんとあたし。

体育祭自体は楽しみだったけど、その綱引きだけでいいから雨でも降って中止にならないかなあと考えていた。

……そして、当日。

　天気予報で言っていた通り、梅雨なのに雲１つない晴天。

　どうも神様はあたしの願いを叶えてはくれないらしい。

　沈んだ気持ちのまま……始まる前に自分のイスを教室から持ち出し、チーム別に分けられてる場所に置く。

　紫チームは３組で真ん中あたりにあり、左から１年２年３年の順番で並んでいる。

　そういえば、ひーくんは何色なんだろう。

　何組かも知らないや。

　あの合コンがあった日に偶然会ってから……ひーくんとは会ってない。

　ん？　会ってないというか、話してないというのが正しいのかも。

　ひーくんは目立つグループにいるし、女の子といることも多いから嫌でも１日１回は最低でも見かける。

　そのたびに胸の奥がキュッと締め付けられるけど、別に連絡をとりたいとか付き合いたいとか、何かを望むことはなかった。

　このまま時間が経てば、きっと何事もなかったかのようにひーくんへの想いは消える気がする。

　てか、そうならないと困る。

　開会式が始まり、去年優勝した青チームの代表が前に出て選手宣誓をした。

　そのあとに、いつものように長い校長先生の話を最後に

開会式は終わった。
　とりあえず席に戻ろうと歩いていると……斜め前に紫色のTシャツを着ているひーくんの姿が見えた。
　それには葉月たちも気づいたらしく、小さく「げっ」と呟いたのが聞こえた。
「まさかの本宮先輩も紫だったんだねー」
「ほんとにね。ま、でももう関係ないし！」
「まぁね！　綱引きが一緒とかじゃなきゃ、まったく会うこともないからねー」
　あ、そうだ。
　綱引きは学年も男女も混合だから、一緒にやる可能性もあるんだった。
　でも、そんな偶然、漫画じゃあるまいし起こるわけないでしょ。
　ひーくんは今来たばかりなのか、ズボンは制服のままでローファーを履いている。
　いつも一緒にいる人たちも含め、ちゃんとチームTシャツを着てるのを見ると、今までの怖い印象もなくなっていった。
　これから着替えるのか、ひーくんたちは歩き始めて校舎へ向かっていった。
「ねえねえ！　二人三脚もう並ばなきゃらしいよ！　早く行くよ！」
「え、うそ！　よっしゃ、行くぞ！」
　二人三脚はプログラムの2番目で、早く行かなければな

らなかった。

　ひーくんの背中を見つめたあと、あたしは入場口へと走り出した。

　もうすでにたくさんの人が準備していて、チーム別に並んでいた。

　二人一組で手ぬぐいが１枚用意されていて、それを各自その場で片足同士をくっつけるように結ぶ。

　葉月とあたしはアンカーのため、最後尾(さいこうび)に並んだ。

　最初の競技である２年生の玉入れが終わり、二人三脚に出る生徒たちは一斉に入場した。
「葉月！」

　予行練習のときに確認した位置につくと、近くにある一般の応援席から見覚えのある男の子がそう叫(さけ)んでいた。

　コタローくんだ。

　葉月の顔は一気に明るくなり、コタローくんに向かって思いっきり手を振った。
「頑張れよー！」
「コタローのために頑張るねー！」

　こうやってイチャイチャされると、隣にいるあたしも思わずニヤけてしまう。

　ほどほどで２人がイチャイチャを止めたところで、ちょうどスターターピストルが鳴り１走目が走り出した。

　200メートルのトラックを４分割して、３番目までは50メートルを走るんだけど、アンカーだけはさらに50メートル追加で倍の100メートルを走ることになっている。

つまり、あたしと葉月は100メートルを走らなければならない。
　葉月が目立ちたいがためにアンカーになった結果、こうなったのだ。
　速く走るというより、いかに転ばないかのほうがあたしは心配。
　……そして案の定、あたしはゴールまであと数メートルのところで派手に転んだ。
　手ぬぐいで合体されてた葉月も、転んだあたしにつられてコケた。
　でも、葉月は手を着いた程度でケガはない。あたしは膝(ひざ)を思いっきり地面に擦(す)ったから血だらけになった。
　あれだけ順位にこだわってた葉月なのに、あたしのせいでビリになったにもかかわらず、思いのほか怒ってなくて、むしろ保健室にまでついてきてくれた。
「あら、転んじゃったの？」
　保健室の先生は優しく迎えてくれ、葉月には悪いから先に戻っていてもらった。
　初めて保健室に入ったけど……先生若いなぁ。
　てか、綺麗だなぁ。
　黒く胸のあたりまである髪は太陽の光に当たってツヤツヤしている。
　顔は小さく、つり目だからか少しキツめにも見える。
　でも、手当ても話し方もとても優しくて、これがギャップ萌えってやつだなって思った。

「あら、包帯ないわ。ちょっと取ってくるから待っててね？」
「はーい」
　青い長椅子(いす)に座り、待つことにした。
　膝を伸ばすとケガしたところが縮まるため、とてもじゃないけど痛くて伸ばすことができない。
　ここまで歩いてこられたのは奇跡(きせき)だ。
　アドレナリンが出てたのかも。
　窓は締め切ってあって、外でしている体育祭の賑(にぎ)やかさが嘘かのように、保健室はとても静かで落ち着く。
　そんな静かな保健室の窓が突然開き、あたしはガラッという音にビックリした。
　思わず窓のほうを振り返ると、外から顔だけを出すひーくんの友達がいた。
　あのイケメングループの中の１人だ。
「ひ、い、ろー、起きてるー？」
　え、ひーくん!?　ひーくんいるの!?
　確かに窓側のベッドはカーテンが閉まってるなとは思ったけど、まさかひーくんがいるとは!!
　ひーくんがいるとわかった瞬間、なぜか高鳴る胸。
　いやいやいや。もう忘れるんだから。
　とっさに深く息を吸い、高鳴りを抑えた。
　不覚にもひーくんの友達を見ていたら目が合ってしまい、一瞬ニヤッとされた気がした。
「まだカラダだるい？　大丈夫かよ？」
「あー……、まあ、ちょっと」

「あんま無理すんなよ？」
「あぁ？　うるせーよ。さっさと行け」
「はぁー冷たいねー。はいはい。さっさと消えますよー」
　あたしと目が合ったのに、まるであたしには気づいてないかのように振る舞うお友達は、ベッドにいるであろうひーくんにそう話しかけると、すぐに窓を閉めてその場からいなくなった。
　……会話からして、もしかしたらひーくんは風邪をひいてるのかもしれない。
　だるいって言ってたし。
　自然と……身体は動いていた。
　レールがついたカーテンを少し開けると……そこにはひーくんが寝ていた。
　なぜか上半身裸で、掛け布団を抱き枕のように脚で挟んでいる。
　下には体操着の短パンを穿いてるものの腰パンしてるからちょっとだけパンツが見えて……あたしは思わず顔を逸らした。
「病人が寝てるってのに、勝手に開けちゃダメだろ？　桃ちゃん」
「……っ」
　再びひーくんを見ると、さっきまで目を瞑っていた穏やかな表情はどこにもなく、真っ直ぐ熱を帯びた瞳であたしを見つめていた。
「ご、ごめんっ。ひーくん具合悪いのかなって思って……」

「心配してくれてんの？」
「ま、まあ……」
「昨日からちょっと調子悪くて風邪っぽいんだよ。身体もだるくてさ」
　確かに体温が高くなっているのか、汗をかいたみたいに全体的に火照ってる気がする。
　声も若干かすれ気味で、色っぽい……だなんて思ってしまう。
　何週間ぶりかに話したけど、やっぱりひーくんといると、彼が人を惹きつける力を持ってるのを実感する。
　きっとこれは恋愛的に好きとかじゃなくて、ひーくんの醸し出す雰囲気に、人間としてあたしがドキドキさせられてるんだ。
　それなら納得できる。
「とりあえず服着なよっ、そんな格好してるほうが悪化するよ」
「んー」
「んーじゃなくて！」
　あたしの足元に同じ紫のチームTシャツが落ちていたため、あたしはそれを取り、ひーくんに着せるためにちょっと歩いた。
　だけど、膝を伸ばした瞬間に激痛が走って……。
「キャッ」
「うおっ」
　あたしはひーくんの上に勢いよくダイブしていた。

「桃ちゃん、だいたーん」
「ち、ちがっ」
「何、目ぇ逸らしてんの？　俺の裸なんか腐るほど見てきただろ？」

　退こうとしたら腕を掴まれて身動きできなくなり、あたしは完全にひーくんの支配下に入ってしまった。

　確かに小学校の低学年までは一緒にお風呂に入ったこともあったし、裸も見たこともあったけど、今の裸を見るのとそれはまったく次元が違う。

　いろいろなことが未経験なあたしには刺激が強すぎる。

　ましてや、ひーくんなんて……。

　程良く筋肉がついていて、腹筋なんか割れちゃってるんだもん。

　男の人で"セクシー"って言葉が似合う人なんかいるんだなぁ。

「ねえ、具合悪いのって嘘でしょ。またあたしのことからかってる？」
「全部が嘘じゃねぇよ。だるいのはほんと。桃をからかったことなんかあったっけ？」
「あるよ！　いつもでしょ？　面白がってちょっかい出してくるじゃん！」

　あたしの腕を掴んだひーくんの腕が少し冷たいから、熱はないなと確信した。

　それに首には綺麗な形のキスマークがくっきりと２つあって、そのおかげで私が来る前までに、ここで誰とどん

なことをしてたのか想像できちゃった。
　窓から顔を出したお友達も、あたしをからかうために、わざとひーくんを心配するように曖昧(あいまい)な言い方をしたに違いない。
　あたしは先輩２人に遊ばれたわけだ。
「素直に心配して来てくれたことが嬉しかったんだよ」
「じゃあ、なんでこうやって引き止めるの？　あたしは付き合ってない人と密着するような簡単な女じゃないっ」
「桃が可愛いから」
「まっ、またそうやって思ってもないこと言って最低！　誰にでも言ってるの、知ってるからね。もうその手には引っかからない」
　もう嫌気が差し、膝の痛みを我慢して自力でひーくんの腕を振りほどき、ベッドから下りた。
「今みたいに触れられたくない。あたしはあたしを好きでいてくれる人じゃないと嫌だから」
「……」
「もう話しかけたりしない。好きなのもやめる。だから、ひーくんも話しかけないで」
「……」
「さようなら、ひーくん」
　ひーくんに背を向けていたから、どんな顔をしていたのかはわからない。
　でも、あたしが望んでる顔をしてないことだけは想像できる。

触れられたくないとか好きじゃないとか言ったけど、どっちも心から思ってるわけじゃない。
　確かに触れられてムカつく気持ちはあったけど、嫌な気持ちはしなかったのが事実。
　どうしても頭に浮かぶのは、彼がその前に他の女の子に触れていた光景で……すごく胸の奥が締め付けられる。
　こんな苦しい想いは嫌だ。やっぱりあたしだけを好きでいてくれる人と恋愛がしたい。
　その他大勢の女の子の仲間入りはしたくない。
　……そう思うということは、そこまでひーくんのことを好きじゃなかったんだなと改めて実感する。
　不思議と涙は出なかった。
　まだ傷は浅い。大丈夫。
　自分で自分を励ましながら……あたしは葉月たちが待つ場所へと向かった。

～注意報②～

お勉強は大事なんです

　保健室の先生の存在を忘れていたあたしに、先生はわざわざ包帯を届けに席まで来てくれた。

　去るときに、なぜかあたしの顔を見て意味深にニヤッとしたのが引っかかったけど、それほど気にはしなかった。

　なぜなら、さっき自分がひーくんに対して放った言葉が頭の中を駆け巡っていたからだ。

　なんであんなこと言っちゃったんだろう。しかも、さよならだなんて。嫌いになったわけじゃないのに。

　いや、でもこれでよかったのかもしれない。だってあんな直るはずのない遊び人が相手なんだもん。あたしが扱えるわけない。

　……それから少しの間、言わなきゃよかった、言ってよかった、を心の中でひたすら自問自答していた。

　自分の気持ちなのに全然コントロールできない。

　ほんと厄介だ。

　気持ちを整理できずにいると、あっという間に体育祭は終わり、紫チームは7チーム中4位というなんとも反応しづらい順位で終わった。

　放課後はチームごとで打ち上げがあったけど、もちろんそこにひーくんたちの姿はなかった。

　体育祭が終わると次に待ち構えているのは、聞くだけで

テンションが下がる中間テスト。
　教室内はいっきにピリピリモードに……なると思いきや、みんなプリントやノートを貸してもらったり写したり、勉強をするというよりそれ以前の問題を片付けることに必死だった。
　テスト前だと授業でもノートやプリントをまとめて提出することも多くなり、よけいに作業が増える。
　普段ちゃんとノートをとっていない人たちは、ここでツケが回ってくるわけだ。
「ったく、お前らはぁ。今日の４時までだからなぁ。それまでに持ってこねぇと単位はもらえないと思え」
　くじ引きで決まった席がたまたま葉月と前後だったのが原因で、あたしたちは授業中に話しすぎ、そのツケが回ってこのテスト前にすごく追い込まれている。
　古典の先生は50代くらいのおじさんで、あたしと葉月はマークされている。その上、提出日にノートを出せなかったのがあたしたち２人だけだったため、ついに痺れを切らしたのだ。

「あんたたちバカすぎるでしょ。なんでこうなることわからなかったのよ」
「自分でもそう思います。日菜子さんがプリントの写真を撮らせてくれたおかげで、なんとか単位もらえそうです。ありがとうございます」
「ありがとうございます。……よっし、終わったー！」

真面目な日菜子はきちんとノートをとっていて、当日に提出日だということに気づいたあたしと葉月はそのノートの写真を撮った。
　それを昼休みと放課後の時間を使ってなんとか写し終わった。間違えてバイトを入れてしまったらしい葉月と日菜子は、先に帰らせてあげた。

「失礼しました」
　古典の先生にノートを渡し、代わりに嫌味を受け取ったあと、職員室を出た。
　放課後の学校は静かで、教室の前すら静まり返っている。
　カバンを教室に置いてきてしまい、物音がほとんどしない廊下をあたしは歩いた。
　カバンを取り、教室を出る。
　下駄箱に行くには1階の渡り廊下を通る必要がある。
　なんだかソワソワする。
　ひーくんと再会したあの日から……渡り廊下を通ると思うとなぜかソワソワするようになってしまった。
　そのソワソワの原因をあたしはすぐ知ることになる。

　1階の渡り廊下には壁がなく、柱が両端と真ん中にあってそれが左右にあるから計6本の柱がある。
　中庭に顔を向けて真ん中の柱に隠れるように元希と男の子2人がそこにいた。
「何してんの？」

「うぉっ。なんだよ、ももたろーか。今太陽が修羅場ってんだよ。だから静かにな」

 太陽という名前に一瞬「誰？」と思ったけど、中庭に目を移すと、そこには以前みんなで教室まで見に行ったイケメンくんがいた。

 けど、中庭には太陽くんだけじゃなくて、太陽くんから１メートル程離れた右斜め前に女の子が立っていて、その隣には、ひーくんといつも一緒にいる友達もいた。

 女の子は泣いているようで、ひーくんの友達の腕を掴んでもう片方の手で自分の顔を隠していた。

 太陽くんは何回もペコペコと頭を下げ、表情は困惑してるようだった。
「あの先輩に猛アタックされてたんだよ。連絡先勝手に入手されたりバイト待ち伏せされたり、一歩間違えりゃストーカー並みに」

 何も聞いてないのに、元希は親切に今の状況に陥った過程を話してくれた。
「太陽はそれ以前にあまり女の子に興味ないから素っ気なくしてたんだけど、ついにあの先輩が爆発したっつうか。まあ、武器として陽くんたちを使ってきたわけよ」

 ひーくん!?

 ああ……確かに奥のほうにある芝生の上に座って友達と談笑するひーくんの姿が見えた。
「つまり、ひーくんたちの力を借りてでも、太陽くんと付き合おうとしてるってこと？」

「そういうこと。それで今は最後の泣き落とし。でもあの女、ああいう手法で男にアタックするので有名らしいよ」
「毎回ああやって、ひーくんたちの手を借りるってこと？」
「あぁ。けど、ほら。なんか今回はこっちの味方してくれてるっぽいな」
「え？」

　ひーくんが３人に近づいてきて、女の先輩の頭をガシッと掴むと無理やり下げて、太陽くんへ謝らせた。

　隣にいたひーくんの友達は太陽くんの肩を軽く叩き、そのあと女の先輩の腕を掴むと、引っ張ってこちらに向かって歩いてきた。
「お、元希！　今回は迷惑(めいわく)かけたなぁ。まあ大目に見てやってよ」

　ひーくんの友達は、綺麗な白い歯が見えるくらい大きく笑って、女の先輩の腕を掴みながら、もう片方の手で元希の髪をくしゃくしゃにした。
「いや、そんな、むしろすみませんっ。ありがとうございます！」
「おう。じゃあまたな。あ、桃ちゃんもまたね」
「えっ、あ、はい」

　元希は軽く頭を下げて２人を……というよりはひーくんの友達を見送った。

　突然名前を呼ばれたからビックリした。
　……そうか。
　あの日、再会したひーくんに「好き」なんて言っちゃっ

たから、きっと変な女として頭に残っちゃったんだ。
　できればあの日に戻りたい。
　戻ってひーくんに会ったら自然と挨拶だけをしてそのまま立ち去りたい。
　そうしたらきっと、今あるひーくんへの気持ちや悩みなんかもなくて、高校生らしい新しくて楽しい恋ができてたのかもしれない……。
　今はまだ21世紀なので、某アニメのネコ型ロボットは存在しないしタイムマシンもない。
　誰か早急に開発して……と願った。
　ひーくんたちはどうも女の先輩の味方をしたわけじゃなく、むしろ太陽くんの味方をしていた。
　中庭には太陽くんとひーくんと残りの先輩たちがいて、笑いながら話したあと、すぐにみんなであたしたちのほうに来た。
　あたしの身体は強張った。
　会いたくない。
　そもそも今回の件に関係のないあたしは、その場を立ち去ろうとした。
　しかし、元希に手首を掴まれたため、結果的に立ち去ることはできなかった。
「ちょっと、何この手っ。あたし帰りたいんだけどっ」
「お前に用があんだよ。ちょっとなら時間あんだろ？」
「用って何よっ」
　ひーくんが近づいてきてるから、自然と話す声は小さく

なり、元希もそれにつられて小声であたしたちはコソコソと話した。
　すると、ひーくんたちはもう近くにいた。
　太陽くんは先輩の1人に肩を組まれていた。
　あたしに気づいたひーくんはなぜかニヤリとして、それに嫌な予感しかしないあたしはわかりやすく無視をした。
　そのあと、太陽くんと目が合った。
　顔を見るたびに思うけど、本当に整った顔だなぁ。切れ長の目に薄い唇、黒い髪が爽やかさを醸し出している。
「え、なんで、前辻さんが……」
　そんなかっこいい太陽くんがあたしを見た瞬間、顔を真っ赤にして急にオドオドし出した。
　え？　え？
　しかも、あたしの苗字を知っている。
　この短時間に2人に名前を覚えてもらえてることを知り、もしかするとモテ期が来たんじゃないかって勘違いしてしまいそうになる。
「太陽、落ち着け。とりあえずこいつは暇らしいから大丈夫だ」
　焦ってるような太陽くんを、あたしの肩に自分の肘を乗っけている元希が偉そうにそう言って落ち着かせた。
　あたし1人頭の中がハテナだらけ。
　この状況を説明してほしい。
　確かにテスト前だから予定がないのは当たってるけど、何が大丈夫なのかもわからないし、そもそもなんで太陽く

んがあたしを見て、こんなに焦ってるのかもわからない。
　元希はあたしから離れ、ひーくんたちに挨拶したあと、太陽くんを連れて少し離れた場所へ行ってしまった。
　状況を掴めずその場に立ち尽くしたままのあたしが、ふとひーくんに視線を向けると、なぜか不機嫌そうな顔をしている。
　何か怒ってる？
　さっきまでそんな感じ、まったくなかったのに。
　そうか。あたしには会いたくなかったってことか。
　不機嫌になるほど会いたくないってことね。
　あたしから突き放したくせに、そう思われてると思うと胸が痛くて張り裂けそうになった。
　こうして目が合うだけでドキドキしてしまう。
　言葉を交わさなくても、ひーくんと同じ空間にいるだけでこんなにも支配されている。
　あたし……やっぱりどうかしてる。
　まだこんなにもひーくんを想ってる。
　口を開こうとしたけどやめた。
　せっかく突き放せたんだ。
　今話してしまったら、また振り出しに戻ってしまう。
　……ひーくんも、口を開くことはなかった。
　すぐに視線を他に向け、あたしなんか目に入ってなかったかのように横をゆっくりと通り、先へ行ってしまった。
　いつだって、あたしが負ける。
　突き放したはずなのに、話したくなかったし会いたくな

かったはずなのに、いざこうして他人行儀にされると敗北感がすごくある。
　ムカつくムカつくムカつく！
　なんであたしばっかり、こんな思いしなきゃいけないわけ？
　別に好きになりたくて好きになったわけじゃないのに！
　あと少しで地団駄を踏むくらいイライラしてきたところで……タイミングよく元希と太陽くんが戻ってきた。
「率直に言う。太陽がお前と友達になりたいらしい」
　そして戻ってきて早々、そんなことを言われた。
「え？　友達？」
「それ言うなよっ。恥ずかしいだろっ」
「はあ？　奥手なお前が率直に言わなくてどうすんだよ、一生伝わんねぇぞ。つーか、こいつと友達になったって何１つメリットなんかねぇのに」
　太陽くんはさっきより顔を真っ赤にして、元希に怒ってるようだった。
　あたしの思考回路はごちゃごちゃだった。
　１年生どころか学校中の女の子の噂になってるイケメンがあたしと友達になりたい？
　女の子選びたい放題の人が？
「もっと率直に言えば、好きになっちゃったから付き合ってほしいんだけど、でもいきなり告白するのは厳しいと思うから、まずは友達として仲良くなりたい、らしい」
　元希がお節介を焼いて、当の本人よりとても詳しく話し

てくれた。
　待って待って待って。
　太陽くんがあたしのことを好き!?
　嘘でしょ!?
　天と地がひっくり返っても、あたしと太陽くんじゃ釣り合わない！
　そもそも、話したこともないのになんで？
　友達になりたいと言われただけで混乱してたのに、好意を持たれてることを知り、さらにあたしは混乱した。
　でも混乱してるのはあたしだけじゃなくて、太陽くんも同じ気持ちらしい。
「いや、あの、今の聞かなかったことにして！　あ、全部じゃなくて！　す、好きってとこだけ！　まずは、友達になってほしいっていうか……」
「う、うん」
「ごめん、なんか。いきなり困るよね？　あ、でも、友達っていっても、元希とか他のヤツらも含めて遊べるようになりたいっていうことで……」
　学校中の女の子が友達になりたいであろう人気者に、こんなことを言わせているあたしはいったい何者だろうか。
　何かしたっけ？
　聞かなかったことにして、と言われてもそんなことできるはずがない。
"太陽くんがあたしを好き"
　ひたすらそれだけがリピートされる。

「じゃあ、まずは友達としてよろしくお願いします」
　本人が聞かなかったことにしてと言うから、あたしはそれに従って聞かなかったことにしたわけじゃないけど、それ以上突っ込むこともしなかった。
　そして、太陽くんに手を差し出した。
　頭の中が整理できたわけじゃないし、未だに太陽くんがなんであたしなんかを選んだのかわからないけど、友達からなら始めてみたいと素直に思った。
　太陽くんはあたしの手を握り返した。
「よろしくお願いします」
　まさか高校生になって男の子と友達として手を握るなんて思いもしなかった。
　しかも、こんなイケメンと。
「え、それは友達としてよろしくってこと？　恋人としてよろしくってこと？」
「は、はあ？　いきなり恋人としてなわけないでしょっ。バカ元希っ」
「そりゃそうか。ま、一歩前進したからいーよな！ってことで、今からテスト勉強しに向かおう」
「え？」
　太陽くんも驚いた表情で、あたしたちは元希のあとをついていくしかなかった。

　完全に元希の流れに乗せられて、着いた先は商店街にあるよく行くハンバーガーショップ。

もう1人いた元希の背の高い友達は、用事があると言って一緒には来なかった。
　あたしと元希と太陽くん。
　ほんの30分前まではありえない組み合わせ。
　勉強するって言ってどうせ話すだけだろうと思ってたら、カバンからプリントと筆箱を出して本当に勉強をしようとしている元希。
　中学時代を思い出すと考えられない。
　元希が真面目にテスト勉強しようとしてる？
　驚いた顔で元希を凝視すると、元希はニヤッと笑った。
「これ？　勉強だと思うじゃん？　それが違うんだなあ。プリント書いてねぇから太陽の借りてんの。これから写すところ」
　前言撤回。
　元希は何も変わってない。
　けど、あたしもさっきまで教室で必死にノートを書いてたのを思うと……元希と同じレベルなんだと知り、ショックを隠しきれなかった。
　元希の隣に太陽くんが座り、太陽くんの目の前にあたしは座っている。
　ここに向かうときも、ここに来てからも、太陽くんは黙っていて、でもそれを嫌には感じなかった。
　緊張……してるのが伝わる。
　太陽くんは「トイレ」と一言だけ残して席を立った。
　あたしと元希の2人だけになり、思い切って聞いてみる

ことにした。
「ねえ、なんであたしなの？」
「さあ？　太陽が言うには一目惚れ(ひとめぼ)だってよ」
「一目惚れ!?　あたしに!?」
「あぁ。お前らが教室に、太陽見に来てたときあったじゃん？　そのときにお前のこと見て惚れちゃったらしいよ」
　う、嘘でしょ、あのとき？
　あたしどんな髪型だった？　化粧大丈夫だった？　そんな気合い入ってたっけ？　いい匂いなんかさせてた？
　思い出そうとするけど、全然思い出せない。
「だって、太陽くんってモテるでしょ？　可愛い女の子がいっぱい寄ってくるのに、なんであたし？」
「んー、まあ、男にはいろいろあんだよ」
「だからそのいろいろって何よ。これでもあたし混乱してるんだからね？」
「じゃあ答えてやるから、その前に一個答えろよ？」
「な、何？」
　元希がいつになく真剣(しんけん)な表情をするから、自然と背筋がピンと伸びた。
「陽くんとはどういう関係？　あのときキスしてただろ」
「み、見てたの!?」
「見てたっつーか。先輩にもう１回挨拶しようと思って振り返ったら見えちゃったんだよ」
　告白したところを見られたわけじゃないのは安心だけど、キスを見られたのは恥ずかしい。

「どういう関係って、別になんでもないよ。もう今は赤の他人みたいなもんだし」
「ふーん？」
「もしかして、太陽くんも見てたの？」
「まあな。だから、そのあと俺にずーっと質問攻めだよ。俺だって、中学から一緒のお前のことで知らねぇことねぇって言いたいとこだけど、さすがに今の男関係まで知ってるわけじゃねぇしな」

　太陽くんはあんな場面を見てたのに、どうしてあたしのことを好きに……？
「そ、それで？　なんであたしなの？」
「待てよ。落ち着け。その前にもう１回確認。ほんとに陽くんとはなんでもねぇんだな？」
「だから、なんでもないって言ってるでしょっ」

　元希は一呼吸置くと、小さい声で「キスシーンが忘れられねぇんだってよ」とあたしに耳打ちした。

　その直後、太陽くんがトイレから帰ってきて、元希はサッとあたしから離れてプリントへ視線を落とした。

　なんなの、今日はいったい。あたしの思考回路をめちゃくちゃにする日かなんかなの？

　そういう特別な日なの？

　あたしとひーくんのキスシーンが忘れられない？

　あたしのキスシーンが太陽くんの中で鮮明にインプットされていること自体、とても恥ずかしい。

　こんなイケメンくんの脳内にお邪魔してるだけでおこが

ましいのに。
　太陽くんが本当にあたしのことを好きなのか信じがたいけど、理由はなんであれ、好きという気持ちはいろんな可能性を秘めてるから、本人以外が否定することもできない。
　あたしだって、ひーくんをなんで好きになったのかって聞かれても、理由がすぐ思い浮かぶわけじゃない。
　ただ、あの整った顔で綺麗な瞳に見つめられると……身体が熱を帯びる。
　それ以上考えるのはやめにした。
　いろんなことを考えすぎて頭がパンク寸前だ。
「なあ、テスト明けの祭り、一緒に行かねぇ？」
　元希のプリント写しも終わり、太陽くんの緊張も少し解けてきたところで、元希がそう言ってきた。
「あの商店街の？　行きたい！　葉月たちも誘っていい？」
「おう。大人数のほうが楽しいしな。な？　太陽」
「あぁ、だな」
　太陽くんは笑うとほんとにお日様みたいに明るくて、名前にピッタリな人だなぁって思った。
　周りまで明るくする力を持ってると思う。
　自然とあたしも素で笑顔になっていた。

　商店街では毎年7月中旬に3日間にわたり、屋台がたくさん並ぶ地元のお祭りが行われ、周辺に住む人のほとんどが楽しみにしている。
　あたしも小さい頃から、毎年必ずお祭りには行っている。

すぐに葉月たち6人に連絡すると、彼氏がいる3人は来られず、日菜子と愛ちゃんだけが行くことになった。
　彼氏がいる人は2人きりで行くんだろうなあ。
　いいなあ。
　高校に入学する前は彼氏とお祭り行ったり、学校でイチャイチャしたりしてるんだろうなあって夢を描いてた。
　1年目の今は惜しくも叶わなかったけど。
　でも、あたしに好意を持ってくれてる人と一緒にお祭りに行ける。
　それだけでだいぶ進歩だ。
　もしかしたら、このままひーくんのことを忘れられるかもしれない。
　ひーくんもあたしのことを無視してた。
　ってことは、それまでの関係だったってこと。
　終わるにはこのタイミングしかない。
　……そういえば、終わるとか以前の問題で何も始まってなんかいなかった。
　何も始まらずにあたしたちは離れたんだ。
　症状が悪化する前だったからよかった。
　ちゃんと学習できてた。
　きっと、これからは楽しい恋愛をできる……。

俺が幸せにするんで

　テスト1週間前。
　中学のテストよりも高校のテストはプレッシャーがかからない。
　習うことも抜群(ばつぐん)に難しくなるわけじゃないから、ほとんどが応用。
　あたしの高校がそうなだけかもしれないけどね。
　テスト期間は1週間で、テスト実施日(じっしび)は4日間。
　テスト実施日の前日は部活もなく4時間しかないので、午前中に学校が終わった。
　帰りにいつもの6人で近くのファミレスに寄り、テスト勉強会という名の女子会が始まった。
　テスト実施日も午前中で終わってしまうので、友達と帰りに飲食店に寄ってお昼を食べておしゃべりして……を繰(く)り返した。
　そんなこんなでテスト期間は終わった。

「ねえ、桃」
「うん。聞きたいことはわかってる」
「あたし、2教科」
「勝った！　あたし1教科！」
「うっそー!?　桃には負けたくなかった……」
　葉月と赤点の数で競う低レベルな争い。

日菜子の「そもそも赤点ある時点で負けてるからね」の冷たい一言でその話はすぐに終わった。
　金曜日は１週間の中でなんだか特別に感じる。
　休みが始まる前日だからか、とてもワクワクする。
　赤点をもらってても忘れてしまうほど気分はいい。

　鼻歌を歌いながら下駄箱に向かうとタイミングよく元希に会い、そこでお祭りのことを思い出した。
　お祭りは金土日の３日間で行われる。
　元希たちと一緒に行くのは土曜日に決まり、ついにその日は明日。
　メンバーは元希、太陽くん、あたし、日菜子、愛ちゃんの５人。
　午後の３時に駅前で待ち合わせをすることになった。
「なあ、お前って浴衣持ってる？」
「浴衣？　持ってるけど……え、まさか、お祭りに着てこいってこと？」
「そういうこと。せっかくだから女の子の浴衣姿見たいなーって。あ、俺は別にももたろーの見たくねぇよ？」
　意地の悪い顔をした元希の脛を手加減せずに蹴ると、元希は痛そうに顔を歪ませて脛を優しく押さえた。
　あたしと元希の関係は異性の友達というより、限りなく男友達に近い。
　お互いに異性として見ていないし、なんでも話せてどんな部分でも見せられる関係。

変に気を使わなくていいから一緒にいて楽。

「ももたろー、こっちだっけ？」
「そうー。元希は真っ直ぐだよね。じゃ、また明日ね」
「待って！　携帯、貸せ」
「え、ちょっ……」
　元希はあたしが手に持ってた携帯を無理やり奪うと、自分の携帯を見ながら、あたしの携帯を勝手に入れ始めた。
　すぐに携帯は返され、画面を見ると電話帳に新たに"太陽"の文字とメールアドレスと電話番号が登録されていた。
　解散する前に元希に「連絡してやって」と言われ、家で部屋着になったあと、さっそく太陽くんにメールを打った。
　すぐに返事が来て、そのあとは互いに他愛もない質問をし合った。
　太陽くんはあたしの最寄り駅から４駅離れた場所に住んでいて、小中とバスケをしていたらしい。
　２つ下に中学２年生の弟がいて、反抗期を迎えたからか、話すとケンカ口調なのが今の悩みだって言ってた。
　最初は静かだった太陽くんもすぐに打ち解けて話してくれるようになったから、こうして友達になれてよかったって思う。
　好意を持ってくれてるのはまだ信じがたいけど、あたしなんかと友達になりたいと思ってくれただけで口角が上がってしまう。

「でもさぁ、それってつまり、付き合うの前提で友達になってください！ってことじゃないの？」
　翌日の土曜日。
　雲１つない晴天で、とても蒸し暑い。
　そんななか、日菜子と愛ちゃんは朝の10時にあたしの家に来た。
　元希がどうしても浴衣を着ろって言うもんだから、３人で浴衣を着ることになった。
　２人とも着せてくれる人がいないということで……。
　あたしのママが着付けをできるから、早めに来てくれたというわけだ。
　一応、太陽くんのことは言っといたほうがいいかなと思い、２人に話すと、驚かれた。
　予想してた反応と同じだったけど、日菜子はやっぱり冷静だった。
「友達になったからには、その先には恋人の関係が待ってるんじゃないの？」
「そこまで考えてなかった……。ただ、友達になろうって言われて断る理由なかったからつい……」
「あー、でも向こうもそこまで重く考えてないかもね？で、じっさいのところどうなのよ？」
　そう聞かれても、正直言ってまだ何もわからない。
　ちゃんと話すようになって数日しか経ってないし、太陽くんがどんな人なのかはっきりわかったわけじゃない。
　優しいんだろうなぁとは思うけど。

「まあ、誰かさんみたいにモテるからって、いろんな女の子に手出してないのはわかったかな」
「ははっ。誰かさんって本宮先輩?」
「それしかいないでしょ。ほんとなんであんな面倒くさい人好きだったんだろ? 不思議でしょうがない」
　ひーくんとは、もうどうにかなりたいなんて思わない。
　だけど、太陽くんとは新しい関係になりたいなと思う。
　これが今のあたしの気持ち。

　3人とも浴衣に着替えて髪の毛もセットし、準備万端（ばんたん）な状態になったところで元希たちに連絡をした。
　駅周辺はお祭りで人がたくさんいて待ち合わせしづらいとなったため、元希と太陽くんがあたしの家まで迎えに来てくれた。
　マンションエントランスのドアを開け外に出る。振り向いた元希と目が合うや否や……。
「馬子（まご）にも衣装ってとこだな」
　と暴言を吐かれた。
　でも、その隣にいた太陽くんの頬が赤くなっていくのを見て、こっちまで恥ずかしくなり、元希の暴言なんかすっかり忘れてしまった。
　こういう反応をされたことがないから戸惑っちゃうし、どうすればいいかわからないけど、ただとても嬉しい。
「はーい、太陽がももたろーに見惚（みと）れてまーす。きもーい太陽きもーい」

「うるせーな！　そ、それより、早く行こ！」

　そう言って先頭を歩き出した太陽くんは、まだ耳がほんのり赤くて、こっちにまで移りそうだった。

　お祭りが行われている場所へ行くと、すでにたくさんの人で賑わっていた。

　屋台ではチョコバナナ、お好み焼き、かき氷と、定番のものを買って食べた。

　毎年やってるヨーヨーにも挑戦(ちょうせん)しようとして、元希に「小学生かお前は！」とバカにされた。やめようとしたら、太陽くんが「俺もやろっかな！」と一緒に来てくれたことにビックリした。

　あたしは欲しかった黄色のヨーヨーをゲットし、太陽くんは水色のヨーヨーをゲット。

　そのあとは２人で並んで歩きながらヨーヨーで遊んで、自分で言うのもなんだけど……これが「いい雰囲気」ってやつか？と思った。

　人混みの中で太陽くんがあたしを守るように少し前を歩いてくれてるのも、うすうすわかっていた。

　優しいし、男らしいし、何よりかっこいい。

　その反面、恥ずかしがり屋ですぐ顔が赤くなるところは可愛いなぁと思う。

　こういう人と付き合ったら、幸せになれるのかもしれないな……。

　そんなことを考えてても、やっぱりひーくんの顔がすぐ

に頭に浮かんで邪魔をしてくる。
　ブンブンと頭を横に振り、ひーくんを頭から追い出そうとすると、太陽くんに不思議な目で見られたから即座にやめた。

　お祭りに来て1時間が経った頃、元希と日菜子と愛ちゃんがトイレに行ったことで、私は太陽くんと2人きりになった。
　トイレを待つ人の列が長く時間がかかりそうだったのもあって、あたしと太陽くんはトイレから少し離れた公園で待つことにした。
　公園にもたくさん人がいたけど、タイミングよくベンチが空いたため、端にある木で作られたベンチに座った。
「足、大丈夫？　痛くない？」
　座るや否や、すぐに足の心配をしてくれた太陽くん。
「大丈夫だよ、ありがとう」
「ならよかった」
「ふふ」
「え、なんで笑うの」
　太陽くんがあまりにも優しいから、その優しさに思わず笑みがこぼれてしまった。
「優しいなあって思って」
「そう、かな」
「優しいよ、ほんとに！　あたし、こんなに男の子に優しくされたの初めてだもん」

「初めて!?」
　太陽くんは目を丸くして驚いた。
「昔から仲がよかった男の子がいるんだけどね？　その人って意地悪しかしないの！　優しさなんてこれっぽっちもなくて。元希も見てればわかるでしょ？　いつもああやって、からかってくるしさ」
「元希はある意味の愛情表現じゃない？　桃ちゃんのこと女友達で一番信頼できるって言ってたよ」
「えっ、元希がそんなこと言ってたの!?」
「うん。だから、もし付き合うことになったら全力で応援してやるからって言われ……」
　最後まで言う前にやめて、さっきまであたしを真っ直ぐ見ながら話してくれてたのに、太陽くんはあたしとは反対方向に顔を逸らした。
「じつを言うと、こうやって女の子と２人きりでしゃべるの始めてなんだよね……」
「なんか……そんな気がしてた」
「マジで？」
「うん。だってすぐ顔赤くなるから」
「えっ！　バレてる!?」
　あたしからしたら、ここまでわかりやすいのに逆になんでバレてないと思ってたのかが不思議なんだけどなぁ。
「桃ちゃんは、今、好きな人とかいるの？」
　そして、突然の質問に今度はあたしが焦る番となった。
　そう言われて真っ先に出てきた顔は……通行止めを無視

して突っ込んできた"ひーくん"。
　太陽くんと向き合える時間にも邪魔をしてくるのが、あの俺様。
　どこまでもあたしの幸せを邪魔しに来るらしい。
「好きな人はいないよ」
　その邪魔しかしてこない俺様を頭の中から取っ払うように、あたしは答えた。
「あの先輩は……」
　太陽くんは言いづらそうに小さい声を出した。
　それだけで誰のことを言ってるのかわかる。
「なんでもないよ。そもそも何かあったわけでもないし！」
「そっか。じゃあ今は、俺でもチャンスあるってことでいいの？」
「そ、そういうことに、なる……かな？」
「じゃあ、頑張る」
「う、うん」
　太陽くんは女の子とこうやって話すのが初めてだって言ってたけど、あたしも男の子にこうやって猛アタックされるのは初めてだからドギマギしちゃう。
「でも本当に、太陽くんモテるでしょ？　初めて会った日も教室の前に女の子たくさん来てたし」
「なんでか全然わかんないけどね」
「そんなの、かっこいいからだよ！　太陽くん、めちゃくちゃかっこいいじゃん！」
　正直に思ったことをただ口にしたら、恥ずかしそうに俯

く太陽くんを見て、思いのほか大胆(だいたん)なことを言ってしまったんだと、あとから気がついた。
「桃ちゃんにそんなこと言われると思ってなかったから、今ものすごく嬉しい」
　横顔でも太陽くんがニヤけてるのがわかる。
　きっと今まで数え切れないほど「かっこいい」って言葉を言われてきたはずなのに、そんなふうに言ってくれるなんて、心の底から優しい人なんだろうなぁ。
「今までの女の子たちは、本当の俺を知らなくて告白してきたと思うんだよね」
「……」
「だから、顔だけを見て近寄ってきてるんだなって思って、それ以上どうにかなりたいとか思わなかったんだ」
「……」
「でも、それは今まで俺が恋愛したことなかったからだったんだって、桃ちゃんに出会って気づいた」
「あたし？」
「うん。元希から聞いたかもしれないけど、あの場面を見て、あの日から頭から桃ちゃんが離れなくなった……」
　不覚にも、ドキッとした。
「気持ち悪いかもしれないけど……。もちろん桃ちゃんのこと何も知らないし、話したことだってなかったのに、気づけば目で追ってる自分がいて……」
「……」
「これが恋なんだって」

「……」
「生まれて初めて、この人と一緒にいたいなぁって思ったんだ」
「今すぐどうにかなりたいとか、そんなこと言わない。ただ、俺は桃ちゃんのこと好きだから」

　周りにはたくさんの人がいて、酒を飲んで騒いでる人たちの大声や子どものはしゃぐ声なんかで、公園は決して静かとは言えない。

　そんななか、あたしたちはベンチに座っている。

　太陽くんの真っ直ぐな想いが、あたしの心に届いた。

　ぎこちないけど、ちゃんとした太陽くんの想いが乗せられた言葉たち。

　素直に嬉しいと思った。
「だ、だから、今は友達として仲良くしてください！」
「は、はい！」

　あたしと太陽くんは目を合わせながらお互いに思わず笑ってしまった。

　これから先どうなるかはわからない。でも、太陽くんとなら付き合ったら楽しいだろうなぁって思えるから、前向きに考えたい。

　このあたしが学年1のイケメンの太陽くんを独り占めできるかもしれないなんて想像もできなかったけど、世の中本当に何があるかわからないなーってつくづく思った。

　話していたから、あまり長く待っていた感じはしなくて、

気づけば元希がトイレのほうから歩いてくるのが見えた。
　女子トイレのほうは混んでいるから、愛ちゃんと日菜子の姿は見えなかった。
　その代わりに、見覚えのある人が元希の横にはいて、ビックリした。
　太陽くんもビックリしていた。
　周りの女の子たちはまるで芸能人が歩いてきたかのようにキャッキャッと騒ぎ始めた。
「お待たせ！　あ、さっきそこで会ってさ、そしたらももたろーに話があるって」
　元希はバツが悪そうな顔をして、その人をあたしたちの前に連れてきた。
　目の前には……もう二度と話すことはないと思っていたひーくんがいる。
　太陽くんこそ、彼に最も会いたくないだろう。
　なのに、このバカ元希はデリカシーもなく、言われるがままあたしたちの前にひーくんを連れてきやがった。
　こいつどういう神経してるの!?　デリカシーないの!?
　そもそも、ひーくんもいまさら、話って何？
　とっさに下を向いたあたしに追い打ちをかけるかのように、ひーくんはその場でしゃがんで、わざわざあたしに目線を合わせてくれた。
　いやいやしゃがまないでいいよ！
　なんでこんなときだけ親切なのよ！
　いつも意地悪しかしないくせに！

ひーくんといると調子狂う。
　　１回深呼吸をしよう。
　　気づかれないように小さめに深呼吸をし、自分を落ち着かせた。
「話って何？」
　　思ったよりも冷静になってて、少し突き放すようにひーくんへ声を発した。
　　顔を上げて目を合わせると、そこにはいつもと変わらない整いすぎた顔に意地悪そうな何を考えてるかわからないひーくんがいた。
　　ダメよ、あたし。落ち着け、大丈夫。
　　もう二度と関わらないでってあたしのほうから言ってやったんだから、今のところはあたしのほうが有利よ。
　　そうよ、大丈夫。
　　自分で自分を落ち着かせるのに必死だった。
「そいつと付き合ってんの？」
「ひーくんには、関係ないよね？」
「あーまあな。確かに関係ねぇな。でも今までさんざん可愛がってきたからさー、変な男に引っかかってほしくないんだよね」
　　本当に気になってそんなこと聞いてるのか知らないけど、どうせまたからかいに来たに決まってる。
　　いつものひーくんと何も変わらない。
「大丈夫！　太陽くんは誰かさんみたいに意地悪なことも悲しませるようなこともしないから」

あたしは太陽くんを庇うように、そう言い切った。
「それに、いろんな女の子と遊んだりそれ以上のことをしたりして、あたしを傷つけるようなことは、絶対しない人だから」
「何、俺を怒らせようとしてんの」
「別にひーくんのこととは言ってないんだから、怒る必要ないんじゃない？」
「お前、言うようになったな」
　珍しく言い返してくるあたしに、ひーくんは苦笑いをしていた。
　どんな意図があって、あたしと太陽くんの関係を聞いてくるのかはわからないし気にはなるし、正直戸惑い始めてるけど、あたしはもう変わるって決めたんだ。
　この自分勝手チャラ俺様には負けない。
「そうやってからかって楽しいのかもしれないけど、あたしの代わりの女の子ならたくさんいるでしょ？　あたし、ひーくんのおもちゃじゃないから」
「からかってたつもりはねぇよ。いつだって本気で向き合ってたつもりだったんだけどな」
「と、とにかく。あたしのことはひーくんには関係ないんだからっ」
　思わず、さっきよりも大きな声が出て自分でもビックリした。
　完全にひーくんへの想いがなくなったわけじゃない。
　まだ好きな気持ちが残ってるのも事実。

だって生まれて初めて好きになった人だから。
　でも、もう過去の人に変わりはない。
　ひーくんが、好きじゃない人に甘い言葉を言ったりキスしたりする人だってことは、さんざん思い知らされてきたから、これ以上何かを求めようとは思わない。
　太陽くんみたいな、ただ1人、あたしだけを好きでいてくれる人と幸せになりたい。
　女の子なら誰だってそう思うでしょ……？
　……すると、隣に座る太陽くんが突然その場で立ち上がった。
　あたしは思わず太陽くんを見上げ、元希とひーくんも太陽くんに視線を移した。
「あの、もう桃ちゃんに関わらないでもらえますか？　その、これ以上桃ちゃんを苦しめないでほしいんです」
　驚くあたしとは裏腹に、太陽くんの表情と声はいたって真剣だった。
「桃のこと好きなんだ？」
「はい。好きです。でも、まだ付き合ってはいません」
「ふーん。こんなイケメンに好かれるなんて幸せじゃん」
　ひーくんは笑ってる。
　声は笑ってるけど、表情はなぜか怒ってるようにも見え、どういう心境なのか読み取ることができなかった。
　けど、もうあたしには関係ない。
　ここまであたしのことを大切に想ってくれる太陽くんがいてくれる。

「今はまだどうなるかわからないけど、俺が幸せにしてあげたいって思ってるんで、桃ちゃんにはもう関わらないでください」
「……」
「……俺が、幸せにするんで」

　いつもの太陽くんより声のトーンが低く、真剣さが伝わってきた。
　こんなこと誰かに言われたことないから、どう反応したらいいかわからなくて俯くしかなかった。
　太陽くんの大きすぎる気持ちに、この先応えられるかわからない不安で胸が少し痛んだ。

闇を抱えた俺様☆side H

　祭りでたまたま元希と会い、話してみれば桃と来てるって言うから、からかいに桃に会いに行くと、そこには男と楽しそうに話してる桃がいた。

　なんだか胸がモヤモヤして、それを無視するように俺は男と話を続けた。

　元希から軽く話は聞いてて、この太陽ってヤツが桃を好きらしいことは知っていた。

「陽くんってももたろーと付き合ってないっすよね？」と会うたんびに聞いてくるから、さすがに嫌気が差してきた頃でもあった。

「あー！　もう、どこ行ってたのぉ？　あたし、超探したんだけどぉ」

　一緒に来てた女のところに戻ると、ちょっと怒ったような口調でそう言われ、暑苦しく腕に腕を絡ませてきた。

　……なんかわからねぇけど、イライラする。

　あいつの「俺が、幸せにするんで」って言葉が無性にムカつく。

　けど、なんでムカつくのかわからねぇ。

　桃のことになると、気持ちをコントロールできないことが多くて嫌になる。

　付き合ってたわけでもねぇのに、さっきみたいに桃を目の前にするとつい口が開いて、言わなくてもいいようなこ

とを言ってる。
　今までは、からかいがいがあるからだと思ってた。
　反応面白いし、結局は笑って許すし。
　妹みたいな存在だから、桃の姿を見れば自然と笑ってる自分もいた。
　小さい頃から一緒にいて、気が許せるからだと思ってた。
　けど、再会したあの日……桃を見て「女」なんだと感じたし、悔しいけど綺麗だと思った。
　桃には確かに他とは違う何かを感じてる。
　小学生のときは、正直、桃のことが好きだった。
　可愛かったし、どんなにからかってもついてくるし、小学生らしい好きという感情は持ってた……けど、それを言うことはなかった。
　告白できるほど俺はできた人間じゃなく、素直になれる環境(かんきょう)にはいなかった。
　だから、今も特別な感情に気づかないようにしてるのかもしれない。
　会わなくなった３年間で、さらに「好き」という感情の執着心(しゅうちゃくしん)はなくなった。
　恋愛なんて面倒くさい。
　遊べればそれでいい。
「お詫(わ)びで今日は泊まってくれるんじゃなかったのぉ？」
「今日はそういう気分じゃねぇの」
「あっそー。じゃあいいよ、またねぇーん」
　……遊ぶこと以外に求めるものは何もない。

俺は、桃みたいな純粋なヤツと関わっていい人間じゃないから、今日、こうして桃に突き放されてよかったのかもしれない。

　女を駅まで送り、英二たちが近くにいるというから合流することになった。
　ファミレスで少し時間を潰したあと、他にいたヤツらは解散し、俺は英二の家に行くことになった。
　英二の親は共働きで、基本的に家にはほとんどいないから溜まり場としては最適で、1年の頃から世話になってる。
　部屋は、セミダブルのベッドに小型の冷蔵庫、42インチのテレビに、さらに真ん中に黒のテーブルがあっても、10人は入れるくらいの広さがある。
　まあ、いわゆるお坊ちゃん。
　見た目はそんな感じしねぇけど。
「あ、そういえば、今日桃ちゃん見た」
「あぁ、男2人といただろ」
「何、お前も見たの!?　あれ告白事件のときの太陽ってヤツだろ?」
「見たっていうか話した。太陽ってヤツが桃のこと好きらしいよ?」
「え?　は?　え?」
　ベッドに座る英二は驚いた顔をした。
「付き合ってんの!?」
「付き合ってるわけじゃねぇけど、桃も気持ちを知ってる

みたいだから時間の問題じゃん？」
「まっじかよー……ショックショックショック！　けっこうガチな感じで可愛いと思ってたんだけどなあ……」
「残念だったな」
「うん。つーかさ、気になってたんだけど、お前こそショックじゃねぇの？」
　疑い深い目で俺を見てくる英二。
「そりゃあショックだよ。大事なおもちゃが取られたんだから」
「そうじゃねぇだろーが、バカ！」
「は？　バカ？」
「陽は確かにチャラいし女遊び激しいけど、桃ちゃんに対しては特別な何かを感じてるだろ？」
「……」
「どうせ陽のことだから、俺なんかが好きになっちゃいけないとか思ってんじゃねぇの？」
　いつもふざけてばっかの英二が真面目な顔して話すから、思わず鼻で笑ってしまった。
「おまっ……！　何笑ってんだよ。こっちは真面目に聞いてんだから真面目に答えろ」
「悪い。英二には言われたくねぇと思って」
「どういう意味だコラ」
「お前だって充分チャラいし、女遊び激しいじゃねぇかよ」
　むしろこいつのがタチ悪い。
　彼女がいても平気で浮気して、彼女が怒ってもうまく丸

め込んで、結局そのあとまた浮気をできるようなヤツだ。
　そんなヤツに説教されたくないと思うのが本音だけど、じっさい言われたことは外れてないから言い返すこともできなかった。
「俺は別にお前みたいに闇を抱えてるわけじゃないから、い、い、の」
「ここでその話出してくんな、関係ねぇだろ」
「いや関係ありありだろ！　元はといえばその闇がトラウマで恋愛ができねぇんじゃねぇかよ」
「しようと思わねぇからいいんだよ」
　英二は高校に入って最初に仲良くなったヤツで、多分一番一緒にいる。
　他人に自分の話をすることはあまりないけど、英二にはなぜかわからないけど話してしまう。
　俺の捻くれたこの性格の根源を知ってるのも、今のところ英二だけだ。
「桃ちゃんは知らねぇの？　お前がなんで恋愛できねぇのかさ」
「知らねぇよ。つーか話す必要ねぇだろ」
「あー、またいだよ。そうやって最初に壁作ってんから本音でぶつかれねぇんだろ」
　あくびをしながらそう言う英二の言い方にイラッとして、自然と舌打ちした。
　確かに英二の言う通り、俺は誰かと本音で語り合ったこともぶつかったこともない。

唯一本音を話せるのは英二で、居心地がいいのは桃。
これは言い切れる。

そもそも、俺はあるときから性格が捻くれたんだと思う。
親が離婚してからだ。
俺を産んですぐに母親は俺と父親を捨てて家を出ていき、そのあとすぐに父親は他の女と再婚をした。
ドラマや漫画ではよくある話かもしれないけど、再婚してすぐに第二の母親は妊娠し、俺には2歳年下の妹が産まれた。
義母とも妹とも仲良くしてたし、家族4人でもよく出かけてたし、周りからしたら普通に幸せそうな家族だったと思う。
……けど、ある日の出来事がきっかけで、俺には大きなトラウマができた。
あるとき、俺と妹は自分たちの部屋で昼寝をしてて、トイレに行きたくなり目覚めた俺は部屋を出た。
トイレを済まして部屋に戻ろうとすると……リビングから声が聞こえた。
子どもながらに気づいてしまった。
義母と……知らない男の声。
話し声ではなかったのも覚えてる。
今でも鮮明に思い出せる自分に嫌気が差す。
義母は他の男と身体の関係を持っていた。
聞いちゃいけない。

聞きたくない。
小さかった俺もさすがにそう思った。
けど、心の奥にある好奇心(こうきしん)が余計な世話をして俺の背中を押した。
リビングのドアを開けた俺の目に飛び込んできたもの、それは……重なる大人２人の姿。
俺を見た義母は慌てることもなく、どちらかというと義母の上に乗っかっている男のほうが慌てていて、すぐに義母から離れた。
「おはよう、ジュース飲む？」
浮気現場を息子に見られたっていうのに義母はいたって冷静で、出た言葉はたったそれだけだった。
なんとなくその場にいちゃダメなような感じがした俺は義母を無視し、リビングから出ていった。
吐き気がした。
３歳までの記憶は大人になるとほとんどないに等しいと言われてるけど、なぜかその記憶だけは頭の中に刻まれている。
その翌日すぐに義母は妹だけを連れて家を出ていった。
つまり、俺と父親は２度捨てられた。
父親が浮気されていたことを知っていたのかは、未(いま)だにわからない。
まぁ離婚することになったきっかけは俺が浮気現場を見てしまったことだろうけど。
そんな女をこの先も母親と思わなければならないなんて

絶対無理。
　だから、離婚してくれてよかったと心から思う。
　そしてただ１つ言えることは、女という生き物を信用することができなくなったということ。
　女は裏切るものだと思って生きてきた。
　期待はしない。

「そもそも！　お前は恋愛が面倒くせぇとか言ってんけど！　そんなの！　ただの言い訳だからな！」
　英二は今にもつぶりそうな目を必死に見開いて、いきなりでかい声で説教を始めた。
「女はみんな同じって思ってんのかもしれねぇけど、桃ちゃんは確実に違うだろうが！　なんでその特別な気持ちが恋なんだって気づかねぇんだよ！」
「……」
「お？　お？　無視かぁ？　どうせこの先、桃ちゃんに裏切られたら今度こそ耐えられないって思うから、一歩踏み出せねぇだけなんじゃねぇのぉ？」
「……」
「怖がってるだけだろぉ？　この弱虫ぃーっ」
　なんだこいつ。
　ムカつくけど図星で何も言い返せない。
「後悔（こうかい）しらって遅いんらからなぁー」
「呂律（ろれつ）回ってねぇよ」
「うるへぇー。お前なんらそこらへんのガキと一緒ら」

そのあとも呂律の回らない英二の説教は続き、寝たのは夜中の3時で起きたのは昼過ぎだった。
　寝ぼけていたらしい英二は、起きたら説教したことなんかすっかり忘れてて、俺の中にはモヤモヤだけが残っていた。

キスアンドクライ

　明日から夏休みということで、みんなのテンションも高くなっている。
「プールでしょ、ＢＢＱ(バーベキュー)でしょ？　あとはどこ行く!?　せっかくの夏だよ！　たくさん出かけたくない!?」
　あたしたちはというと、アウトドア派の葉月を筆頭に、いつもいる６人で夏休み中の予定を終業式の最中に考えている。
　つまんない校長先生の話よりも、生活指導の先生のしつこい夏休みの注意事項(じこう)よりも、休みの予定を決めるのは大事なことだ。
　話した結果、プール、ＢＢＱ、遊園地へは必ず行こうということになった。
　いいタイミングで終業式も終わり、３年生から順番に体育館を出ていった。
　いつも後ろのほうにいるひーくんたちのグループが目に入り、自然と胸が締め付けられた。
　……ああもう、落ち着け自分。
　諦めるって決めたんだから……。
　あたしは、ひーくんから視線を外した。
　ずっと座っていて足が痛くなったから、勢いよく立ち上がると、暑い空気がこもっていたせいか、立ちくらみで身体がふらついてしまった。

「っ!!!」
　倒れる……と、思ったら、何かに寄りかかる形になった。
　後ろを振り返ると、そこには太陽くんがいて、あたしの肩をがっしりと掴んで身体を支えていてくれた。
「桃ちゃんっ、大丈夫!?」
「あ、うんっ。ありがとう」
　その瞬間に周りがざわつき始めて、女の子たちの悲鳴が聞こえた気がした。
　太陽くんはそうとう心配したのか、あたしのふらつきが治まったあとも肩を離さなかった。
「あー…、ほんっと焦ったよ。話しに来てみたらいきなりこっちに倒れてくるんだもん」
「ははっ、ごめんね？　多分いきなり立ったから頭がクラッときちゃったんだと思う」
「それだけならいいんだけどさ……」
　肩を抱かれてるあたしに刺さる視線が痛い。
　そりゃそうだ。
　イケメンで大人気の太陽くんがこんな目立つことやっちゃうんだもん。
　でも助かった。
　太陽くんがいなかったら床に倒れてたかもしれない。
　本当にこの人は完璧だなぁってつくづく思う。
「あの……そろそろ、肩……」
　遠回しに言ってみると、太陽くんも自分が大胆な行動をしてることに気づいたのか、顔を赤くして素早くあたしか

ら離れた。
　こういう可愛いところも太陽くんらしい。
「ねぇ！　2人って付き合ってんの!?」
「えっ!?」
「つ、付き合っ……!?」
　横からいきなり現れた巻き髪の女の子。
　話したこともなければ見たこともない子だけど、上履きを見る限りタメらしい。
　興味津々(しんしん)にあたしと太陽くんの両方を見ながら、身を乗り出して聞いてきた。
　その後ろにはたくさんの女の子たちがいて、きっと太陽くんのことを好きなファンだろう。
　まさか、こんな注目までされるとは。
「あたし、お祭りに2人でいるの見たんだよねー。それに最近よく一緒にいるからさー」
　疑い深い目であたしをジーッと見てくる女の子。
　ただならぬ雰囲気を醸し出ていて、要するに人気者のみんなの太陽くんと最近仲良くしているあたしのことが気に入らないんだろう……。
　潰しにかかってきてるのは見え見えだ。
「ねえどうなの？　付き合ってんの？　付き合ってないの？」
　こういうトラブルは初めてなため、どうすればいいかわからず、あたしの思考回路(かいろ)は停止した。
　その代わりに太陽くんが弁解してくれるかと思った……

が、そうはいかなかった。
「俺が桃ちゃんのこと好きなだけだよ」
　太陽くんは、はっきりとそう言ってのけた。
　再びあたりからは悲鳴が聞こえて、ざわめきはいっそう強くなった。
　その騒ぎに気づいたのか、「お前らなんの騒ぎだ！」と先生たちが近づいてきたのを見て、太陽くんはあたしの右手首を掴むとそのまま引っ張って、体育館の出口に向かって走り出した。
　なんとか無事に抜け出すことに成功？したあたしと太陽くん。
　久しぶりに全力疾走したあたしは息があがっちゃって、しばらくゼーゼー言ってた。
　それと反対に太陽くんはいっさい息の乱れはなく、いつになくイケメンで爽やかだった。
　それより、どんなに息が荒くてきつくても、どうしても気になってしまう。
「あんな……みんなの前で言っちゃって、よかったの？」
「ん？」
「いや、その、あたしのことを好きだって……」
「あー……うん、だって、本当のことだし」

　上履きを履いたまま、外の体育館裏まで逃げ出してきたあたしたち。
　体育館からみんなの声が聞こえるけど、ここはあたした

ち以外誰もいなくて静かだ。
　太陽くんはときどき大胆になる。
　ふだんは優しくて恥ずかしがり屋なのに、何かスイッチが入ると人が変わったみたいに男らしくなる。
　付き合ったら、きっと幸せにしてくれるんだろう。
「あ、のさ」
「うん？」
　太陽くんはその場でしゃがみ、せっかく綺麗にセットされてた髪の毛をぐしゃぐしゃと手でかいたあとに……あたしを下から真っ直ぐ見つめてきた。
　あたしも見つめ返すと、太陽くんはゆっくりと立ち上がって、距離を縮めてきた。
　太陽くんの動きがすべてスローモーションに感じ、あたしはただ見ていることしかできずにいた。
　ゆっくりと顔が近づいてきて……あたしは反射的に顔を逸らしてすぐに距離を置き、座り込んだ。
「ご、ごめんっ……」
　太陽くんも、気まずそうにあたしと目線が合うようにその場でしゃがんだ。
「本気で好きなんだ、桃ちゃんのこと」
「……」
「いつまでも待とうって思ってたけど、やっぱり俺は今すぐにでも桃ちゃんと付き合いたい」
「……」
「でも、焦らせたくはないんだ。だから……この夏休み中に、

真剣に俺とのこと、考えてほしいんだ」
「……うん」
「100%俺のこと好きじゃなくてもいいから。ちょっとでも望みがあるなら、前向きに考えてほしい」
「うん」
「あ、ありがとう。じゃ、じゃあ、俺、先に戻るね……！」
　太陽くんはすぐにこの場を去った。
　ついに……告白されてしまった。
　断る理由なんか何１つないはずなのに、なんですぐに返事ができなかったんだろう。
　あたしがよけなければ……確実にキスもしてた。
　そんなとき、突然また目がチカチカして、目の前が真っ暗になり、頭がガンガンして身体の力が抜けてくるのがわかった。
　あ……今度こそ倒れる……。
　倒れかけたとき、背中に何かが当たり、覚えのある匂いがあたしを包み込んだ。
　すごく落ち着く。
　意識がもうろうとする中で、確かに声だけは聞こえた。
「おい、こんな炎天下の中ぶっ倒れてたら死ぬぞ、バカ桃」
　小さい頃から耳に染み付いている……声。
　そして、言い方はきつくても優しさが含まれてる言葉。
　見なくてもわかる。
　嫌でも、離れたくても、わかっちゃう。
「ひー、くん……」

「あぁ、ひーくん参上だよ。熱中症になりかけてんのに走るからこうなんだろうが。バカか、お前は」
「……きもち、悪い……」
「耐えられねぇ？」
「だ、いじょうぶ……吐きそうではないよ」
「保健室まで我慢しろ」
　あたしはひーくんにお姫様抱っこをされて、保健室まで運ばれた。
　気持ち悪いし頭痛いし目チカチカするから開けられないしで、周りとか気にしてる場合じゃなかったけど、廊下を歩いてるであろうときに少し騒がれてたのはわかった。
　あたし……何やってんだろ。
　さっきまで太陽くんとのことで騒がれて、今はひーくんとのことで騒がれてる。
　みんなにチャラい女って思われてそう。
　結局、ひーくんは保健室のベッドまであたしを丁寧に運んでくれた。
「そうね、軽い熱中症ね。しばらく休んで、身体の熱を少し出したほうがいいわ」
　体温を測ると体温計には37.1℃と表示されてて、微熱があるくらい身体には熱が溜まっていた。
　ずっと体育館にいたし、いきなり走ったし、それに炎天下の中にいたからこうなったのかもしれない。
　ひーくんはというと、あたしを保健室に送り届けたあと、姿を消したが、すぐに戻ってきたと思ったら、右手にはペッ

トボトルを持ってた。
「はい、プレゼント」
「ひゃっ……」
　冷たいペットボトルを首元に当てられ、冷たい感触に思わず声が出た。
「何変な声出してんだよ」
「ち、ちがっ……」
「とりあえず脱げ」
「へっ……？」
　まだ頭がボーッとして意識がもうろうとしてるあたし。
　それなのに、なんの躊躇もなくあたしのブラウスのボタンに手をかけ始めるひーくん。
　ちょ、ちょ、ちょっ……！
「はいはいー。優しいっちゃ優しいけど、ちょっとココでやると恥ずかしいから、あたしが代わりにやるわ」
　神業のように一瞬で第２ボタンはひーくん、第３ボタンは先生が開けてくれた。
　胸元にも風が通って涼しくなり、ペットボトルの冷たさもあって、だいぶ気分が楽になってきた。
　涼しくするためにブラウスのボタンを外そうとしてくれただけだった。
「あ、ありがとう」
「あぁ。一生感謝しろ」
「一生っ？　そんなの無理っ」
「命の恩人にそんな態度とっていいのかな？」

意地の悪い顔をしたひーくんは、ベッドの横にあるイスに座った。
　そんな気まずい状況で保健室の先生は「あたしちょっと野暮用あるから出るねー。変なことするんじゃないわよ？」とだけ残して、保健室を出ていってしまった。
　ひーくんと２人きりなんて……!!!
「何嫌そうな顔してんだよ」
　そんな思いは顔にも出ていたらしく、さっそくバレた。
「別にしてません」
「ふーん。つーか、朝ちゃんと食べたのかよ？」
「朝は……時間なくて食べなかった。最近よく抜いちゃうんだよね」
「ただでさえ体力ねぇんだから３食ちゃんと食べろ。食べねぇから、こうやって倒れんだよ、いいな？」
　まるで母親のように説教するひーくんに、なぜか優しさを感じた。
　言葉から心配してくれてるんだと伝わってきたからだ。
　確かにひーくんには意地悪なことをされた思い出のほうが多いけど、今みたいに心配してくれたこともあった。
　ケガをして泣いたり怒られて落ち込んだり、体力がなくて倒れそうになったりしたとき……思い出せばいつもそばにはひーくんがいたような気がする。
「あのね、ひーくん……」
「ん？」
「その、ありがとう……」

そもそもなんであの場にひーくんはいたんだろう……。
あたしと太陽くん以外に、誰もいないと思ってたんだけどな……。
もしかして、最初からあの近くにいた？
太陽くんにキスされそうになったところを見られた？
見られてないことをただただ祈った。
でもそう思うのはなんでだろう。
誤解されたくないから？　恥ずかしいから？
……その答えは、決まってる。
太陽くんと付き合ってるって勘違いされたくないから。
そう思われたら、とてもショックだ。
あぁ……あたし、全然ひーくんのことを諦めきれてないんだ。
必死で忘れようと努力したけど、太陽くんに近づこうとしたけど、結局最後にはひーくんの元に戻っちゃった。
どうして思い通りにいかないんだろう。
心が言うことを聞いてくれたら、あたしはどれだけ楽になるんだろう。
ただ普通に恋をしたいだけなのに、どうしてあたしの心はつらいほうを選んでしまうんだろう……。
熱中症のせいか、不安定な気持ちのせいか、目頭が熱くなってくるのがわかった。
ダメだ、このままだと涙出る……。
あたしはとっさにひーくんがいるところとは反対の方向に身体の向きを変えて、涙が出るのをバレないようにした。

「どうした？　気持ち悪い？」
「大丈夫！　ほんとに大丈夫だから戻っていいよ！　ありがとう！　ほんとに感謝してます！　じゃあね！」
　早くこの場からいなくなってほしい。ひーくんを教室に帰すために必死にしゃべってみたものの、逆にわざとらしい言い方になってしまって、自分でもバレるんじゃないかとビクビクした。
「なぁ」
　もちろん勘が鋭い陽様は疑い深い声。
「な、んでしょうか」
「嘘が下手なんだよ」
「嘘？　はて、なんのことでしょうか」
「とぼけてんじゃねぇぞ？」
　すると、突然ひーくんが脇の下をくすぐってきたから、くすぐったくて、思わずあたしは暴れてひーくんのほうを向いてしまった。
　脇の下をくすぐられるのが弱点だって知ってるのをいいことに、ひーくんはその弱点をついてきた。
　目が合ってハッとした。
　泣いてるあたしを見たひーくんが驚いていたから、あたしもどうしたらいいかわからなくなって、その場で固まった……。
「具合悪くて泣いたわけじゃねぇんだよな？」
「……うん」
「なら、それはどういう意味？」

"それ"がこの"涙"だってことは理解できた。きっといきなり泣き出すから、この女頭おかしいんじゃねぇかって思ってるに違いない。

ひーくんのことがこんなにも好きで、諦めようと思っても諦められなくてつらくて苦しくて、今すぐにでも消えてしまいたいのに……。

目の前にいるこの俺様は、あたしの気持ちなんかこれっぽっちもわかっちゃいない。

「あいつと付き合ってるの？」

だから、こんな気遣いの欠片もないことを言えるんだと思う。

その言葉をきっかけに、あたしの中で何かをせき止めてた糸がぷっつんと切れて……想いが溢れ出た。

「太陽くんには確かにさっき告白されたよ。本気で好きだから付き合ってほしいって。でも返事はしてない。だって、気持ちは知ってたけど突然のことだったし」

「……」

「だから今は付き合ってない。太陽くんとあたしはただの友達。それに変わりはない」

「……」

「きっと、これからもそれは変わらないと思う……」

「……」

「それは、好きな人がいるから。諦めようとしたけど、その人を見るたびにドキドキして、忘れようとすればするほど好きになっちゃうの」

あなたのことだよ、ひーくん。

何度も諦めようとしたけど、嫌いにならなきゃと思えば思うほど……ひーくんへの想いは大きくなっていった。

「自分でもどうしたらいいかわからない。だって太陽くんは優しいし、かっこいいし、あたしのことだけを見てくれるし、悪い部分なんか何もないんだもん」

「……」

「それに比べて好きな人は意地悪なことばっかしてくるし、一緒にいると泣かされるし、無理やりキスしてくるし、女の子大好きで遊び人だし」

「……」

正反対の２人。

周りにこの話をしたら100人中100人が太陽くんを選ぶと思う。

そんな２人なのに、あたしが選ぶのはどうしてもひーくんなんだ。

「どんなに最低でも、好きになっちゃったからどうにもできないの。近くにいたらドキドキするし、触れられたいって思っちゃう……」

「……」

「バカだよね、叶わない恋を真剣にしてるんだもん」

自分でも止められなかった。

心の中で冷静なもう１人の自分が「何話してるの!?」と恥ずかしがってたけど、止めることはしなかった。

「ひーくんが好きだよ」

「……」
「でも、ひーくんはそうじゃないっ。だからこうやって何気なくされる質問にあたしはすごく傷つくの……っ」
「……」
「泣いてるのはひーくんのせいだよっ？　いつも出る涙はひーくんを想ってだよ。そのくらい、あ、たしはっ、好きってこと、なんだよっ……」

　話してるうちに涙がどんどん出てきて、視界はぼやけ、泣きすぎてうまく話せなくなってきた。
　息もまともにできなくて思わず起き上がる。
　手で目を隠しているけど、絶対ブサイクになってる……涙が出すぎて首にまで流れ落ちているのを感じる。
　ひーくんは、こんな子どもみたいに泣きじゃくるあたしを見て恥ずかしく思ってるのかもしれない。
　さっきから返事もなければ反応もない。
　別に何かを求めてるわけじゃないけど、せめて聞いてることだけは確認したい。
　……じゃないと、心が今にも折れそうだ……。
「ひーくんにとっては、関係の、ないことかも、しれないけどっ……ほんとに、あたし、太陽くんとは付き合ってないよっ……」
「あのキスは？」
「キス？　されてないよ」
「してねぇの？」
「されそう、にはなったけど……」

「へぇ」
　ひーくんの声がいきなり低くなるからビックリして、思わず手をどけて、ひーくんの顔を見た。
　そこにはなぜか不機嫌そうなひーくん。
「されそうになってよけたんだ？」
　それにあたしは小さく頷いた。
　すると、ひーくんは舌打ちをして、さらに機嫌悪そうに首のあたりを手で押さえて、こっちを真っ直ぐに見つめてきた。
　透き通る茶色の瞳。
　何もかも見透かされてるような気がした。
　その指は涙で大変なことになってるあたしの目に優しく触れ、丁寧に涙を拭ってくれた。
　手は流れるようにして頬から顎、顎から首元へ移動した。
　でも瞳はずっとあたしを見つめてて、それだけでドキドキした。
「それでもイラつく」
「え？」
　そう言って首元にある手に力が入ったと思ったら、あたしは自然とひーくんに引き寄せられていて……ゆっくりと、優しいキスをされた。
　想いが溢れ出してしゃべったけど頭の中はごちゃごちゃで、加えてボーッとするから余計に何も考えられなくなっている。
　ひーくんがどう思ってるかとか、あたしのことを好きな

のかとか、そんなことはもうどうでもよくなっていた。
　あたしはひーくんが好き。
　もっと、この手に触れられたい。
　甘い匂いを近くで感じたい。
　単純に自分の気持ちに素直になった。
　……唇同士はすぐに離れ、ひーくんはというと、なぜかため息をつきながらガクンと俯いた。
「ひーくん……？」
　心配になったあたしがそう声をかけると、あたしの手を握るひーくんの手に力が入った。

闇から救ってあげる

　ひーくんは一言目に……「悪かった」と謝った。
　あんなに俺様で意地悪なひーくんが、ものすごく申し訳なさそうにあたしに謝った。
　その言葉にどんな意味が込められているのか、そのときはわからなかったけど、そのあとにたくさんひーくんは話してくれた。
　過去のことを、全部。
　両親の離婚、再婚、そして……母親でもあった人の、子どもには衝撃的な場面の遭遇。
　それ以外にもたくさん話してくれた。
　恋愛に対する価値観を……すべて話してくれた。
　女の人を信用できないこと。
　みんな義母のように裏切るんだと思ってること。
　恋愛をしようと思ったことがないこと。
　正直、どう反応すればいいかわからなかった。
　どう言ってあげたら正解なのか、どうしたらひーくんを救えるのか、未熟なあたしにはわからなかった。
　だから、話を聞く途中、ただただ手を強く握って相槌をうつことしかできずにいた。
「話してくれてありがとう……」
「桃には、知っててほしかった」
　その言葉の裏に異性としての感情がなくても、あたしに

聞いてほしいと言ってくれたことに代わりはないから、素直に嬉しく思った。
　話の終わりにひーくんにキスをされ、そのときにはだいぶあたしは落ち着いていた。
　やっと冷静さを取り戻したあたしは、なんだかいろいろ気になってきてしまい、また口を開くことになった。
「じゃあ……単刀直入に聞くけど、ひーくんって、もしかしてあたしのこと好き？」
　すると、ひーくんは吹き出すように笑い始めた。
「えっ？　なんで笑うの!?」
「いや、プラス思考だなぁと思って」
　そこでやっと自分の言葉の大胆さを知り、身体中の温度が上がる。
「だ、だってっ、さっき特別って言ってたもん！　他の女の子に対するのとは違う感情を、あたしには持ってるって言ってたもん！」
「よく覚えてんな」
「そりゃ覚えてるよ！　むしろあたしの話聞いてた？　あたしはどんなに傷つけられても、ひーくんのこと好きなんだからね？　そのくらい好きなんだから必死にもなるでしょ！」
「聞いてたよ。俺に触れられたいくらい好きなんだろ？」
　その瞬間、顔の温度が急上昇して噴火しちゃうんじゃないかと思った。
　完全にからかわれてる。

さっきの自分はどうしてこうなることを見据えて、もっと制御できなかったんだろうって今すごく後悔している。
　けど、こうやってからかわれると、いつものひーくんに戻ったんだと感じることができて嬉しい。
「もういいよっ。あたしはひーくんのことが好きで好きで好きでしょうがないんだもん。それが事実なんだから」
「そうやって投げ出すわけだ」
「なっ、投げ出してないよ！　ひーくんこそどうなの!?　こうなったらあたしのことどう思ってるのかはっきり教えてくれてもよくない!?」
　もうこうなったら、やけになってやる。
「今日は随分と強気に出てくるんだな」
「いつまでもやられっぱなしじゃあねっ。で？　どうなの？」
「可愛いって思ってるよ。つーか、綺麗になった。俺の知らない間に色気づいてて正直ムカつくかな」
　どう思ってるのかを聞いたのに、期待していた言葉とは違って意外にも外見を褒められて、おまけに後半はムカつかれててよくわかんない。
「そもそも、見てたの？」
「何が」
「た、太陽くんに、キス、されそうなところ……」
「見てたんじゃねぇよ、見えたの。あんな気色悪いもん、好んで見るわけねぇだろ」
　気色悪いだと!?

いつもの意地悪ひーくんに戻っていて地味にショック。
「お前が他の男とキスしてるとこなんか見たくねぇっつってんの、バカ」
　あたしの心をまるで読んだかのような返答をしてくれたけど、ぶっきらぼうに言う割りには表情が穏やかで優しいひーくん。
「それって……ヤキモチ？」
「なんじゃねぇの？」
「えっ」
「初めてだからよくわかんねぇけど、お前だけにだから、それなんじゃね？」
　ど、どうしよ……。
　誰かと付き合ったり、特定の女の子に縛られたり縛ったりすることが嫌いなひーくんが……あたしには、ヤキモチを焼いてくれた。
　告白されたわけじゃないのに、嬉しくて嬉しくて……また気持ちが溢れて涙が出てしまった。
　今度はさっきの余韻もあってか鼻水も出てきて、勢いよく吸ったはいいものの大きな音が鳴ってしまい、恥ずかしくなる。
「今度はなんの涙だよ。教えろ、桃。じゃねぇとマジでどうすればいいかわかんなくなる」
　ひーくんは寄り添うようにあたしの隣に座って、再び優しく涙を拭ってくれた。
　チラッと横目で様子をうかがってみると、面倒くさそう

な顔をしてると思いきや、むしろとても心配そうな顔でこっちを見ていた。
「……嬉し泣き、です」
「嬉し泣き?」
「だって、ひーくんがあたしのことでヤキモチ焼いてくれたんだもん」
　誰にも興味がなかったこの俺様が、あたしだけには興味を持ってくれた。
　その現実が嬉しくないわけがない。
　自分は泣き腫らした顔だけど、今この瞬間のひーくんの表情をちゃんとこの目に焼き付けておきたくて、あたしは俯いた顔を上げてひーくんへ微笑んだ。
　ところが、急に頬に痛みが走った。と思ったら、ひーくんがあたしの両頬を軽く引っ張ってるのが原因だった。
「なっ、なにしゅるのっ」
　頬を引っ張られてるから、うまくしゃべれない。
「お前、いつからこんな可愛くなった?」
「きゅ、急に、何言い出すのっ?」
　引っ張るのをやめてくれたおかげで普通にしゃべれるようになった。
「そりゃあ、今のほうがばっちりメイクだからじゃない? 中学のときはメイクなんかまともにしてなかったもん」
「違う、外見のこと言ってんじゃねぇよ。その素直さのこと言ってんの」
「素直……?」

「桃がバカなのは知ってるから、計算して言ってるわけじゃないことはわかってるけど、それにしても言うことが可愛いすぎんだよ」
「……っ」
「そのおかげでこっちも調子が狂う」
　いきなりの褒め殺しに、あたしは手も足も出ずフリーズし、本当に死ぬかと思った。
「褒めるのはここまでにしとこうかな」
　しかし、ひーくんはそう言うとベッドからイスへと移動した。
　近くに感じた温もりが離れてしまい、ちょっと寂しくなった。
　たった数センチの距離なのに寂しくなるって、あたしかなり重症じゃない？
「はい、おやすみ」
「え、ちょっ……」
　さっきまでの褒められた余韻に浸っていたかったのに、いきなりひーくんに両肩を押され……あたしはベッドに再び寝る形になった。
「とりあえず寝ろ」
「だって、今いいムードだったよね？」
「いいから病人は寝てろ」
「もう大丈夫だもん。すっかり元気になったし。それよりまだ話終わってない……」
　あたしのこと好き……？

そう聞こうと思ったら、タイミング悪く保健室のドアが開いた音がして、あたしは言葉を呑み込んだ。
「具合どう？　って、あら、まだ本宮くんいてくれたの？」
「まぁ、心配だったんで」
「ほんとかなぁ？　まさか、変なことしてたんじゃないでしょうねぇ？」
　先生はカーテンを開け、あたしの様子を見に来てくれ、ひーくんのことはなぜか疑いのある目で見ていた。
　おそらくこの俺様は保健室でもやらかしてるんだな。
　女の子を連れ込んであんなことやこんなことを……。
　いや、ちょっと待てよ？
　まさか先生ってことはないよね？　でも、ひーくんのことだ、先生と遊ぶ……ありえなくない!!!
「なんだよ、言いたいことあんなら言え」
　意識しなくてもあたしは２人のことを嫌な目で見てたらしい。
「あのー……、もしかして、２人って、その、関係持ってたり……する？」
「は？」
「はははっ、ヤバッ、まさかそう来るとは思わなかったわぁっ」
　真面目な質問をしたつもりだったんだけど、ひーくんは不機嫌な反応で、先生はというと手を叩いての大爆笑。
　確かにひーくんは何度か女の子と、この保健室でイケナイことをしようとしたこともあるが、全部未遂らしい。

それは先生も知らない間の出来事で、先生がいる間にそういう感じの声が聞こえたらすぐに止めていたらしい。
　そして本題の２人の関係。
　先生はじつは10歳年上の同じ学校に勤める数学担当の先生と結婚していて、ラブラブな新婚さんなんだそう。
「生徒なんか子どもにしか見えないから心配ご無用よ？　毛が生えたばっかのガキンチョでしょう、ふふ」
　全男子生徒からしたらショックだろうけど、あたしからしたらありがたいお言葉をいただいた。
　ひーくんは「さすがにババァに手出すほど飢えてねぇよ」と偉そうに言い切ったが、そのあと先生に足を踏まれてすごく痛そうにしてて、ざまぁみろと思った。
「どうする？　このあとってホームルームだけでしょ？　大丈夫そうなら行ってもいいし、無理そうなら帰る？」
「平気そうなんで戻ります！　夏休み前最後の学校だし」
　２人の関係もはっきりしたところで、あたしは体調もだいぶよくなったので教室に戻ることにした。
　ひーくんは治り切ってるとなかなか信じてくれなくて、「寝なくていーのかよ」を連発してた。
　それでも、あたしが頼んだわけじゃないのに手を繋いでくれたり教室まで一緒に来てくれたり、しまいには担任に説明までしてくれた。
「外でぶっ倒れそうになったところを僕が助けてお姫様抱っこで保健室まで運びました。軽い熱中症で今はだいぶよくなったみたいなので、よろしくお願いします」

まるで優等生かのような振る舞いまでしてその場を去っていった。
　ひーくんが僕って……！
　てか、お姫様抱っこした部分わざわざ言わなくてもよくない!?
　教室中の女子がキャーキャー騒ぎ出し、男子たちはヒューヒューと冷やかした。
　恥ずかしさで真っ赤になった顔を隠すように席まで歩いたけど、一番後ろの私の席までは、いつもの何倍もの距離に感じた。
　途中みんなには体調を心配されるっていうより、「本宮先輩と知り合いなの？」「付き合ってるの？」などのミーハーな質問をされた。
　付き合ってるわけではないし、告白もされたわけではない……。
　ひーくんからしたらどうなのか正直言ってわからないけど、でも確かにあたしに特別な感情を持ってるとは言ってくれた。
　それって、つまり、どういうことだ……？

「桃！　聞きたいことたくさんあるんだけど！　このあと時間ある!?」
　葉月たちからお声がかかり、あたしはホームルームが終わったあと、事情聴取を受けることになった。
「まずはね、簡潔に聞きたいことをまとめると……太陽く

んと体育館を出ていったよね？　そのあと何があった？
それと本宮先輩とも何かあったんだよね？　どっちと付き
合うことになってんの？」
「あんたが今日だけで２人と騒ぎになったから、みんなソ
ワソワしちゃって大変なんだから」
　そのあと日菜子は「しかも大人気の２人だしね……」と
困ったように付け加えた。
　周りがソワソワするように、本人のあたしだってソワソ
ワしてる。
　どこからどう話せばいいかわからなくなって、とりあえ
ずあったことを全部包み隠さずみんなに話した。
　途中で廊下から人の声が聞こえて、何回か小声になるこ
ともあった。
「えー何それ！　漫画みたいじゃん！」
「イケメン２人に同時にアタックされてるってすごくな
い!?」
「まぁ桃は美人だもんね」
「なんだかんだモテるよねー」
　急に持ち上げられ、褒められることに慣れてないあたし
はただただ首を横に振ることしかできない。
　平凡でなんの取り柄もないあたしが、１日のうちに、上
の上レベルのイケメンともいえる太陽くんとひーくんにア
タック？をされたんだから。
「で？　どうするつもりなの？」
「へ？」

「太陽くんには告白されたんでしょ？ そんでひーくんからは本音を聞けて、特別だよ的なこと言われたんでしょ？ あとは桃が返事するしかないじゃん」
「……うん」
　正直、気持ちはもう決まってる。
　ひーくんがあたしに恋愛感情を持っていなくても、あたしがひーくんを好きだということに変わりはない。
　いつだって、今だって、あたしの中にはひーくんしかいなかったんだ。

王子様たちの戦い

　葉月たちに説明して、そのあといろいろ話して30分くらいが過ぎた頃、廊下からも声が聞こえなくなり、ほとんどの生徒が下校したようで……突然、教室の後ろのドアがガラッと大きく音をたてて開いたときには、あたし含め6人全員でビックリした。
「ごめん！　驚かせるつもりはなかったんだけど……」
　ドアを開けたのはまさかの太陽くんで……申し訳なさそうに入り口から動かずにその場でこっちを見ていた。
　タイミングがいいのか悪いのか……。
　あたしの気持ちはもう決まってる。
　それなのに夏休み中は告白の返事をせずに期待を持たせるなんて、そんなひどいことあたしにはできない。
　短い間だったけど、太陽くんは確かにあたしだけを見てくれてて、とてもとても優しく大切にしてくれた。
　そんな素敵な人を断ろうとしているあたしは、今もかなり最低なのかもしれないけど、これよりさらに最低な女にはなりたくない。
「あのね、話があるの……」
「話？　じゃあ、隣の俺の教室行こうかっ」
　あたしと太陽くんは隣の教室へと移動した。
　突然こんなことを言っちゃったのにもかかわらず、太陽くんはそれ以上深く聞いてこない。

……こんなときまで、この人は優しい。
　でもその優しさが余計にあたしの胸を痛くした。
　太陽くんは窓側の一番後ろにある机の上に座り、まだ入り口の近くにいるあたしのほうを見て……ニコッと笑いかけた。
　まるで、これからあたしが話すことをわかってるかのように……。
「話って？」
「あ、うん……」
「あ、もしかして、さっきの告白のこと？　そのことだったら、本当にゆっくり考えてくれればいいから！　夏休み終わるまでは俺待ってるから！」
「……」
　いつも以上に明るく振る舞う太陽くんを見て、あたしは胸の奥が締め付けられた。
　ただただあたしを好きでいてくれた人。
　優しさを伝えてくれた人。
　こんな人……きっと他にはいない。
「ごめんね。やっぱり、太陽くんとは付き合えない」
　いい人だからこそ、これ以上期待をさせたくない。
　傷つけたくない。
「今まで、たくさん優しくしてくれたのに……ほんとに、ごめんね」
「本宮先輩と、付き合うことになったの？」
「ううん」

「だったら、俺待つよ！　待ってからフラれてもいいから！　あの人より桃ちゃんのこと好きな自信あるよ！」
「……うん、ありがとう。でもね、多分この先も、あたしがひーくんのことを好きな気持ちは変わらない」
「……」
「太陽くんは優しいしかっこいいし、なんであたしのことを好きでいてくれるんだろって思うくらい完璧なんだけど、それでも、チャラくて俺様で自分勝手な……ひーくんが、好きなの」
「……」

　自分に？　太陽くんに？　それともひーくんに？
　誰に対してなのかわからない涙が急に溢れ出した。
　真剣に向き合ってくれている太陽くんに、あたしも真剣に向き合わなきゃいけないと思ったから、涙が出ても太陽くんから視線を外すことはしなかった。
　涙で霞む視界にぼんやり太陽くんがいて……表情を読み取ることはできなかったけど、傷つけていることは間違いなかった。
「ごめんっ……」
　泣ける立場なんかじゃないのに涙が溢れる。
　とってもとっても素敵な人。
「どうしても、ダメなんだよね？」
「……ん」
「この場で、俺が土下座しても？」
「……うん」

「そっかぁ……」
　窓の隙間から柔らかい風が入ってきて、中のカーテンを揺らした。
　そのカーテンはまるであたしの涙を拭うかのように顔にかかり、ゆっくりと元の位置に戻った。
「そろそろ、諦めたほうがよさそう……かな？」
　太陽くんはそう言いながらカバンの中からティッシュを出してあたしに渡してくれた。
　そのティッシュで涙を拭いながら、あたしはゆっくり頷いた。
「じゃあさ、最後にお願い聞いてもらってもいい？」
「え……？」
「友達として、ハグさせて！」
　急なお願いだったけど、太陽くんがいつものお日様のように明るい笑顔でそんなことを言うもんだから……あたしは断れるはずがなかった。
　すぐに太陽くんの腕の中に埋まったあたし。
　どうすればいいのかわからず、手は下にぶら下げたまま。
　……これは、ハグ。友達としての、ハグ。
　別に抱きしめられてるわけじゃない。
　友情の証のハグだ。
　ひーくんへの罪悪感を掻き消すように、あたしはそう自分へ言い聞かせた。
　結果的に言えば、太陽くんとの関係をはっきりさせることは彼を傷つけることになった。

でも、ひーくんと向き合えるかもしれない今、こうしてケジメを付けるのは、必要不可欠なことだったんだと思う。
　恋愛ってもしかしたら……思っていた以上に難しいことなのかもしれない。
「へぇー、結構大胆なことするんだね？」
　突然の声に思わずあたしは太陽くんの胸を強く押して離れた。
　その反動で太陽くんは後ろへバランスを崩したけど、運動神経がいいからか、さすがイケメンはよろけることなくその場で落ち着いた。
　そして、その声の主とは……眉間にシワを寄せて明らかにお怒りな様子のひーくん。
　ゆっくりとあたしたちのほうに近づいてくる。あたしは距離が縮まるたびに遠くへ逃げたい衝動に駆られた。
「い、今のにはね、わけがあって──」
「ふーん、自分に好意を持ってる男に抱かれるわけがあるのねぇ？」
「ちょっ、抱かれるとか言わないでよ！　ハグだよ、友達としてのハグ！」
「あ？　友達として？」
　なんとかこの場だけでも流せるように言い訳をしてみるものの、この俺様に叶うはずもなく……むしろ、視線の行方は太陽くんへと変わり、標的すらも変わった。
「お前が友達として、っつって無理やりこいつのこと丸め込んだのか？」

「無理やりじゃありませんよ。同意の上です」
「あぁ、そうか。なら、この先は俺の同意ももらってから抱きしめろ」
　え？
　その瞬間、あたしはひーくんに肩を抱かれた。
「なんで本宮先輩の同意をもらわなきゃいけないんですか？　先輩と桃ちゃんって付き合ってるわけじゃないですよね。そしたら関係ないですよね？」
「関係なくねぇよ？」
「え？」
「付き合ってるから」
「どういうことですか？」
「何度も言わせんじゃねぇよ。俺の女に手出すなって言ってんの」
　え？　え？　え？
　思考回路停止。
　身体もフリーズ。
　ひーくんがいったい何を言ってるのか、まったくわからない……。
　ていうか、考える余裕がない……。
「好き、なんですか？」
　太陽くんの冷静なその声に、あたしは我に返ってハッとした。
　あたしが聞きたいけど聞けないことを太陽くんはサラッと聞いてみせた。

「今まで誰かを好きになったことねぇから、正直この気持ちが恋愛感情なのか、はっきりとはわからない」
「なら──」
「でも、他の男に触れられんのはムカつく。どの女にもムカついたことなかったけど、桃だけにはムカつく。そばにいてほしいって思う」
「……」
「俺にとって特別なんだよ」

　太陽くんに話してるんだけどあたしにも話すようにひーくんが真面目な顔をするから、つい聞き入ってしまう。
　そんな風に思ってくれてたんだ……。
　保健室では特別な感情としか言ってくれなかったから、こうして具体的に聞けてすごく嬉しい。
「あー……それとな」
　ひーくんはそう付け加えると、ズボンのポケットから携帯を取り出して何やらいじり出した。
　かと思うと太陽くんに投げ、太陽くんはキャッチした携帯の画面を見ると一瞬驚いた表情をしたあとに、なぜだか笑い始めた。
「わかり、ました。降参します」
　太陽くんは笑顔のまま、ひーくんに携帯を返した。
　携帯に何が写ってたのかも、なんで太陽くんが笑って納得したのかも、何もわからないあたしは唯一置いてけぼりだった。
　今のことに限らず、今日は驚くことがたくさんあったか

ら、頭の中を整理することでいっぱいいっぱい。
　それでも、ひーくんがさりげなく手を繋いでいてくれるのを見ると、ついニヤけてしまいそうになる。
　……ニヤけそうな顔を必死で堪(こら)えて、あたしは恥ずかしさと申し訳なさから太陽くんのほうを見ることができずにいた。
　……だけど、太陽くんは最後の最後まで優しかった。
「桃ちゃん、短い間だったけど好きでいさせてくれてありがとう」
　こんなあたしに、ありがとうなんて……。
　思わず首を横に振った。
「こちらこそ、好きになってくれてありがとう」
　太陽くんは下に置いてあった自分のカバンを取るとドアのほうへ歩いていった。
　ドアの近くまで来た太陽くんは数秒間俯いて何かを考え込んだあと、再び笑顔でこちらを向いた。
「夏休み明けからは、友達として、よろしくね！」
「……うん！」
　さすが学年１のイケメン。
　こんなときなのにもかかわらず、そのかっこよさと輝きが溢れ出ている。
　この笑顔に落ちる女の子がこれから先、何人現れるんだろうと思うと、もしかしたら太陽くんは魔性の男になる可能性を秘めているかもしれない。
「また本宮先輩に泣かされるようなことあったら、俺のと

こ、来ていいからね」
　その捨てゼリフを聞いて……なおさらそう思った。

　太陽くんがいなくなってからも、なぜか暴君俺様は機嫌がどうも直らないようで……あたしの目の前にある机に偉そうに座って腕組みまでし始めた。
「な、何？」
「何？じゃねぇよバカ女。フッた男とお友達になんのか。お前はどこまでバカなんだよ」
「バ、バカっ？」
「何ヘラヘラしてんだよ。キスされそうになっといて学習してねぇの？　好きでもねぇ男に抱かれてんじゃねぇよ、バカ女」
「だから、抱かれるとか言わないでよ！　ハグだってば！」
「そんなことどうでもいいんだよ。とりあえずバカは反省しろって言ってんの」
　口調はいつものようにきついものの、ひーくんの表情は悲しそうで……あたしはここでやっと気がついた。
　あのひーくんが、ヤキモチを焼いてくれてる。
　そして、あたしのせいで傷ついてる。
　そうか。そうだったんだ……。
　あたしの軽率な行動で、大好きなひーくんのことを傷つけてたんだ……。
　そう思うと、胸が痛んだ。
「……ごめんなさい」

太陽くんが優しくて……あたしが悪いことをしちゃったからって気を許したことで、自然とひーくんのことを傷つけていたなんて……。
　そりゃひーくんも怒るよね……。
　呆(あき)れちゃったかな……。
　せっかく向き合おうとしてくれたのに、あたしがこんなバカ女だからもしかして嫌いになっちゃった……？
　恐(おそ)る恐る、ひーくんのほうを見た。
　目が合ったひーくんは目を逸らしてため息をついた。
　そして呆れたようにまたあたしを見て……なぜか、自分の両膝をポンポンと両手で叩いた。
「桃、おいで」
　それに加えて優しいトーンでそんなことを言うから……あたしは声に引き寄せられるようにして気がつけばひーくんの目の前まで来ていた。
　こんなときまで、ドキドキしてしまうあたしはかなりの重症に違いない。
「怒ってる、よね？」
「さあなー」
「ほんとに、ごめんなさい。まさかひーくんを傷つけるとは思ってなくて……」
　あたしは両手首を引っ張られて、さらにひーくんへと近づいた。
　ひーくんが机に座ってるためちょうど目線が同じになり、あと少しで鼻先がぶつかりそうなくらいあたしたちの

距離は近かった。
「あー……マジでイライラする」
「え?」
「なんでこの陽様が桃なんかに振り回されなきゃいけねぇんだよ? ん?」
「え? え?」
「桃ちゃんは今日から俺の女になんだよ? いい? だからこれからは勝手な行動すんなよ?」
「っ……」
「返事がねぇなー」
「は、はいっ……」
　顔が火照るのを感じながら……あたしはひーくんに唇を奪われた。
　多分きっとお互いに同じ気持ちでの、恋人としての初めてのキス。
　……もちろん、すぐに激しいほうへと移行はしたけど。
　説明するまでもなく、あたしは呼吸を整えるのに必死になり、帰り道は幸せでいっぱいだったから、どうやって帰ったかまったく覚えていない。

～注意報③～

前途多難でございます

　翌日の夏休み初日は、なんともハレンチな夢で目覚めることになった。

　前日にいろんなことがありすぎて、あたしの頭の中はお花畑になっていたのか、ひーくんとの濃厚(のうこう)なキスの途中であたしは目覚めた。

　ただでさえ、ひーくんのことで頭がいっぱいなのに、付き合い出した瞬間から夢まで占領(せんりょう)されてしまう始末。

　……まだ始まったばかりなのに、あたしの体力はもつのだろうか。

　さっそく葉月たちには、ひーくんと付き合い始めたことを一斉に携帯で知らせ、すぐに何人からは返事があって、質問攻めに遭(あ)い、その日は1日中報告することになった。

　昨日は何がなんだかわからない状態でいたから、今こうして落ち着いて、やっとひーくんと付き合ったことを実感できる。

　中学時代の3年間は離れていたから好きとまではいかなかったけど、それまでと再会してからは、ずっとひーくんのことが好きだった。

　ひーくんがあたしに対して言ってくれたように、あたしにとってもひーくんは特別だった。

　チャラくて意地悪で俺様で何を考えてるのかわからない人だけど、気がつけばそんなひーくんから離れられない自

分がいた。
　ひーくんはそうとう変わってると思う。
　同じような人を探そうと思っても、きっと見つからないだろう。
　でもそんなひーくんに惹かれたあたしも、そうとう変わってるんだと思う。
　変わり者で全然いい。
　ひーくんを独り占めできるなら、それだけでいい。
　だって、誰かと付き合ったり、1人の女の子に縛られたりすることが嫌なはずのひーくんが……あたしだけの、彼氏になったんだもん。
　それだけで、すごいことだと思うんだよね。

『明日、暇だよな？』
「最初の一言がそれ？」
　夜の8時頃、ひーくんからの電話に、ベッドでゴロゴロしていたあたしは飛び起きた。
　それなのに、付き合って最初の電話の一言目がまさかの『明日、暇だよな？』って……。
『どんな最初の一言を望んでたんだよ』
「そう言われると難しいけど……でも、もっと恋人らしい何かあるじゃん！」
『恋人らしい何かってなんだよ。「こんばんはハニー、今日も大好きだよ」とかか？』
「違うっ。それ完全にふざけてるじゃん」

『面倒くせぇ。甘い言葉なら、あとでいくらでも言ってやるから、とりあえず明日は暇なのか暇じゃねぇのか教えろ』

　はい、出ました、面倒くさい。

　可愛い彼女が簡単な要求をしてるだけなのに面倒くさいの一言で片付けるやつね！

　この俺様なら当たり前のことだ。

　ずっとこうやって流されてきたんだ。

　別に今に始まったことじゃない。

「どうせ暇ですよー、面倒くさいあなたの彼女は明日も明後日も明々後日も暇ですよーだ」

『おっと、これは桃ちゃん、拗ねちゃったのか？』

「別に拗ねてませんけど？」

『ふーん、ならいいんだけど』

　意地を張りすぎたみたい。

　この俺様はすんなり納得してしまった。

『明日、昼過ぎに迎え行く』

「うん。ねぇ、それってデート？」

『あー、ちょっと違うかな』

「違うの？　じゃあどこ行くの？」

『秘密』

　拗ねたあたしのご機嫌をとるわけでもなく、むしろデートじゃない上に秘密とまで言われて、あたしのテンションはさらに下がる一方。

　恋人同士で出かけてデートじゃないことって、他に何があるの？

……前から怪しかったけど、ひーくんのことがますます怪しく思えてきた。
「とりあえず明日は昼過ぎまでに支度しとけばいいのね？」
『あぁ、そういうこと』
「はーい」
『あ、そういえばさ』
　これ以上話しててもあたしが虚しくなるだけだと思って電話を切ろうとしたとき、ひーくんにそう遮られた。
「何？」
『今日、っつーか昨日の夜に桃の夢見たんだよね』
「えっ、うそっ！　あたしもひーくんの夢見たよ！」
『マジかよ。じゃあ寝る前に俺のこと考えてたんだ？』
「なっ……」
　どうしよう。
　嬉しすぎてニヤけが止まらない。
　あたしがひーくんの夢を見てたときに、ひーくんもあたしの夢を見てたなんて……こんな嬉しいことある!?
　まるで以心伝心してるかのようで、思わず顔がニヤニヤしてしまう。
「そ、そりゃあ、考えてるに決まってるじゃん。やっと付き合えた日なんだもん。ひーくんのことで頭がいっぱいだよ……」
　さっきまで意地を張ってたあたしはどこにいったのか、素直すぎるくらい乙女なあたしが帰ってきた。
『ほんと可愛いな』

「えっ」
『俺も桃で頭いっぱいだよ。夢に出てくるくらいお前のことばっか考えてるよ』

　さっきまではいつもの意地悪なひーくんだったのに、急に真面目な声になるから心臓がドキドキしてついていけないでいる。

　あぁもうやだ……ひーくんにはどうしたって敵わない。
『明日は可愛い格好してこいよ？　そしたらいっぱい可愛がってやるから』
「……っ」
『じゃあ明日な、桃』
「……うん、明日、ね」

　電話が切れたあと、すぐにあたしはベッドにうつ伏せになって倒れ込んだ。
　もう最後の最後で負けた、やられた。
　ひーくんは全部全部お見通しだったんだ。
　最初に恋人らしい会話じゃないってだけで拗ねた面倒くさいあたしを、軽くあしらっただけに思えたひーくんは、じつはあたしがまだ拗ねてるのを気づいていたのかもしれない。
　あたしのことを本気で想ってくれてるのか正直心配になったけど、ひーくんは最後にとても安心させてくれた。
　まんまとドキドキしちゃって、もっともっとひーくんのことを好きになっちゃってる。

……好き。
ううん、大好き。
やっぱり特別だなぁって改めて実感した。
あたしはそのあと、次の日に着ていく洋服を決めるために1人ファッションショーを開催した。
『可愛い格好してきたら可愛がってやる』
その言葉が自然とあたしを動かしていた。
ひーくんと再会してからは、もしかしたらあたしも変態になってきてるのでは……と少し自分を疑ってしまう。
なんでだろう……。
ひーくんには、たくさん触れてほしいと思ってしまう。
……これも、あたしが変態に近づいていってる証拠なのかな……。

翌日、初デートに相応しく天気は晴天。
いつもよりもメイクに時間をかけて、胸下くらいまで伸びた髪の毛は緩くコテで巻いた。
いつか使うだろうと思って買ったチェリーローズの香水を軽く吹きかけ、塞がってそうで危うかった1ヶ月ぶりのピアスもした。
念入りに歯を磨いて、ボディクリームと日焼け止めも塗りたくった。
玄関にある全身鏡で最終チェックを行う。
……完璧!!!
そこでタイミングよく携帯の着信音が鳴り、その相手は

ひーくんだった。
　電話に出ると、着いたことの連絡だったので、あたしは白の小さいショルダーバッグを手に持って急いで家を飛び出す。
「お、ま、た、せっ」
　笑顔で飛び出るとマンションのエントランスにいたのは、イケメンフェロモンが溢れまくっている暴君俺様。
　紺色の腕まくりしたシャツに、下はダメージ加工がされたジーンズを少し腰パンして穿いてて、靴は某ブランドのスニーカー。
　もうかっこよすぎて、何を着ても似合うのが想像できる。
　こういうシンプルな格好でも目立ってしまうのは、きっと顔が整ってるからなんだと思う。
「なんだお前、その格好」
「えっ、ダメだった……？」
「いや、可愛い。ヤバいな、今ここでエロいことしてもいい？」
「は、はぁ!?!?」
　ニヤニヤするひーくんに二の腕を軽く揉まれ、あたしの体温は急上昇した。
　どうしよ……！
　ひーくんに可愛いって言われた……！
　どうせ『似合わねぇな』とか『ブス』ってバカにされると思ってたのに……。
　って、喜んでる場合じゃない。

「いや、ダメに決まってるでしょ！　しかもエロいことって、なおさらダメだよ……」
「なんで？　桃は俺の彼女になったんじゃないの？」
「彼女だからって、ダメなもんはダメなの！　今までの人はこういう真昼間からエロいことしても大丈夫だったんだろうけど、あたしは無理だからっ！」
　二の腕を揉むのを止めないひーくん。
　とりあえず片腕で自分の胸を守るのに必死なあたし。
　デート初日は……波乱の幕開けだ。
　それからもひーくんの攻撃は少し続いたけど、これだけは譲れずガードを緩めなかったあたしに、最終的には折れてくれた。
　……しかし、案の定ひーくんは拗ねてしまった。
「ねえねえ、どこ行くの？」
「……」
「どっかのお店……じゃないよね、だってここら辺は家しかないもんね」
「……」
「どこ行くんだろうなー」
「……」
「どこ行くかだけでも教えてほしいなー」
　あたしのマンションから歩き出してもうすぐ15分が経とうとしている。
　さっきからあたし1人だけでしゃべってて、ひーくんは一言もしゃべってくれない。

今日はデートじゃないって意味深なことを言われたから、とりあえずどこに行くかだけでも知りたいのに……。
「着いた」
　すると、ある家の前で立ち止まったひーくんは、さっきまでしゃべらなかったのに突然口を開いた。
　着いた？
　目の前には住宅街の中にある一軒家。
　表札を見ても知らない名字だし、こんなところ来たことないし、いったい誰の家なのか、なんのために来たのかさっぱりわからない。
「あ、もしかして友達の家？」
「ちげーよ。一時期遊んでた女の家。両親共働きで日中はほとんど家にいないらしい」
「そう、なんだ」
「今から決着つけるから」
「……」
「お前はここにいてくれればいいから」
「えっ、ちょっ」
　いきなりそんなこと言われても……！
　心の準備というものがあるんだよ、こっちには!!!
　それに一時期遊んでた女ってことは……ひーくんのことだからさぞかし可愛い子が出てくるに違いない。
　顔面偏差値では圧倒的に勝てる気がしない。
　でも、決着をつけるってことは、あたしと付き合うから関係を絶とうとしてくれてるってことだよね……？

ってことは……あたしのために今まで遊んでた女の子たちとの関係を整理してくれてるってことなのかな。
　うそ……あのひーくんが……？
　確かにあたしのことを特別だとは言ってくれたけど、まだ好きだとは言ってもらってない。
　だから付き合うことにはなったけど、正直ある程度の束縛をしていいのかわからなかった。
　きっとたくさんの女の子と関係を持ってるだろうし、連絡先だって知ってるだろうし……あたしには到底処理できる問題じゃないと思ったから。
「着いた。あぁ、家の前にいる」
　いつの間にかひーくんは携帯を耳に当て電話をしていて、今の話的にここの家の子だと推理した。
　あたしの推理は当たってて、玄関の扉(とびら)が開いて中からはベリーショートヘアーの目がくりくりな可愛い女の子が出てきた。
「ほんとに来てくれるとは思ってなかった……」
　まるで目がくりくりして可愛いチワワのようなこの子は、最初あたしのことを見たけど、それからはひーくんをずっと見つめている。
　嬉しそうにひーくんを見つめているその子を見て……、あたしはひーくんへの恋心を抑(おさ)えきれない自分を見ているような感じもした。
　ピンクのTシャツにフワフワした生地でできたショートパンツという"ＴＨＥ　女の子"な格好をしているその子

は……ひーくんの目の前に来るなり、いきなりひーくんの両手を握り出した。

　何っ……!?!?
「彼女ができたなんて嘘だよね？　だって彼女なんて存在面倒くさいって言ってたもんね？」
「とりあえずてぇ離して」
「あたしの気を引こうとしてそんな嘘ついたんでしょ？ヤキモチ焼かせたかっただけでしょ？」
「悠里。嘘じゃねぇから。とりあえずてぇ離せ」

　こんな状況でもひーくんは冷静で、声はいつもよりトーンが低い。
「その子が彼女なの？」
「そう。可愛いでしょ、俺の彼女」

　少し離れて２人を見ていたあたしをひーくんは腕を引っ張って引き寄せた。

　まさかついこの間まで遊んでた女の子に、あたしを彼女として紹介してくれるとは思ってなかったから……ひーくんの腕の中に収まったあたしは、顔がニヤけるのを抑えるのに必死だった。
「納得いかない。だってなんでいきなり付き合ったの？今までみたいに遊ぶだけの関係のが絶対楽だよ」

　でも、そのニヤけはすぐに治まった。

　この悠里って人……かなりしぶとい。
「確かに今までは楽だったよ。遊ぶときに遊べて、束縛されることもすることもなかったからなー」

「でしょ？　だったら今まで通りの関係でよくない？　わざわざこの子のために、あたしたち関係切る必要なんてないよ」
「でもさ、今までの女の子とは遊べばよかったんだよ。それ以外の時間は一緒に過ごそうと思ったことなかったし、過ごさなかった。もちろん悠里も」
「じゃあ……その子とは、それ以外の時間を一緒に過ごしたいって思ったってこと？」
「そういうこと」
　悠里って人の顔を見ることはできず、ただ地面を見てこの苦痛の時間を耐えるしかなかった。
「まぁ、確かに可愛いもんね。彼女にもしたくなるよね」
　けど、案外早く悠里って人は折れてくれた。
「連絡先消しとくね！　あ、あと陽が彼女できたってこと広めといてあげるよ」
「よろしくな」
「オッケー！　今日はわざわざありがとう。もう会えないって思うと寂しいけど、陽の幸せを願うよ。彼女さんとお幸せにね！」
　最後はニコニコと笑ってて、さっきまでの悲しそうな寂しそうな表情はどうやって消えたんだと思うくらい、明るい印象だけが残った。
　ひーくんも少しは名残惜しいのかと思ったけど、その言葉を最後にひーくんは何も言わずに先を歩き出した。
　あたしもそのあとについていこうと足を踏み出したその

とき、悠里って人に手首を強く掴まれ引き止められた。
「陽のこと、よろしくね」
　可愛い笑顔でそんなことを言われ、あたしは思わず頭を下げてその場をあとにした……。
　ひーくんに追いつき、お昼をまだ食べてなかったあたしたちは駅近くのファミレスに入った。

ヤキモチもちもち

　ファミレスでお昼ご飯を食べ、食べ終わったあとにあたしは気になることを聞いた。
「ねえ、ひーくん」
「ん？」
「もしかしてさ……他の女の子たちにもさっきみたいに断ってたりするの……？」
「さっきみたいに家に行ったのは、しつこく連絡してきた悠里だけ。他はちゃんと連絡して、連絡先も面倒くせぇから消した」
　そっと目の前に置かれた携帯。
　画面には連絡先の一覧が表示されていて、数人の男の人の名前しかなかった。
　それが何を意味するのか……あたしはすぐにわかった。
　あたしの勝手な想像じゃなくて、本当に連絡先まで消してくれてた……。
　ふと、携帯の画面を見てあることを思い出した。
「そういえば、この前太陽くんに何を見せてたの？」
「俺の本気さをわからせるために、この男だらけの連絡先を見せた」
　どうしよ、すごく嬉しい。
　驚きも隠せないけど、やっぱりどうしても喜びが勝ってしまう。

「そんなに嬉しいの？」
「うん。だって、ひーくんがあたしのために変わろうとしてくれてるんだもん。そりゃ嬉しいよ」
　過去のトラウマで誰かと付き合うことを躊躇していたひーくんが、あたしとなら付き合うことを選択してくれた。
　あたしのために変わろうとしてくれてるひーくんを……今は愛しく思う。
「ほんと俺って健気だよなー、彼女のためにこんなに努力してんだもんなー」
「あのねー、それ自分で言ったら意味ないよ？」
「意味あるよ。桃にはこの努力を知っててもらわねぇと」
　努力を知っててもらう？
　すると、向かい席に座るひーくんが前のめりになった。
「努力の報酬は？」
「報酬？」
「桃ちゃんわかってんだろ？　こんなに頑張ってる俺に何かイイコトはないの？」
「な、ないよ！　別にあたしが頼んだわけじゃないし！」
「あー、そういうこと言っちゃうんだー」
　そんなことを言いながら楽しそうにひーくんが何かを企むような顔をするから……あたしは冷や汗をかいた。
「わかった。何すればいい？　ここでキスしてとかそういう恥ずかしいのはナシだからね！」
「んー……じゃあ、陽って呼んでみて」
「え、そんなんでいいの？」

「あぁ」
　そんな簡単でよかったんだったら、最初に断ったりしなかったのに！
　ただ名前を呼び捨てにすればいいだけでしょ？
　そんなのへっちゃら。
　そう思っていざ声に出そうとしたけど……それが、なかなか出てこない。
　想像以上に恥ずかしい。
　普段「ひーくん」って呼んでるから、「陽」って呼び捨てになるだけでなんだかドキドキする。
　たった３文字なのに、その３文字がどうしても口から出てこない……。
　超悔しい!!!
「あれ？　どうってことないんじゃなかったの？」
「……っ」
　すると、ひーくんは声を出しながら笑い始め、その笑いが少し落ち着くと、ニヤリとしながらあたしの顔を見つめてきた。
「あー、やべぇな……。桃のその困り顔、超好き。萌えるな」
　ついでに私の髪の毛先を少しだけ取って指先でくるんとされた。
　……やっぱり、ひーくんって頭おかしいのかもしれない。
　彼女の困り顔が好きなんておかしくない!?
　しかも萌えるって完全に変態チック。

……その後、ひーくんのことを呼び捨てにしなくてもやり直しをさせられたり、他に報酬を要求されたりすることはなかった。

　結局、ひーくんの目的は報酬をもらえるかどうかではなくて、あたしの困り顔を見るためだったのだと、ファミレスを出てからあたしは気づいた。

　ひーくんは普通の人ではないから、これから先、付き合っていくあたしは、もしかしたらいろんな意味で大変なのかもしれないと思うと……少し気合いを入れたくなった。

　そういえば、今日の用事はもう済んだのかな？

　昨日の電話ではデートじゃないって言ってたから、もしかしたら今日はこれでバイバイするのかも。

　え、やだ……まだ帰りたくない……。

　ひーくんにとりあえずついていってるだけのあたしは、これからどこに行くのかもわからず、ただただ不安ばかりが募っていく。

　商店街に入ると、夏休みに入ったこともあってか、いつもより人で賑わっていた。

「ねぇねぇ、どこ行くの？」

「どこって？」

「だって、今日デートじゃないんでしょ？　そしたら、これからどこ行くのかなって……」

「どっか行きたいの？」

「……そういうわけじゃないけど」

「デートするよ、これから」

郵 便 は が き

> お手数ですが
> 切手をおはり
> ください。

1 0 4 - 0 0 3 1

東京都中央区京橋1-3-1
八重洲口大栄ビル7階

**スターツ出版(株)　書籍編集部
愛読者アンケート係**

(フリガナ)
氏　名

住　所　〒

TEL　　　　　　　　　　　携帯／PHS

E-Mailアドレス

年齢　　　　　　　　　　性別

職業
1. 学生 (小・中・高・大学(院)・専門学校)　　2. 会社員・公務員
3. 会社・団体役員　4. パート・アルバイト　　5. 自営業
6. 自由業 (　　　　　　　　　　　　　　　　　) 7. 主婦　8. 無職
9. その他 (　　　　　　　　　　　　　　　　　　　　　　　　　　)

今後、小社から新刊等の各種ご案内やアンケートのお願いをお送りしてもよろしいですか?
1. はい　2. いいえ　3. すでに届いている

※お手数ですが裏面もご記入ください。

お客様の情報を統計調査データとして使用するために利用させていただきます。
また頂いた個人情報に弊社からのお知らせをお送りさせて頂く場合があります。
　　　　　　個人情報保護管理責任者:スターツ出版株式会社 販売部 部長
　　　　　　　　　　　　　　　　　　連絡先:TEL 03-6202-0311

愛読者カード

お買い上げいただき、ありがとうございました！
今後の編集の参考にさせていただきますので、
下記の設問にお答えいただければ幸いです。よろしくお願いいたします。

本書のタイトル（　　　　　　　　　　　　　　　　　　　　　　　　　　　）

ご購入の理由は？　1. 内容に興味がある　2. タイトルにひかれた　3. カバー（装丁）が好き　4. 帯（表紙に巻いてある言葉）にひかれた　5. 本の巻末広告を見て　6. ケータイ小説サイト「野いちご」を見て　7. 友達からの口コミ　8. 雑誌・紹介記事をみて　9. 本でしか読めない番外編や追加エピソードがある　10. 著者のファンだから　11. あらすじを見て　12. その他（　　　　　　　　　　　　　　　　　　　　　　　　　　）

本書を読んだ感想は？　1. とても満足　2. 満足　3. ふつう　4. 不満

本書の作品をケータイ小説サイト「野いちご」で読んだことがありますか？
1. 読んだ　2. 途中まで読んだ　3. 読んだことがない　4.「野いちご」を知らない

上の質問で、1または2と答えた人に質問です。「野いちご」で読んだことのある作品を、本でもご購入された理由は？　1. また読み返したいから　2. いつでも読めるように手元においておきたいから　3. カバー（装丁）が良かったから　4. 著者のファンだから　5. その他（　　　　　　　　　　　　　　　　　　　　　　　　　　　　　　）

1カ月に何冊くらいケータイ小説を本で買いますか？　1. 1〜2冊買う　2. 3冊以上買う　3. 不定期で時々買う　4. 昔はよく買っていたが今はめったに買わない　5. 今回はじめて買った

本を選ぶときに参考にするものは？　1. 友達からの口コミ　2. 書店で見て　3. ホームページ　4. 雑誌　5. テレビ　6. その他（　　　　　　　　　　　　　　　）

スマホ、ケータイは持ってますか？
1. スマホを持っている　2. ガラケーを持っている　3. 持っていない

学校で朝読書の時間はありますか？　1. ある　2. 今年からなくなった　3. 昔はあった　4. ない

ご意見・ご感想をお聞かせください。

文庫化希望の作品があったら教えて下さい。

学校や生活の中で、興味関心のあること、悩みごとなどあれば、教えてください。

いただいたご意見を本の帯または新聞・雑誌・インターネット等の広告に使用させていただいてもよろしいですか？　1. よい　2. 匿名ならOK　3. 不可

ご協力、ありがとうございました！

「えっ!?　デート!?」
　いきなりのデート発言に驚くあたし。
　そんなあたしをよそに、ひーくんはあたしの右手を握り歩き始めた。
　て、て、手繋いでる……!?
　しかも指が絡まる恋人繋ぎ！
　興奮しすぎて身体中の温度が上がり、沸騰寸前だった。
　さっきまでの不安は一瞬でどこかへ飛んでいき、それからあたしは幸せオーラ全開で街中を歩いた。
　自然と顔はニヤけて、繋いでる手を前後に揺らして、歩くときは心なしか軽くスキップしてしまう。
　好きになった人と初めて手を繋いで歩いてる。
　それだけのことでこんなにも幸せになれるなんて、思ってもみなかった。
　結局ひーくんはどこへ向かっているのか教えてくれなかったけど、どこへ行くかなんてことは、もうこの際どうでもいい！
　……だって、大好きなひーくんと手を繋げているというだけでこんなにも幸せなんだから。
　別にこれ以上何かを望むわけじゃないの。
　……なんだけど……。
　ここ、ど、こ？？
　ひーくんについていきたどり着いた先は、いかにもな怪しい雰囲気をまとったお店がポツポツと点在する裏通り。
　以前にひーくんが女の子と出てきたラブホテルがある裏

通りとはまた違う雰囲気の場所。
　お店の感じ的にバーとかクラブみたい。
「ひーくん……どこ、行くの？」
「ん？」
「ん？て……」
　ひーくんはニコッと笑って、そのあとに軽くあたしの口にチューをすると、何事もなかったかのようにまたあたしと手を繋いだまま歩き始めた。
　いやいやいやいや。
　その笑顔が逆に怖いんですけど!?
　しかもチューで誤魔化せたと思ってるみたいだけど、誤魔化せてないからね!?
　むしろさらに不安になったからね!?
　だけどビビりなあたしはそれ以上聞くことができず、とりあえず黙ってひーくんについていくことにした。
　ここはひーくんを信じるしかない。

　そして、ひーくんはある細いビルの前で立ち止まると、すぐ横にある螺旋階段を上がり始めた。
　女の勘だけど、この先には女の子が入るようなお店はないってすぐに思った。
　なんだろう、とにかく怖い!!
　逃げたい!!
　あたしどうなるの!?
　怖がるあたしをよそに、ひーくんはお店の扉をゆっくり

と開けた。
「ごめんひーくん！　あたしひーくんのこと信じてたけどやっぱ無理！　怖い！　あたしにはこんな試練耐えられないっ!!!」

　目を強く瞑（つむ）り、ひーくんにしがみつくようにしてあたしは懇願（こんがん）した。
「は？　試練？」

　ひーくんの呆れたような声。

　そのあとに、奥のほうから大きな笑い声が聞こえてきた。

　恐る恐る顔を上げると……そこは小さなバーのような感じで、細長い店内にはカウンターとそのカウンターに沿って並べられているオシャレなイスがいくつかあった。

　そして笑い声の主である男の人が5人いて……あたしたちのほうを見て、お腹を抱えながら笑っていた。
「どういう……こと？」
「知り合いの先輩の店。どうしてもお前のこと見たいっつーから連れてきたんだよ」

　は……い？

　混乱で頭が真っ白になるあたしを支えるようにして、お店の中に誘導してくれるひーくん。

　あたしを真ん中あたりにあるイスに座らせて、ひーくんはその隣に座った。
「ヒー、試練って！　お前普段どんだけ野蛮（やばん）なプレイをしてんだよっ」
「ちゃんと説明してから連れてきてあげろよっ。マジで桃

ちゃん可哀想っ」
「涙目んなってんじゃん！　大丈夫!?」
　3人はカウンターの奥にいて、2人はひーくんの隣と奥のイスに座っている。
　あたしのことを心配してくれてるのか、笑ってバカにしているのかはわからないけど、とりあえずひーくんと彼らの仲がいいことがわかっただけでかなり安心できた。
「怖い思いさせてごめんね？　ここら辺、女の子からすると怖ぇよな？　俺のほうから桃ちゃんに会いに行けばよかったわ」
　カウンター越しであたしの目の前に立っている男の人は優しい口調で、顔からも優しい人なんだろうなっていうのはわかった。
「この人は珠樹さん。この店のオーナー」
「ここ、夜はバーやってて、まあ客は知り合いばっかだからさ、たまには桃ちゃんも遊び来て？　そのときはサービスしてあげるから」
「あ、ありがとうございます」
　珠樹さんは銀色の短髪に切れ長の目をしていてぱっと見は強面なんだけど、話しているとすごく優しいのが伝わってくる。
　やっぱり先輩だからか大人のオーラを醸し出していて落ち着いているのが印象的だった。
　そのあともひーくん含め、みんなで楽しそうに話しているのを見て、ひーくんの新たな部分を知れた気がして……

結果的には来てよかったと思った。
　店内が暗くて最初は気づかなかったけど、日が暮れてきたときに店内の電気がつき明るくなった瞬間だった。
「あ！　英二くん！」
「やーっと桃ちゃん気づいてくれたか！　マジでこのまま最後まで気づいてくれなかったらどうしようかと思ったー」
　英二くんもそうだけど、まさかの珠樹さん以外はみんなひーくんと学校でよく一緒にいるメンバーだった。私服で、大人っぽい格好をしていたから気づかなかったのだ。
　見たことのある顔がそこにはあって、さらにあたしの安心材料は増えた。
「じゃあ、俺らそろそろ出ますね」
「えっ!?　早くね!?」
「俺は早く桃ちゃんとイチャイチャしたいわけ。お前らとくだらねぇ話してる暇はないの」
「はぁーん？　カッチーン！」
　ひーくんが立ち上がったから、あたしも続いてイスから下り、目の前にいる珠樹さんに会釈をした。
　英二くんたちとひーくんはふざけ合ってて、ほんとに仲がいいんだなーと少し羨ましく思った。
「お、つーかさ、前から思ってたんだけど、桃ちゃんってスタイルめっちゃよくね？」
　すると、いきなり視線と話題があたしに切り替わったため思わず身構えをした。

「それ思ってた！　脚めっちゃ綺麗！　美脚！　目の保養だわー」
「お前らおっさんみてぇだな」
「いや率直な意見だから！　陽はそんな桃ちゃんとお付き合いができて羨ましいなぁー」
　褒められることに慣れてないあたしは、ただただ顔を赤らめて俯くことしかできなかった。
　笑いながら話してるから、きっとからかってるんだろうけど、褒められて悪い気はしない。
　そのあとは途中で珠樹さんが間に入ってくれたおかげでなんとかバーから出ることができた。
　最初はとんでもないところに連れてこられてあたしの人生終わったと思ったけど……ひーくんの新しい部分を知れたから結果よしとしよう。
　それに、仲がいい人にあたしを紹介してくれるこの行為がとても嬉しい。
　真剣にあたしと付き合おうと思ってくれてるってことが伝わる。
「ひーくん、今日はありがとう」
「感謝されることなんかしたっけ？」
「うん。彼女として紹介してくれたの、すごく嬉しかった」
　珠樹さんがあたしの名前を知っててくれたのは、きっと前からひーくんがあたしのことを話してくれていたからだよね……。
　あたしが知らないところであたしの話をしてくれている

ことに、ひーくんの生活の中で少しでもあたしの割合が多くなってきてるんだと幸せに思う。
「あいつらみんな、俺に彼女っていう存在ができて信じられないらしい」
「そりゃあ、ね。過去の行いを知ってたら誰でも信じられないよね」
「俺があいつらの立場でも信じられねぇな」
　女好きで彼女という存在を作らないことで有名だったひーくんだもん。
　そんな人にいきなり彼女ができたって聞いても、信じることができないのは当然の話。
「だから今日みたいに紹介して、少しずつでもお前と真面目に付き合ってるってことが広まればいいなと思ってる」
「……」
「あいつら口軽いからすぐ広まるだろうな。まぁ、そしたらお前も少しは安心できるだろ」
　速度を緩めることなく、当たり前のようにあたしの手を握って……隣を歩くひーくん。
　言ってることの重大さに気づいてないのか、あたしの顔を見ようともしない。
　……あたしばかり、ドキドキさせられる。
　隣にいる暴君は、いとも簡単にあたしの体温を上げて鼓動を速くさせる……。
　今日の行動は全部全部、あたしのためだった。
　ひーくんがあたしと真面目に付き合ってるんだってこと

が、今日１日でとても伝わった。
　ますますひーくんへの想いが大きくなった。
「ひーくん、ありがとう」
「はいはい」
「あっ！　もしかして照れてる？」
「あ？　お前あんま調子のんなよ？」
「ひゃっ……」
　ひーくんが照れたように見え、顔を覗き込んだら耳に息をフッと吹きかけられた。
　くすぐったいような変な感じに襲(おそ)われ、とっさに変な声を出してしまった。
　本気で怒ったわけじゃないけど、お返しに怒ったように頬を膨らませて、ひーくんに「もおー！」とぶりっ子のように振る舞った。
　すると、ひーくんはあたしの両頬を片手で挟んで左右に激しく振ってきた。
　すぐにあたしは降参した。
　だけど、まだデートを続けたいあたしのお願いを、ひーくんはなぜだか条件なしで聞いてくれて、あたしたちは隣駅のショッピングモールへと移動した。
　特に欲しかった服があったわけじゃなく、ただひーくんと手を繋いで歩きたかっただけだったため、適当に服を見てショッピングデートは終了(しゅうりょう)した。
　そして……ひーくんが意外とヤキモチ焼きだということがわかった。

「このスカートどう!?」
「短い。ありえない」
「このショーパン可愛くない!?」
「他の野郎どもが見るから却下」
　あたしが思うに、バーでひーくんの友達があたしの脚を褒めてくれたことを気にして、できるだけ脚を出させないようにしてるんだと思う。
　もしかしたら、ひーくんはあたしが思ってる以上にあたしのことを好きなのかもしれない……。

耐えられると思ってんの？

　初デート？では、ひーくんから想像以上の愛を感じた。
　これから何があっても頑張ろうって思えたし、不安とか悩(なや)みも消えていった気がした……。
　……そう。
　それが、夏休み2日目の話。
　そして、今日は夏休み3日目。
『明日から週5で夏期講習だから、それだけよろしく』
「……」
　夕方頃、突然のひーくんからの電話に、あたしはドキドキしながら通話ボタンを押した。
　ボタンを押して耳を傾けてみたら……この有様。
　はて？
　明日から週5で夏期講習があると。
　ん？　待てよ？
　夏休みの期間はあと残り28日。
　その中で週5はあたしと会えないってことなんだよね？
　ひーくんは高校3年生で、卒業ができたらこれが最後の夏休み。
　2人が付き合って最初の夏休みでもあり、ひーくんの高校最後の夏休みでもある。
　それなのにあまり会えないって……。え？　よろしくって何？

「いやいや、ちょちょちょっと待って！　夏期講習って、え？　ひーくんが!?」
『あ？　どういう意味だ、それ』
「だって、ひーくんって勉強苦手っていうか、勉強しないイメージで……」
『勝手なイメージつけんな。これでも大学進学組』
「うそっ!!!」
　あんなたくさんの女の子と遊んだ人が大学進学……!?
　髪の毛真っ茶っ茶に染めてピアスして香水もつけて、友達を連れて歩いてたら、明らかに柄悪い系の人に見えるひーくんが……!?
　……って、そもそも大学進学には関係ないか。
「行きたい大学、決まってるの……？」
『あぁ。前から行きたかったところで、まあ夏くらいはさすがにな』
「そうなんだ……。じゃあ、夏休み全然会えないってこと？」
『んー……、まあ他にバーもあるしな』
　バー？
「バーって……どういうこと？」
『珠樹さんとこのバー。あそこでちょいちょい働かせてもらってる』
　まさかのここに来てさらに会えない発言!?!?
　ていうか、高校生がバーでバイトっていいの!?
『とりあえず会えるときまた連絡する。それまでおとなしく待ってろよ？　短いスカート穿いたらどうなるかわかっ

てるよな？　じゃ、よろしくね、桃ちゃん』
　しかもひーくんは自分が言いたいことだけ言って電話を切った。
　待って待って、頭の中を整理させて。
　週5で夏期講習に行くことはわかった。
　前から行きたかった大学に行くためだもん。
　どんなに会えなくても、ひーくんのためだからそれは我慢する。
　それとバーでバイトするんだっけ？
　あの珠樹さんのところで働くんだから安心はできるし、ひーくんの家庭事情を考えると働かなきゃいけないのもわかるから、それに関しても応援しかできない。
　ひーくんが話すことには全部理由があって、あたしが文句を言えることじゃない。
　確かにあたしはこの夏休みをとても楽しみにしていた。
　いろんなところに出かけたかったし、たくさん会いたかったし、もっともっとひーくんとの仲を深めたいなって思ってた。
　それができないのは残念……。
　だけど、ひーくんの将来のためだからしょうがない。
　応援をするしかない。
　彼女として、ひーくんを支えてあげよう。
　……それにしても、あたしってもしかして、ひーくんのことあまり知らない？
　さっき大学の話を聞いてるときに、ふと思った。

だって、夏期講習に行くこともそうだけど、前から大学進学を考えてたことすら知らなかった。
　あたしがひーくんについて知ってることと言えば……。
　女の子が大好きで、女遊び激しくて、いい匂いがして、フェロモンが出てて、かっこよくて……意地悪で。
　……って、性格と見た目しか知らない!!!
　女の子と遊んでばっかで勉強なんかできるわけないって勝手に決めつけてた。
　再会できたこと、付き合えたことに浮かれて……肝心なことをすっかり忘れてた。
　ひーくんは受験生で、今は勝負の夏。
　っていうことは、もしかしてなかなか会えない？
　夏休みだけならまだしも、受験が終わるまでは会えない感じ……!?
　いやダメダメ。
　我慢するのよ、桃。
　ひーくんの彼女として、受験をちゃんと支えなきゃ。
　何かひーくんの力になれることないかな……？
　あたしはそれから毎晩１人で考えたけど、いい案が出てくることはなかった。

「昨日、旅行予約してきたのー。もう超楽しみー」
「あたしもー！　部屋に温泉ついてんの、ヤバくない!?」
「いーなー、金欠だから旅行行けないんだよねー。その代わり遊園地行くー」

いつも行くファミレスにいつものメンバー6人で集まっている。
　彼氏持ちの葉月たち3人の惚気(のろけ)から会話は始まり、あたしもひーくんと付き合って彼氏持ちなはずなのに、なぜか惚気に出遅(おく)れた。
　彼氏がいない愛ちゃんと日菜子はテンションがだだ下がりで、最初はどうなるかと思ったけど、途中から私の話になったことでなんとかなった。
「え!?　夏期講習で会えないの!?」
「うん」
「何それ！　終わってからでも会えるじゃん！」
「そうなんだけどさ……、貴重な勉強時間を邪魔しちゃいけないかな、って」
　みんなにさっそく話したところ、わかってはいたが……猛反発された。
「じゃあ、どっか行かないの？」
「んー、まだ決めてないけど、多分忙(いそが)しいから行けないんじゃない？」
「そしたら桃めっちゃ暇じゃん」
「そうなんだよね、バイトもしてないし。何か、ひーくんの力になれないかなーっていうのは思っているんだけど」
　とにかくあたしのせいでひーくんの受験に少しでも支障をきたすようなことがあったら嫌だから、この夏休みはおとなしくしてるって決めた。
　……でも、何か力になりたい。

彼女としてひーくんを支えたい。
「じゃあさ、何かプレゼントするのは？」
「プレゼントかぁ。いいかも！　でも受験生にプレゼントって何がいいんだろ……」
　まだ付き合ったばかりでペアのモノとか買ったら引くかな……。
　あたしはものすごく欲しいんだけど、ひーくんはペアなんて嫌がりそうだもんなぁ。
　使うものだと、文房具とか？
　いやいやひーくんへのプレゼントで文房具はないな。
「本宮先輩の好きなものとか知らないの？　今欲しいものとか」
「欲しいもの……」
　ひーくんが欲しいもの……。
　欲しいもの……？
　どうしよう。
　まったくわからない!!!
　ていうか、あたしってひーくんのこと好き好き言ってる割には、もしかしてひーくんのこと何も知らない……？
　そりゃそうだ。
　だってついこの間再会したばっかで、その前の丸々３年間はなーんにも知らない。
　そう。
　何も知らない……!!!

夜の8時頃に解散し、あたしは家に着いてすぐひーくんに電話をした。
　あのあと6人でプレゼントについて話し合った結果、やっぱり初めてのプレゼントだからもっとよく考えて決めることに。
　けど、いくら欲しいものをプレゼントしたいからって、ひーくんに直接欲しいものを聞いたんじゃバレてしまう。
　だから、ひーくんから欲しいものをそれとなーく聞き出す作戦に出ることになった。
「今、大丈夫？」
『あぁ、どうした？』
「あ、そのー」
『ん？』
　ヤバッッ。
　なんて聞くか決めとくんだった。
　はっきり「何が欲しい!?」なんて聞けないし、遠回しに聞くってどうやるの!?
「初日、どうだった？　大変だった？」
　とりあえず、疑われないように当たり障りないことを質問してみた。
『あー、まあ普通。知り合いも何人かいるし、やってけそうって感じ』
「ならよかったね！　いつもこのくらいの時間に終わるの？」
『その日によってとる授業が違うから、いつもってことは

ねぇかな。丸1日やんのもそんなねぇと思う』
「え、じゃあ意外と会えたりする!?」
『は?』
「え?」
　久しぶりに本気のひーくんからの呆れた『は?』をいただいた。
「だってあんまり会えないって言ってたけど、そんなに忙しくないなら思ったより会えるのかな?って……」
『いつ俺があんまり会えないって言った?』
「言ったよ!　夏期講習で忙しいからあんまり会えないって……」
『会えないんじゃなくて忙しいって言ったつもりだけど?俺が大好きな桃ちゃんに会えなくて耐えられると思う?』
「……っ!」
　理不尽なこの男にムカついた。
　はっきり言ってないとしても、絶対そういうニュアンスであたしに伝えてきたのは事実。
　だから怒ってやろうって思ったのに……こんなこと言われたら、何も言えなくなる。
「ならもっと早く言ってほしかったよ……」
『早く?』
「そうだよ!　じつはね、明日から友達と同じとこでバイト始めることになったの……」
　あんまり会えないって言うし、夏休み遊んでばかりじゃいけないと思ったし、それに……プレゼントも買わなきゃ

いけないから。
　そのためにはバイトをするのが一番だと思った。
　ちょうど日菜子が働いてるカフェで人を募集してるって言うから連絡してみたら、明日からでも来てほしいということで翌日から働くことになった。
　日菜子の友達なら大丈夫、と店長さんが言ってくれて、面接もなくあたしは人生初めてのバイトに受かったのだ。
『どこ？』
「駅近の新しくできたMoon Cafeってとこ……」
『ふーん』
「制服が可愛いの！　まあ、恥ずかしいけど……見に来てくれても、いいよ？」
『やだ』
「やだっ!?」
『なんでわざわざ自分の彼女が他の野郎にニコニコ愛想振りまいてるところを見に行かなきゃなんねぇんだよ』
　そう来るか……!!!
　まさかバイトで男の人と関わるのも嫌だなんて……。
　……可愛いな。
　でも今回は仕方ない。
　ちゃんと説明しなかったひーくんにも、こうなった責任はあるわけだし。
　ひーくんは夏期講習が終わって帰りの途中なのか、電話に出たときから、ひーくんの周りからは誰かの話し声や車の音など雑音が混じってた。

誰かといるんだろうなって感じはしてたし、外にいるのもわかってたし、それらが気にするようなことじゃないのもわかってた。
　……だ、け、ど。
　気にしたくなくても気にせざるをえない状況だって、時にはある。
　こんな寛大(かんだい)な心を持つあたしでも。
『なになに？　ケンカ？』
　ひーくんの声と同じくらいの大きさで聞こえた声。
　高く透き通るような……女性特有の声。
　別に浮気とか女遊びが再発したとか、そんな風には思わないけど……ひーくんの近くに他の女の人がいるって考えると胸が苦しくなる。
　声の大きさからいって、そうとうひーくんに密着してるに違いない。
　さぞかし可愛くてスタイルがよくていい匂いがするんでしょうね。
　……考えなきゃいいのにマイナスな方向にしか考えられなくなってしまう。
　これもある意味、恋をしたハンデなのかもしれない。

まだ心の準備ができてません

『お前には関係ねぇからあっち行ってろ』
『そんな冷たくしなくてもいいじゃーん。長い付き合いの仲でしょう?』
『いいから黙れ』
　電話の向こうでは、あたしを抜きにしてひーくんと女の人の会話が行われている。
　長い付き合い?
　その言葉が引っかかるが、どうせ今まで数え切れないほど遊んできた中の1人なんだろう。
『明日は何時から来るの?　時間一緒だったら待ち合わせしない?』
『しない』
『意地悪ぅー。ねえねえっ、一緒に来るくらい彼女さん許してくれるよねっ!?』
『悠里っ、てめっ!』
　耳元でごちゃごちゃと聞こえて、一瞬であたしの頭の中もごちゃごちゃになった。
　悠里…?
　聞いたことある……名前。
　そうだ……最初のデートのときにひーくんと家まで行った女の子だ。
　あのときは確か、最初はひーくんのことを引き止めてた

けど意外とすんなり引いてくれたんだよね……。
　え、まさか、この悠里って人も夏期講習一緒とかじゃないよね!?!?
『もしもし彼女さん？　久しぶりー、じつはたまたま陽と夏期講習同じでね？　あ、たまたまだし、同じ授業そんなにないから安心してー？』
「あ、はい……」
　なんでわざわざ電話を代わってまでそんなこと言ってくるの？
　突然のことに「はい」としか言えなかったけど、この悠里って人、絶対何か企んでる……。
　ただでさえ女の子たちから人気のひーくんが、夏期講習なんかに行ってさらにファンが増えちゃったらって心配だったのに……。
『じゃあ、また会うこともあると思うから、そのときはよろしくね？　バイバーイ』
　明るい声のあと電話が切れた。
　な、に、あの女ーっ!!!
　あのときは諦めた感じのこと言ってたじゃん！
　お幸せにね？的なこと言ってたよね!?
　嘘つき嘘つき嘘つき!!!
　電話が切れてからあたしの怒りは大爆発し、夜も結局なかなか眠れず……。

　そのまま翌日、怒りが冷めやらぬままバイトの時間にな

り、あたしは支度をして家を出たのだった。
　初日だからか日菜子もいてくれて、まずは一から教えてもらうことでアルバイトは始まった。
　あたしは料理の注文をとったり料理を運んだりレジをしたり、主にホールの仕事をすることになった。
　店長さんは30代で見た目も若く、すごく優しい人だったからよかった。
　あたしは初日は18時に終わり、4月から働いてる日菜子は20時までだったから先に帰ることにした。
　慣れてきたら日菜子と同じように20時まで働いてほしいと言われた。
　今までこうして働いたことがないあたしからしたら、最初はとても緊張したけど、お店も人も雰囲気がよくてこれから頑張ろうって思えた1日だった。
　……そういえば、ひーくんが夏期講習に通ってる場所ってこのカフェの近くだった気がするなぁ。
　あんまりいい気はしないけど、もし終わる時間だったら一緒に帰れるかなあ？と思い、その場所へと向かった。
　カフェから歩いて2分ほどのところに1つのビルがあり、見る限り4階まで全部が塾(じゅく)らしい。
　ドアからは次々と人が出てきていて、もしかしたら本当にちょうど終わった時間なのかもしれない。
　あ、でもそれがひーくんの受けてる授業とは限らないのか……。
　目を凝らし、ひーくんを逃すまいと探していると……。

「桃ちゃん？　えっ、桃ちゃんじゃん！」
　自動ドアから出てきた見覚えのある人があたしを指さしながらそう声をあげた。
　その人とは……英二くん。
　そして、隣には愛しの人……ひーくんの姿。
「ひーくんっ」
　その姿が視界に入った瞬間、気づけばあたしは走り出していて……思いっきりひーくんに抱きついた。
「桃!?　なんだよ、この会ってない数日の間にそんな甘えん坊になったのか？」
「……ひーくん、好き」
「あー……そう来るか。うん、いくらでも愛の告白は聞いてやるから、とりあえず場所変えようか」
「へ？」
　……あ……。
　気がつくと、塾帰りの生徒や歩道を歩く人があたしたちを凝視していた。
　ドアの目の前で抱きついて注目されないわけがない。
　女の子たちはなぜかキャーキャー騒いでいる。
　英二くんの顔も真っ赤で、それがあたしにもだんだんと移ってきて……我に返った。
「ご、ごめんなさいっ」
　自分から抱きついたくせに、あたしは勢いよくひーくんから離れてひーくんの腕を引っ張りその場を去った。
　なんでなんでっ……あたしなんでこんな恥ずかしいこと

やっちゃってんのっ……。
　顔から火を吹きそうなほど熱くなってて、背中には冷や汗が流れた気がした。

　少し離れた場所にあるステンレスの柵にひーくんは腰掛け、あたしは少し開いたひーくんの脚の間に入った。
　英二くんはひーくんの隣でしゃがみ、取り出したガムを噛み出した。
「何か言いたいことあんなら言ってみ？」
「……たくさん人がいるのに外で抱きついてごめんなさい」
「我慢できなかったの？　ん？」
「そ、そういうわけじゃないよっ！」
「ふーん。まあ、可愛いかったから許してやる」
　本当のことなんか言えるわけない。
　言ったら絶対うざいって思われるもん……。
　悠里って人に嫉妬した結果、こんなことになっちゃったなんて……とてもじゃないけど、言えない。
「桃、こっち見て」
　ひーくんがあたしの手を優しく引く。
　こうして触れられるだけで……すぐに鼓動は速くなる。
　心配になって、ヤキモチ焼いて、ドキドキして……こんなにも、あたしはひーくんのことが大好きなんだ。
　すると、ひーくんは突然目を瞑って顔を上げてきた。
　え？　なになに？
「早くしろよ」

「えっ？」
　開いたひーくんの瞳はなんだか熱を帯びていて、あたしはその瞳に吸い込まれそうになった。
　その瞬間にはもうあたしの負けは決定。
　ひーくんにさらに腕を引っ張られ、あたしとひーくんの唇は重なった。
　チュッと音を立てて唇は離れる。
「あー、足りねぇ」
「……っ」
「誘惑したのはそっちだもんな。文句ねぇよな？」
「へ？」
　ひーくんはあたしの腰に腕を回し、引き寄せた。
　さっきのひーくんの唇の感触がまだ残ってる。
「英二、悪い。先帰ってて」
「えー！　マジかよ！　一緒に帰ろうと思って大っ嫌いな授業一個受けてやったのにっ!?　嘘だろっ!?」
「一緒に帰ってもいいけど、桃と俺がイイコトしてるとこ見たい？」
「あ、うん。それはかなりきついもんがあるな。はい、おとなしく帰りまーす」
　英二くんはスッと帰ってしまった。
「英二くんのことはいいの？　このあとなんか用事あったんじゃないの？」
　突然来て公衆の面前で抱きついたあたしが言うのもなんだけどね……。

ひーくんが立ち上がって先へ歩き出したから、あたしもそのあとをついていった。
「あいつとは飽きるほど一緒にいるから、別に気にすることない。1人で騒いでるだけだから」
「そうなんだ……」
「それよりさ、今の状況わかってんの？」
「今の状況？」
「今からお持ち帰りして食べようかなって思ってるんだけど、いい？」
「夜ご飯？　いいよ！　ひーくん家で一緒に食べよう！」
　あたしはただ返事しただけなのに、なぜかひーくんはお腹を抱えて笑い始めた。
　今の会話のどこに笑う部分があった!?
「バカだね、ほんとに」
「ばっ、バカっ!?」
「お持ち帰りするのも食べるのも君のことだよ？　桃ちゃん？」
「……」
「いいよ、っつったよな？」
　何ヶ月もの間、何も食べずに飢えている動物がやっと獲物を見つけたかのようなギラギラとした目を私に向けてくるひーくん。
　この目をあたしは知ってる。
　何かを企んだときに必ずする目だ。
　……そして、あたしはこの目を見たあとに必ず後悔する。

「待って待って待って！　あたし食べ物じゃないよ!?　名前は確かに食べ物だけど食べられないよ!?」
「安心しろ。おいしーく食べてやるからな」
「そういう問題じゃないよ!?　あ、あたし不味いよ！　多分食べたら吐くよ！　だからやめといたほうがいいよ！」
「さっき味見したから大丈夫」
「か、覚悟できてないもん！　まだ無理！　あたしにはまだ大人の階段登るなんて早いよっ!!」
「陽先輩に任せとけ」
　いやいやいやーっ!!!
　まだ心の準備ができてないんだもん！

　強引に連れてこられた先は……もちろん、ひーくん家。
　おばあちゃんは買い物に行ってて留守のようだ。
　前に何度か来たことのあるこの家は、ひーくんのおばあちゃんが１人で住んでいた家。
　平屋造りの昔ながらの家で、普通の家の２倍はあるだろう広さ。
　玄関に入ると左に長い廊下があって、ひーくんの部屋は一番奥の広い部屋。
「なんで突っ立ってんだよ、入れば？」
「……」
「さっきの本気にしたのか？」
　散々脅されたあげく、ほんとに家まで連れ込まれた。
　部屋の入り口までは来たものの……それ以上は足が動か

ない。
　そんな怯えたあたしに近づいてきたひーくん。
　あたしは細い廊下に立ってるため、後ずさりするとすぐに背中に窓ガラスが当たった。
　気づけば目の前にはひーくんの顔があって……耳元で「半分は冗談だから、安心しろ」と言われた。
　今ので顔が真っ赤になったあたしは、色気に負けてその言葉を信じ……勢いよく部屋へ入った。
　ひーくんの部屋はベッドとテーブルとテレビしかなくて、殺風景に感じた。
「何もしないから、こっちおいで」
　ベッドに座ったひーくんは、なぜだかいつも以上に色気ムンムンでかっこよくて……入り口で棒立ちだったあたしは気がついたらひーくんの脚の間に収まっていた。
「何、この技」
「え？」
「こっちに呼んで脚の間に入ってきたヤツ初めて」
「……っ!!!」
「超可愛い」
　ただでさえ、ひーくんの部屋で緊張してて体温急上昇中なのに、まさかテンパりすぎた結果、自分で自分を追い詰める形になるなんて……!!!
「退きます！　隣に移動します！」
「タイムアウトー」
「ひゃっ……」

いたずらっ子のような声を出すひーくんにあたしは上半身を抱きしめられ、さらには耳に息を吹きかけられ、遊ばれてる。
「そ、そういえば！　さっき言ってたことで気になったことがあるんだけどっ」
「ん？」
「こっちに呼んで脚の間に入ってきたヤツ初めて、って言ったよね？」
「言ったっけ？」
「それって、あたし以外にも部屋に女の子入れたことあるってことだよね？」
「んー、まあな」
　自分で聞いといて、胸がチクッと痛んだ。
　背中を向けているためひーくんの表情が確認できない。
　重いって思われたかな……。
　いや、でも本当に気になったんだもん。
　そりゃあ、あたしと付き合う寸前までチャラッチャラだったんだから、何人もの女の子と関係があったことは知ってたし覚悟もしてたけど……。
　少しだけ……否定してくれるかな、なんて浅はかな望みを持ったのがいけなかった。
　いざ、本人の口から事実を知らされることって、こんなにつらいんだ。
　勝手に聞いて勝手に傷ついて、バカみたい。
　せっかくひーくんの部屋に来て、さっきまでいいムード

だったのに、まだ心の準備ができてないからってムードを自分で壊して……。
「確かに入れたことはあるけど──」
　1人で考え込んでいるあたしにひーくんはそう言って、再びあたしを抱きしめる腕に力を込めた。
「"好きな子"を入れるのは、桃が初めてだよ」
「……」
「あれ、無反応？　好きになったのも桃が初めてなんだけど……それだけじゃダメ？」
「ずるい」
「……」
「ずるいずるいずるい！　そんなの、"それだけ"じゃないよ！　嬉しいよ！　顔がニヤけてくるもん。あたしだってひーくんが初めてだよ。こんなにヤキモチ焼くのだって面倒くさくなるのだって、ひーくんのことが……大好きだからだもん」
　本当にこの人はずるいと思う。
　あたしの気持ちがどんなに落ちてても、簡単に上げてみせる。
　それも、ただ上げるだけじゃなくて、幸せな気持ちにまでしてくれる。
　言うまでもなく顔が真っ赤になったあたしに、ひーくんはニヤリと妖しい表情を浮かべて……キスの嵐を浴びせたのだった。
　お子ちゃまには激しかったキスの嵐が終わったあと、あ

たしは意識がもうろうとするなかで、このまましちゃうのかなー……と身を委ねていたが、ひーくんはあっさりと離れていき、その上、部屋から出ていった。

　もしかして、あたしのキスの仕方がキモくて呆れちゃったってこと!?

　焦りまくってどうしようかとパニックになってると、ひーくんはいい匂いのするお弁当を持って戻ってきた。

　早とちりだったことに安心し、ひーくんが買ってきてくれたお弁当をあたしとひーくんは仲良く食べた。

「急に部屋出ていっちゃうからビックリした！　お弁当買いに行ってくれてたんだね」

「あれ以上は止められる自信なかったから、弁当買うついでに頭冷やしてた」

「止める？」

「何？　1つずつ説明してほしいの？」

「……あ……」

　あたしはそこでやっと気づいた。

「なら説明してやるよ。男っていうのは好きな子とくっついたりイチャイチャしたりしてると──」

「あー！　わかった！　わかったから説明いらない！　しなくて大丈夫！」

「なんならもう1回試す？」

「試しません！　早く食べないとご飯冷めちゃうよ！」

　……そして、ひーくんが"変態"であることも知ったのだった。

強敵チワワ

「桃ちゃん、今日もお疲れ様！　明日もよろしくね！」
「お疲れ様です！　また明日よろしくお願いします！」
　……気がつけばバイトを始めて2週間が経っていた。
　始めたきっかけは受験生であるひーくんにプレゼントを買うためだけど、ひーくんが何を欲しいのか未だに聞けていない。
　それに、会えないわけじゃないって言ってたのに、この2週間で1回しか会ってない。
「ねぇ、それって彼女なの？」
「彼女でしょ！　彼女だよ！　ちゃんと好きって言ってくれたし……」
　今日は日菜子と一緒に早めにバイトが終わったため、夜ご飯を食べようと駅に近いいつものファミレスに来た。
「連絡はとってるの？」
「メールがちょっとと、たまーに電話はしてるよ」
「それってどれくらいの頻度？」
「メールが2日に1回くらいで、電話が2週間で1回」
「は!?　それだけっ!?　そんなのあたしと桃のほうが連絡とってるじゃん！」
「そう言われれば……。え、あたしひーくんと付き合ってないのかなぁ!?」
　日菜子の言葉でだんだん自信をなくしてきた。

いや、でも彼女って言ってくれたし、さすがに意地悪なひーくんもそこまでひどい嘘つかないでしょ。
　……そうかな??
"あの"、ひーくんだぞ?
『お前みたいなチンチクリンと付き合うわけねぇだろ、バカ。あーほんと、お前ってからかいがいあんな。桃ちゃんこっちおいで?』
　とか言いそう!!!
　超言いそう!!!
「……も！　桃！」
「へっ?」
「ごめん、今の冗談だから泣かないで」
「冗談!?」
「あー……じつはね……?」
　得意の被害妄想で泣きそうになってたあたしに、日菜子は本当のことを話してくれた。
「言おうかずっと迷ってたんだけどね」
「何?」
「本宮先輩にある頼みごとをされたの」
「ひーくんに?　どういうこと……?」
　パニック状態とは、今のあたしのことだろう。
「多分、桃が働き始めて3日経ったくらいのときにね?　いきなり元希から電話があって、出てみたら本宮先輩だったの」
「……うん」

「いきなりごめんねってすごい紳士(しんし)で、まあそのあと単刀直入に、"桃に変な虫がつかないようにしてほしい"って頼まれたのよ」
「……」
「で、連絡とってたらうるさいこと言っちゃいそうだからあんまり連絡しないようにするんで、桃のフォローもよろしくって言われた」
「……っ」
「あと、会いたくなっちゃうからって」
「……っ」
「ねぇ、桃は本宮先輩に超超愛されてるよ！　だから心配することなんか何１つない！」
　心の中にあったモヤモヤがスーッと消えた気がした。
「まさかひーくんがそんなこと頼んでたなんて……」
「最近すごい落ちてたからさぁ、このままでいいのかなって思って、つい言っちゃった！」
「ふふっ、日菜子ありがと」
「いいえー。ていうか、本宮先輩に感謝してほしいよねー、あたしがこうやってバラしてなきゃケンカになってたかもしれないんだからー」
　日菜子のおかげでこの夏休みは頑張れそう。
　ひーくんと連絡ができなくても会えなくても、今はお互い頑張る時期なんだ、きっと！
　来年だって夏休みはあるんだし、遊べるんだし、たった１回の夏にあんまり会えないからってくよくよして過ごし

たくなんかない!
「と、いうことで! 今から待ち伏せしない?」
「待ち伏せ?」
「本宮先輩のとこ! この話聞いて会いたくなったでしょ? 会いたいなら自分から会いに行かなきゃ!」
　そうか。
　待ってるだけじゃ何も始まらない。
　ひーくんと会って話したい。
　そうと決まれば行動するのは早い。
　荷物をまとめ、立とうとした……ときだった。
「桃ちゃんだよね? この前ぶりー!」
　聞き覚えのある甲高い声。
　入り口付近からこちらに向かって小走りしてきたのは、決していい印象ではない、ひーくんの"元遊び相手"の悠里さん。
　そして、一緒に来たであろう英二くんともう1人見たことのある男の人とひーくん。
　何このよくあるパターン。
　へぇー、こうやって、たまになのかしょっちゅうなのか知らないけど、ご飯食べに来たりしてるわけね??
　へぇー?
「隣空いてるんで、どうですか?」
　あたしはなぜか悠里さんを挑発した。
　何がなんでもひーくんと一緒の席で食べてほしくないんだもん!!!

「じゃあ悠里、桃ちゃんの隣に座ろーっと」
　可愛さ溢れる言い方であたしの隣に勢いよく座ってきた悠里さん。
　あたしの目の前に座る日菜子は眉間にシワが寄って、まるで珍しい生き物を見るような目で悠里さんをガン見してるから、なんとかアイコンタクトでそれをやめさせた。
「お前ら、いつの間に仲良くなってんの？」
　ひーくんたちもこっちに来て、隣の４人席に座った。
「陽は知らないだろうけど、女の子はすぐ仲良くなれるんですー」
「桃ちゃん、最近バイトどう？」
　斜め前に座るひーくんはニコニコしながら、あたしにそう聞いてきた。
「あっ、スルーしないでよ！」
　悠里さんの言葉を無視して、あたしの真後ろに座ったひーくんはこっちに身を乗り出して、ついでにあたしの髪の毛を指でくるくるし出した。
「た、楽しいよっ。店長さんもみんなもいい人だし」
「ふーん。いつまでやんの？　てか、そんなに金必要？」
あたしの言葉にムスッとした表情をするひーくん。
「ある程度貯まったら辞めるけど、何に使うかは秘密」さっき日菜子からいろいろ聞いちゃったもんだから、ひーくんの反応が全部可愛く見えて仕方がない。
「だって、ひーくんは塾とバイトで忙しいんだから、あたしがバイト辞めたって暇だもん」

普段いじめられる側だから、たまにはいじめる側にもなりたくなる。
「あぁ、会えなくて寂しいから、バイトで寂しさを紛らわしてるってことな?」
　しかし、すぐさま反撃された。
「そっ、んなこと言ってませんけど?」
「でもそう言ってるように聞こえたけど?　違うの?　俺は、寂しいよ……」
　ひーくんは子犬のような瞳であたしを見つめてきて、最終攻撃を仕掛けてきた。
　こんな技まで持ってるの!?
　何、この母性本能をくすぐるような顔!!
　根っから腹黒な彼に軽い気持ちで挑んだあたしがいけなかった。
　勝算なんか初めからなかったんだ。
「……負けました」
「結局どっちなんだよ」
「寂しいです」
「よろしい」
　満足げな顔のひーくん。
　その顔を見られて、まんざらでもないあたし。
　そんなあたしたちを見ていた周りからはそのあと「公共の場でイチャつかないでくださーい」と注意された。
　ひーくんといると周りが見えなくなるから本当に困る。
　あたしは恥ずかしさのあまり、その場にいることがいた

たまれなくなってトイレへと逃げ込んだ。

　トイレでは念入りに化粧直しをして時間を稼いだ。
　……すると、扉が開いた。
　入ってきたのは悠里さん。
「陽と本当に仲良いんだねー。なんか妬けちゃうなぁ」
　おっと……？
　いきなり敵意むき出しなんですけど。
　さっそくピンチなんですけど……！
　……それからが闘いの始まりだった。
「でも大学受験するなんてすごいよねー。いつもあんななのに、そういうところは真面目ってギャップだよねー。いいよねー」
「あ、はい……」
「確か１年の頃から言ってたんだよね！」
「そうなんですね……」
「知り合いに建築士の人がいるらしくて、ずっと憧れてるとも言ってたなぁ」
　建築士……？
　いったいなんの話？
　もちろんひーくんが高校１年生のときを知らないあたしが、そんな目標の話なんか知るはずもない。
「あっ……、もしかして、今の話、陽から聞いてなかった？」
「はい……」
「そっかぁ。そうだったんだぁ、ごめんね？　そしたら、

陽が建築士になりたいって夢があるのも知らないんだ？」
　ええ。もちろん知りませんとも。
　今初めて聞きましたとも。
　この前思ったとおり、あたしって本当にひーくんのこと知らないことだらけなんだな。
　現にあたしの知らないことを悠里さんは知ってて、それに今なんか、ひーくんと一緒にいる時間はあたしよりも長いはず。
　それにチワワみたいに目がくりくりで可愛いから……さすがのあたしもちょっと焦り始めてきた。
「陽のことでわからないことあったら聞いてね？」
　そのまま流れで悠里さんと連絡先を交換した。
　あたしとは反対に、さっきからどっちが彼女なのかわからないくらい自信満々な悠里さん。
　いい匂いを残してトイレを去っていった。

　あたしも少しして席に戻ると、なぜか悠里さんと日菜子がとても楽しそうに話していて意気投合していることにビックリした。
　ひーくんたちはそっちで盛り上がってて、こっちの様子は目に入ってないようだった。
「あ、桃ちゃんおかえりー」
　可愛すぎる笑顔で迎えてくれた悠里さん。
　悠里さんの言動や行動すべてが謎で、どう対応したらいいかわからなくなってきた。

最初はひーくんの遊び相手だと思ってたから警戒してたけど、意外とあっさり引いてくれたから、悪い人ではないのかな？と思った。
　だけど、偶然同じ塾に通ってて、それに電話ではやたらと猫なで声でひーくんに甘えていた気がする。
　それを考えるとやっぱりまだひーくんのこと好きなんじゃないの？とも思うけど、さっきは協力してくれるようなことを言ってて。
　日菜子とも仲良くなってるし！
　ただでさえ付き合ったばかりで夏休みはなかなか会えてないのに、こんな強敵チワワが現れたらどう対処していいのかわからない……。
「そういえば、さっき日菜子ちゃんから聞いたんだけど、陽へのプレゼント迷ってるんだっけ？」
　あたしの耳元に顔を近づけてきたと思ったら、悠里さんは小声でそう話した。
　日菜子……!!!
　プレゼントのこと話したの!?!?
　日菜子を強く睨むと、『つい、しゃべっちゃった』みたいな顔で返された。
「そうなんですよね。プレゼント何にしたらいいか迷って……」
　もうこうなったら、とことん悠里さんが持つひーくん情報を聞き出してやる。
「そしたら、欲しいって言ってた建築の本があるから、そ

れがいいんじゃない？」
「なるほど……」
「欲しかったものをプレゼントされたら、男の人ってすごい喜ぶと思うよ。名前までは忘れちゃったから、また連絡して教えるねっ」
　そう言われて、悠里さんのおかげでひーくんへのプレゼントがやっと決まったのだった。
　こうやって教えてくれるってことは、本当は悠里さんって優しい人なのかもしれない。
　普通こんなに親切にしてくれないよね？
　ひーくんが自分のこと話してくれないから、わからないことあったら悠里さんにこれから聞こうかな！
　……なんて、このときのあたしは呑気(のんき)にそんなことを思っていた。

意地悪プレゼント

　後日、本当に悠里さんから本についての連絡が来た。
　あたしも考えてはみたものの、受験生へのプレゼントは難しくて、結果、思い浮かばず。
　本当は自分で選んだものをプレゼントしてあげたかったけど、必要ないものを渡すより、ひーくんが欲しいものを渡したい。
　なので、悠里さんに教えてもらった建築の本をプレゼントすることにした。
　本はすぐに見つかり、ラッピングは自分で選び、自宅に帰ってから包装をした。
　バイトの休憩中……日菜子にラッピングした完成形を見せると、「プレゼント買えるお金あったんじゃない！」と最初に言われた。
「あ、そういえばそうだね」
　プレゼントを買おうと思ったときは何を買おうか決まってないからとりあえずバイトを始めてみたけど、本がそこまで高くなかったから、お給料が入る前に買えちゃったってわけだ。
「まぁ、あたし的には桃がこうしてバイトに来てくれて助かるから嬉しいんだけどね？　できたら夏休み明けても働いててほしいなーなんて」
「日菜子うまいなー。けど、あたしもちょうどそう思って

たんだよね。せっかくこうして仕事も覚えたのに辞めちゃうのは、もったいないかなって……」
「よし！　じゃあ決まり！　バイト延長ってことで！」
　日菜子も含め、ここのカフェで働く人全員が優しいから、あたしにできることなら役に立ちたい。
　それに、ひーくんの大学受験が終わるまではきっとなかなか会えないんだろうし、その分バイトをしてたら寂しさも紛れるだろう。
「今日プレゼント渡すんだっけ？」
「そう！　できるだけ早く渡したいなって言ったら、悠里さんも協力してくれるって」
「悠里さんって可愛いし優しいよねー。陽先輩と昔から仲良いの？」
　そうか。
　悠里さんのことは誰にも話してないんだった。
「じつは……ひーくんが遊び人だった頃の……なんだよね」
「は？」
　その瞬間、さっきまで笑顔だった日菜子の表情が一気に恐ろしいものに変わった。
「元遊び相手、ってこと？」
「うん……」
　日菜子の怖い顔に、出る声も自然とすぼんだ。
「本宮先輩と遊んでた女だって知ってたら、あんなに意気投合しなかったのに！」
「言わなくてごめんなさい」

「ほんとだよ！　遊び相手っつったって、あの本宮先輩だよ？　女のほうはそれなりに未練があるに決まってるよ」
「はい。ごめんなさい……」
　そのあとも日菜子からの説教は続き……休憩が終わる頃にはあたしはヘトヘトになっていた。
　体力を振り絞り、後半のバイトはなんとか乗り切った。
　日菜子は中学生のときに付き合っていた彼氏が元カノと浮気していたことがあって、それから"元"が付く関係には敏感。
　それをすっかり忘れていたあたしは、日菜子の地雷を踏んじゃったってわけだ。
　これからは気をつけよう……そう心に決めたのだった。

　バイトを上がってすぐに、あたしは制服から私服に着替えて、化粧を直し、気合いを入れ、カフェをあとにした。
　バイトが時間どおり終わったため、塾が終わる時間まであと15分程ある。
　悠里さんから今日の朝メールが来て、塾が終わる時間を教えてもらったからとても助かった。
　……ひーくん、喜んでくれるかな？
　あたしはドキドキしながら塾の前で待っていた。
　友達にサプライズで誕生日プレゼントをあげるときもそうだけど、プレゼントを渡す前って、なんだか胸が温かくなる気がする。
　そして、今回は大好きなひーくんへのプレゼントだから、

いつも以上に緊張してしまう。
　時間が気になって、つい時計へと視線が動く。
　あと10分……あと5分……あと1分……!!!
　ドキドキが最高潮に達したあたしの目の前に、ついに彼が現れた。
　今日は友達と一緒じゃないのか、ひーくんは1人で出てきた。
　手を振るあたしに気づいたひーくんは……眉間にシワを寄せ、不機嫌そうな顔をした。
　もしかして……突然来たから迷惑だった？
「なんでいんの？」
　表情だけじゃない……声も低い。
「あ、あのね、ひーくんに受験頑張ってもらおうと思ってプレゼント買ったの！」
　あたしはラッピングをした本をひーくんへ渡した。
　怒っていたひーくんの目は丸く見開き、かなり驚いた様子だった。
　そのあと、プレゼントを見ながら優しく笑った。
　……よかった。
　いつものひーくんだ。
「開けてみて！」
　安心したあたしは早く本を見てほしくて、開けるのを急かした。
「え、マジ？　これ欲しかったやつ」
「ふふっ、喜んでくれた？」

「ありがとな。でも、お前にこの本欲しいって話したっけ？」
「ううん、じつはね……」
　あたしはそのあと、『悠里さんに教えてもらったんだ』と正直に言うつもりだった。
　でもそう言えなかったのは……言葉を遮られたから。
「それ、あたしが選んだんだよー！」
　ひーくんの後ろから現れたのは……悠里さん。
　ひーくんの隣にピッタリくっつくと、本を取って中をペラペラと見始めた。
「この前この本が欲しいって言ってたでしょ？　それで本屋に用事があったときにこの本を見つけたのね？　だから陽にプレゼントしようと思ったんだけど」
　え？　なんの話？
「そのときに偶然、桃ちゃんに会って、彼女だし一応言ったほうがいいかな？って思って陽にプレゼントしようと思ってるって話したのー」
　そんな話いっさい知らない……。
「そしたら、あたしもプレゼント探してて見つからないのでこの本譲ってください！って言われちゃってー」
　なんでこんな嘘つくの？
「結構強引に来るもんだから、しょうがなく桃ちゃんに譲ったんだよねー。しかも、自分で選んだことにするからこのことは秘密でとか言われちゃってさー」
　どうしよう……。
　突然のことで頭がついていかない。

「そうだよねー？　桃ちゃん？」
　あたしを見る悠里さんの目が……笑ってなくて怖い。
　今になって気づいた。
　悠里さんは元からあたしに協力しようなんて思ってなかったんだ。
　彼女になったあたしに、こうして意地悪をすることが目的だったんだ。
　……それなのに、悠里さんの威圧感に勝つことができず、あたしは頷いた。
　否定もできないあたしは心が弱い。
　確かに悠里さんにこの本を教えてもらったことに変わりはない。
　それに悠里さんのほうがここ数年のひーくんについて知ってるし、理解がある。
　正直あたしには建築関係のことはわからないし、きっとひーくんもそう思ってあたしに話さなかったんだろう。
　あたし、彼女になれたのに……ただひーくんが好きなだけなのに。
　それだけじゃ全然うまくいかない。
　ひーくんは悠里さんが持つ本を取って、なぜか再びラッピングをし始めた。
　けどラッピングをしたことがないであろうひーくんは、なぜかそのラッピングと本を悠里さんに渡した。
「え？」
「これ元に戻して」

「でも、ラッピングしたのはあたしじゃなくて……」
「面白くねぇなぁ」
　今度はあたしにラッピングと本を渡してきた。
　ひーくんは笑っていて楽しそうなんだけど、どこからか悪のオーラが出ていて、本当は不機嫌なのかもしれない。
　何を企んでるの……？
　この流れからしてあたしに怒ってるのかもしれない。
　あたしが嘘をついてプレゼントしたことになってるから怒るのもしょうがない……。
「悠里、俺が欲しいって言ってたの覚えててくれたんだ？」
「もちろんっ」
「さすが悠里。俺のことなんでもわかってる」
　……でもでも！
　いくら怒ってるからって、あたしの目の前で悠里さんのこと褒めることなくない!?!?
　ていうか、そもそも嘘ついてるのは悠里さんのほうなんだし！
「悠里は前から特別だったからな。やっぱりただの同級生に戻るのはもったいねぇな」
　え、え、嘘だよね……？
　悠里さんのことを特別に思ってたの……？
「特別っ？　そんな風に思っててくれたの？　でも、桃ちゃんの前で言うなんていくらなんでも可哀想(かわいそう)だよー」
　悠里さんは勝ち誇ったような顔であたしのことをジッと見てきた。

やだよ、負けたくない。
　気持ちとは裏腹に身体は正直で……涙がこぼれ落ちる。
　……すると、突然ひーくんの肩が小刻みに揺れ出した。
　え？　何？　どういうこと……？
　もしかして……笑ってる？
　その瞬間、ひーくんが声を出して笑い始めた。
「桃ちゃん、よしよし」
　そしてあたしの頭を撫でたあとに、ぎゅっと優しく抱きしめてきた。
「どういうこと？」
「ん？」
「いや、ん？じゃなくてっ。だって、悠里さんのことが特別だって……っ」
　さっきそう言ったよね……？
　悠里さんのことを信じたんじゃなかったの……？
「ごめん、嘘ついた」
「嘘……？」
「つい桃が可愛くて、意地悪なことしちゃった」
　てへっ、とぶりっ子のようにおどけてみせるひーくんを見て……あたしは初めて蹴っ飛ばしてやろうかと思った。
　悠里さんも突然の状況についていけずに、固まってしまってる。
　そりゃそうだ。
　あたしなんかこの状況に最初からついていけてないんだもん。

「陽、いきなり何言い出すの？　とりあえず、まず先にあたしたちの関係どうするか考えよ……？」
「は？」
「え？」
「さっきの全部、嘘に決まってんだろ」
「なっ、何言ってるの……？」
「特別なのはこの世界中で桃だけ。お前はただの過去の女。なのに調子乗って好き放題嘘つきまくるから、俺も頑張ってマネしてみたんだよ？」
　ひーくんはずっとぶりっ子のように身振り手振りをマネして、声までも可愛くしてる。
　完全にからかって楽しんでる。
　あたしはひーくんの言葉を全部信じて、涙が出るほど悲しかったっていうのに。
　結局ひーくんにからかわれてただけらしい。
「それより、本当に桃ちゃん可愛いー！」
「ひゃっ！」
　悠里さんの怒りが収まってない様子でも、そんなの関係なしに、そう言ってあたしの髪の毛をくしゃくしゃにしてくるひーくん。
　か、可愛いっ……!?
「久々にいじめたから、ひーくんとってもたのしーい！」
「あたしが悲しんでるの知ってて、楽しんでたってこと!?」
「それ以外に何があるのぉ？」
　ぶりっ子継続中なのがさらにムカつく。

大魔王は受験生でも健在だったのだ。
　あたしはすっかり油断していた。
　今回のことはあたしがいけない。
　ひーくんに普通の彼氏に望むようなことを望んでも仕方がないって、このことでよく学べた気がする。

　そのあとはひーくんに散々慰められ、ひーくんの色気にやられると周りが見えなくなるあたしは……悠里さんがその場からいなくなったことを少し経ってから知った。
「あ、あのさ、なんで悠里さんが嘘ついてるってわかったの……？」
　塾からの帰り道、隣を歩くひーくんの左手に抱えられているプレゼントを見て、胸がキュンとした。
「なんでだろうな？」
「え？」
「何？」
「じゃ、じゃあ、逆に、あたしのことを信じてくれたってことだよね!?」
「そうだったら嬉しいの？」
「違うのっ!?　そういうことじゃないの!?」
「じゃあ、そういうことにしとけば？」
　ひーくんは意地悪だ。
　あたしの困ってる顔を見て楽しんでる。
　そもそも、悠里さんをなんの疑いもなく信じたあたしがいけないのかもしれないけど……。

悠里さんはやっぱり、ひーくんとまた元の関係に戻りたいってことだよね？
　だから、邪魔なあたしをまずは悪者にして離れさせようとしたのかな……。
「いっ……たっ!!」
　歩きながら考え事をしていると、いきなり眉間に痛みを感じた。
　その原因は、ひーくんがデコピンをしてきたからだった。
「いきなり何するのっ……!!?」
「眉間にシワ寄ってたから直した」
「よ、寄ってた？」
「お前さ、何をそんなに悩んでんのか知らねぇけど、もっと自分に自信持てよ、バカ」
「バ、バカっ!?」
　元はといえば、ひーくんがいろんな女の子と遊びまくってたからこんなことになったわけで……。
　じゃなきゃ、こんなに悩まなくてもよかったと思うんだけど……。
　まあ、でもそれを含めてひーくんを好きになっちゃったんだから……惚れたあたしの負けってことだよね。
「つーか、もう来るなよ」
「え？　どういうこと？」
「こんな遅い時間にどんなヤツがいるかわかんねぇだろ。なんかあってからじゃ遅えし」
「えー」

「今日みたいになるのも面倒くせぇだろ。どうしたって悠里も受験終わるまであそこに通うんだし、また会ってあいつが何かしてこない保証もねぇし」
「……つまり、あたしを危ない目に遭わせたくないから来るなってこと？」
「何、嬉しいの？」

　会ったときに不機嫌そうだった理由はこういうことか。
　どうやらあたしが思っている以上に、あたしはひーくんに愛されてるらしい。
　簡単な女だ。
　ニヤニヤが止まらず顔が火照るのがわかる。
　元気に頷くあたしに、ひーくんは不意打ちのキスをしてきた。
　久しぶりのキスで……顔だけじゃなく身体が一気に熱くなった。
　あぁ……もうダメだ……。
　大好きだ……。
　惚れたほうが負けでも、もうなんでもいい。
　勝たなくても全然いい。
　こんなにも「大好き」で溢れてるんだもん！

可愛い俺の彼女☆side H

　最近このあたりで、誰彼構わず女に声をかける野郎がうろついているらしく、どうも桃が心配で仕方がない。
　俺が塾に通い出した途端バイトも始めて、そのバイトだって終わるのは遅いと8時、9時。
　本人は無自覚だけど、まぁまぁ外見は人並み以上に美人だから絡まれる可能性のほうが高いだろう。
　だからってそんなことを桃に直接言えるほど器用じゃなく……案の定、塾が終わり外へ出ると、目の前に桃がいた。
　うわぁ、マジかよ……。
　思わず眉間にシワが寄る。
　けど、桃は俺にわざわざプレゼントを買ってそれを渡そうと待っていてくれたらしく、その気持ちだけで簡単に頬が緩んだ。
　好きな女を前にすると、結局は俺も単純な男。
　初めてされる"サプライズ"は素直に嬉しかった。
　健気に俺のことを考えてくれたんだと思うと、桃のことがさらに愛しくなった。
　だから、前に遊んでた悠里の嘘が見え見えで、わからないふりをするのは、まぁ大変だった。
　すぐに悠里を黙らせようかとも思ったけど、ここは意地悪な男の部分が出てきてしまい、悲しそうな表情をする桃を見るのがついつい楽しくて仕方なかった。

悠里の執念深さも逆に尊敬したけど、ここまで来るとさすがに面倒くさい。
　そのとき突然いなくなった悠里だけど、知り合いを通して二度と関わるなと伝えてもらったら、そのあと、塾で見かけることはあっても、俺に話しかけてくることは二度となかった。

「悠里さん、本当にひーくんのことが好きだったってことだよね……」
　塾が午前中で終わったある日、駅近のファミレスで桃と待ち合わせをして昼ご飯を食べた。
「いきなりなんだよ。まだ悠里のこと気になんの？」
　同じ塾に通ってること自体、桃からしたら心配らしい。
「そりゃ気になるよ！　他の人とは違って、本気でひーくんのこと好きなんだぁって思う」
「桃は本気じゃないの？」
「へっ？」
「悠里の本気より、俺のこと本気で好きじゃないの？」
　俺の突然の真面目な声のトーンに驚きを隠せない桃。
　確かにここまで嫌がらせされたら、めげる気持ちもわからなくはないけど、いつまでも悠里が可哀想な感じで話す桃に少し苛立ちを覚えた。
　こんなにも俺は桃だけを好きだって伝えてるつもりなのに、それが伝わってないことがショックだった。
　桃のオムライスを食べる手が思わず止まる。

「そんなの……いちいち言わなくてもわかるでしょ!?」
　そして、柄にもなく声を荒げる桃。
　今度はドリアを食べる俺の手も止まった。
「あたしのひーくんへの気持ちを誰かと比べてほしくない！　本気中の本気に決まってるじゃん！　毎日ひーくんのことばっかり考えてるよ！」
　予想以上の勢いに「おう……」と珍しく小さな返事しかできなかった。
　桃は自分のカバンを漁り始め、ドンッと中から取り出した小さな香水のボトルをテーブルの上に叩きつけた。
「これだって！　キモって思われるかもしれないから言ってなかったけど、ひーくんがずっとつけてる香水、ついに同じやつ買って寂しいときはこの匂い嗅いでるんだから！」
　キモいなんて思うはずがない。
　むしろそんなに俺のことを考えてくれているなんて……絶対本人には言わないけど、嬉しいに決まってる。
　俺が中学生の頃からつけている香水。
　甘すぎず、爽やかな香りが気に入っている。
　途中他の香水に浮気したこともあったけど、最終的にこの香水に戻ってしまう。
　そのきっかけは、桃の一言。
「俺も毎日桃のこと考えてるよ」
「そっ、そうなの……？」
「なんでこの香水をずっと使ってるか知ってる？」

「知らない……。匂いが好きだから？」
「桃とバスケの試合で会ったとき、桃が『この匂い好き』って言ってたからだよ」
「ええ!?　確かに言った気がするけど……それが理由でずっとつけてたなんて知らなかった……」
　他にこの匂いが好きだって言う女もいたけど、その言葉を俺が気にするはずもなく、"桃"の言葉だからこそ俺の心に残っていたんだと思う。
「じゃあ、ひーくんもこの匂いを嗅ぐたびにあたしのこと思い出したりする、の？」
　ちょっと恥ずかしそうに上目遣いでそう聞いてくる桃の頭を優しく撫でた。
「そうだよ。会えないときも、この匂いで桃をそばに感じてるよ」
　いつも以上に優しい口調だからか、桃の耳はみるみる赤くなる。
　あぁ……この生き物はなんて可愛いんだ。
　困惑するこの顔をいつまでも見ていたい。
　心の底からこの顔を誰にも見せたくないと思った。
　大好きな桃ちゃんをいじめていいのは……俺だけ。

～注意報④～

空き教室の秘め事

　悠里さんとの一件があってから、本当にあたしは塾には近づかなかった。ひーくんを信じていたし、これ以上悠里さんとも会いたくないし、何より勉強の邪魔をしちゃいけないと思ったから。
　会ったらその分くっつきたくなる。
　あたしがくっつくと、ひーくんの男モードにスイッチが入っちゃうらしく、むやみにくっつくなとまで言われてしまった。
　彼女なのに！
　彼氏にベタベタするのは彼女の特権なのに！
　それを拒否されプライドが傷ついた以上、もうこっちからベタベタするのは、やめようと心に決めたのだ。
　ひーくんのことが好きだから、会えばそりゃあくっつきたくなるのが当たり前でしょ？
　それを、あの暴君男はなーんにもわかってない。
「それで、夏休み明け早々、そんなにテンションが低いわけね？」
　約１ヶ月の夏休みが終わりを告げ、今日は休み明け最初の登校日。
　始業式も終わり、教室へと戻ってきた。
　勘が鋭い葉月はあたしの前の席に瞬時に座り、あたしの話を聞き出そうと前のめりでスタンバイした。

始業式中に、ひーくんへの不満を葉月へぶつけた結果だ。
「受験生だからしょうがないよ。でもさぁ、少しは会ってくれてもよくない？　別にどこか出かけたかったわけじゃないのに」
「まぁねー、夏休みの後半ほぼ会ってないんでしょ？　本宮先輩も鬼畜だよねー」
「完全に鬼でしょ！　もう放置プレイだよ！」
　夏休みの間、あたしたちが会えたのはたったの4回。
　なんなら、前半3回の、後半1回。
　家が近いから、もうちょっと会えるかなーって思ってたのに……。
「誰が鬼だって？」
「ひゃっ……！」
　突然、耳の後ろに息を吹きかけられ、思わず変な声が出てしまった。
　そんなイタズラをする人は、あたしの知ってる限りたった1人しかいない。
　クラスの女の子たちがザワザワし出し、ところどころから「かっこいいー！」と嫌でも聞こえてくる。
　その声を浴びてる本人のほうへ振り返ると、まんざらでもなさそうな顔をしていたから、ちょっとムカついた。
「本宮先輩！」
「おはよう。えーっと、葉月ちゃんだったっけ？」
「はい！　桃がいつもお世話になってます」
「こちらこそ、うちの桃がお世話になってるみたいで、あ

りがとう」
　いきなり現れたひーくんは、あたしの髪の毛を指にくるくると巻いて遊びながら、葉月へ丁寧な挨拶をした。
「このあとって、なんかあんの？」
　あたしの髪を自分の指に巻くのはやめず、そう聞いてきたひーくん。
「夏休みの宿題一斉に集めるって言ってたっけ？　それくらい？」
「じゃないかなぁー？　特には言ってませんでしたよ！」
「じゃあ、桃借りてくね」
「えっ!?」
　気づいたら髪を巻いていた指は外れていて、今度は両脇を抱えられ、あたしは強制的に立たされた。
　どこ行くの!?!?
　それを聞く間もなく、あたしは教室から連れ去られた。
　教室を出るときに、葉月の「ごゆっくりー！」と呑気な声が聞こえてきて、心の中で「止めないのかよ！」とツッコんだ。
　手首を掴んでいた手は自然と手のひらに移動して、いつの間にかあたしとひーくんは手を繋いでいた。
　ひーくんがあたしを引っ張るように先へと歩く。
　その最中、あたしはどこへ行くのかわからないドキドキと、さっき葉月と話していたことを聞かれてたことへのドキドキで気持ちが入り乱れていた。
「ねえ、どこ行くの？」

「秘密基地」
　ひーくんはそう答えて、不敵な笑みを浮かべた。
　この人の口から出る言葉が、すべて怪しく聞こえてしまうのはあたしだけ？
　小学生じゃあるまいし、学校の中になんで秘密基地があるのか謎でしかない。
　それでも言われるとおりついていくのは、久々に会えた嬉しさからだと思う。
　最後に会ったのは夏期講習のラストスパートに入る前だから、10日ぶりくらいだ。
　手を繋ぐことも滅多にないから、すごくドキドキしてどうにかなってしまいそう。
　触れてる右手に、全体温が集まっているような気がして、手汗をかいてないか心配でしょうがない。
　さっき、葉月には放置プレイだの鬼だの言いたい放題だったけど、会わなかった間にひーくんへの想いは募るばかりで、結果どんどん好きになってしまったってことだ。
　そりゃあ寂しかったし、できることならもっと会いたかったし、思い出作りもしたかったけど……。
　結局のところ、放置されようがいじめられようが、あたしのひーくんへの想いは膨らむしかない、ということだ。

「着いた」
　そう言われて入った場所は美術室で、道具が散乱していてその暗い雰囲気から想像すると、どうも使われていない

みたい。
　1階の端に位置していて、こんな場所にこんな教室があったのかと初めて知った。
　その教室の鍵を、なんでひーくんが持っているのかは知らないけど、前科がたくさんあるようなので敢えてそこには触れないでおこうと思う。
　誰が描いたのかわからない、描き途中であろう絵が無造作に置かれている。
「これ、なんの絵だろうね？」
　無言が続く空気に耐えきれなくなり、特に気になるわけじゃないけど、とりあえず思ったことを口にした。
「桃、こっちおいで」
　そんなあたしのどうでもいい問いを無視して、ひーくんはあたしを呼ぶ。
　振り返ると、両手を広げたひーくんが後ろで待っていた。
　はたから見れば、まるで飼い犬を呼ぶご主人様のよう。
　それでもあたしは構わない。
　犬でもいい、ひーくんの胸に飛び込めるなら。
　なんの迷いもなく、思いっきり飛び込んで抱きついた。
　それに応えるようにひーくんの腕があたしの肩から背中に周り、あたしたちは10日ぶりに抱擁した。
「怒ってない？　さっきのこと」
「鬼ってやつ？」
「うん」
「怒ってねぇよ。だって本当のことじゃん」

まさかひーくんが認めるとは思ってもみなかったから、驚きを隠せない。
　抱きしめられた瞬間、あたしの幸せメーターが急上昇し、このまま空へと飛んでいけるような気持ちになった。
「でも放置プレイは違うなー」
「え？」
「放置プレイっていうのは、触れられるくらい近いのに敢えて触れない状況のことを言うの」
「そうなんだ」
「今回は俺も我慢してたわけだから、お互い欲求不満になってたっつうことだろ？」
「欲求不満？」
　確かに今回はあたしが会うのや触れるのを我慢していたように、ひーくんもいろいろ我慢していて、お互い同じ気持ちだったってわけだ。
　けど欲求不満って単語はどこから来たんだ!?
　多分だけど、あたしは欲求不満ではないと思う……。
　あたしの背中に回るひーくんの腕がだんだんと下がっていく。
「ひゃっ！　ちょっと！　ひーくん！」
「ん？」
「ん？じゃなくてっ！　ここ学校だよ、わかってる？」
「わかってるよ。だから触ってんだろ。それに桃だって嫌がらないじゃん」
「嫌がらないんじゃなくて動けないのっ」

ひーくんはあたしのお尻を軽く触ったあと、今度はスカートをめくって直に太ももを触ってきた。
　これは本当にダメだと思い、「お願いやめてぇ」と必死に懇願した。
　かつて彼氏に半泣きで『これ以上触らないで』と懇願した彼女がいただろうか。
　いないだろう。
　このあたし以外に。
「泣いちゃったの？」
　心配してるかのように聞いてくるけど、顔からは嬉しさが溢れ出て、本人は気づいていないのか思いっきりニヤけてる。
「ねぇ、もしかしてここ何回も来てるんでしょ」
「んー、かなぁ？」
「やだやだ！　前の女の人たちと同じところでなんかやだ！」
「やだって何が。なんもしねぇよ」
「もうしてるじゃん！　触ってるじゃん！」
　スカートの中に手を突っ込んでる時点でもうアウトでしょ！
　いろんな女の子と遊んできたひーくんだから経験豊富なのは知ってた。
　知ってたけど、学校のこんな誰も来ないような場所でイケナイことしてたのかと思うと恐ろしい……!!
　完全に想像の範囲外！

漫画とか小説ではよくあるけど、まさか本当に使ってない教室の鍵を持ってる人が、こんな身近にいるとは……。
「はい、とりあえずチューさせて」
「ほら、もうすでにしようとしてる！」
「それは桃が泣くからいけないんだよ。お前の困り顔見ると興奮してチューしたくなる」
　ひーくんはそう言って、ずーっと触ってた太ももから頬へと手を移し、あたしの顔を挟みながら自分のほうへと顔を向けさせた。
　抵抗(ていこう)する気はないあたしはそのまま流れに身を任せ……ひーくんの冷たい唇が触れるのを待った。

「はぁー、生き返ったぁ。このまま夜までキスできそうだわ」
「……」
「あれ？　桃ちゃん？　おーい？」
　ただの軽いキスだと思ってたのに激しいやつだったことにまず驚き。
　次に「夜までキスできそうだわ」発言に驚いて、自分の意思とは関係なく固まってしまった。
「ひーくん……今までの女の子にもそういうこと言ってたの？」
「そういうことって？」
「困り顔見ると興奮するとか、夜までキスできそうとか。あたしを困らせていつも楽しんでるから、他の子もそうだったのかなって……」

昔から意地悪してくることは多かったけど、それはまだお互いに幼かったからだと思っていた。
　でも、最近改めて感じるのは……むしろ、いじめる程度が高くなってる気がするということ。
　もう高校生だよね？
　なんなら、ひーくんは来年から、大学生になる予定だよね？
　小さい頃から知ってて初恋をしてるあたしでも……さすがにこの変態発言にはビックリする。
「そんなの桃だけだよ。他の女いじめたって面白くねぇし、そもそも興奮しねぇし」
「興奮!?　基準、そこっ!?」
「つーか、桃がそそる顔ばっかするからいけないんでしょ」
「しまいには、あたしのせい……？」
　それに、そそる顔って何よ。
　いちいち下ネタ系に持っていくから本当に反応に困る。
　健全な男子高校生だから、下ネタ系に持っていきたがることも納得はできるけど……ひーくんの愛情表現は一般の人と比べるとかなり変わってると思う。
　まぁ、そんな部分も含めて好きだから、しょうがないっちゃしょうがないんだけどね……。
「って、手の位置おかしくないっ!?」
「ん？」
　ちょっと隙を見せてしまったその間に、彼はあたしのブラウスのボタンに手をかけて外そうとしていた。

正しくは、もうすでに２つのボタンを外していた。
　これが、たくさんの女の子をもてあそんできた人のテクニックなのか。
　ここまですごいと、むしろ感心してしまう。
「ここで、するの……？」
「前平気だったし大丈夫だろ」
「ん？　前ってどういうこ……っん」
　聞き捨てならない言葉が聞こえ、とっさにボタンに触れる手を押さえようとした瞬間、唇を無理やり塞がれ、あたしは結局ひーくんにされるがまま。
「うん。とりあえず今は集中しようか？」
　学校で、しかもみんなはホームルーム中で、おまけにあたしは大人の階段登ったことないのに……集中できるはずがない！！！
　そんなあたしの気持ちなどつゆ知らず、ひーくんはキスをしながら美術室の大きな机の上へ軽々とあたしを持ち上げた。
　はだけた部分から素肌を撫でてくるひーくん。
「お願いっ、やめよ？　やだよ、こんなとこ」
「せっかく盛り上がってきたのに？」
「盛り上がってるのはひーくんだけでしょ。こんな場所でしたくありません!!」
　さすがに怒りを抑えきれず、ひーくんを突き飛ばして机から飛び下り、あたしは逃げるように出口へと走った。
　今までの女の子たちは、ひーくんがしたいときにしたい

ように言いなりになってくれてたのかもしれない。
　けど、あたしは違う。
　ちゃんとお付き合いして、"彼女"になったんだから、これまでのように、やりたい放題になんてさせるもんか！
　それに、普通彼女の前で、他の女の子とどうこうしてたなんて話する!?
　怒らせようとしてるとしか思えない。
　ひーくんへの怒りを頭の中で燃やしながら、勢いよく扉を開けた。
「うわぁっ!!」
「おおっ」
　扉を開けてすぐそこには人がいて、飛び出たあたしは勢いよくその人に体当たりしてしまった。
　あたしの勢いに押されたその人は数歩後ろへ下がり、バランスを崩したあたしは抱きつく形になった。
「ごめんなさいっ！　……って、英二くん!?」
　てっきり知らない人だと思っていたあたしは自分の行動が恥ずかしすぎて瞬時に謝った。

完敗な俺様☆side H

　夏期講習とバイトで予想以上に忙しかった夏休み。
　そのおかげで、まったくといっていいほど桃とイチャイチャできなかった。
　俺の生きがいは桃とイチャつくことだっつーのに。
　簡単に言えば、欲求不満。
　いや、もっと細かく言えば、桃不足。
　久しぶりに触れたと思ったら、俺としたことが、滅多に怒らない桃を怒らせてしまった。
　今まで付き合った経験がないからか、イマイチ桃が怒るポイントがわからない。
　付き合わず適当に身体の関係だけを持ってたときは、相手に気を使うこともなく、今思えば結構傷つけることを言ってたのかもしれない。
　こうして普通の恋愛をして、やっと気づくことができた。
　つくづく昔の自分はクズな男だったな、と実感する。
　俺から逃げるように走り出した桃を、柄にもなく追いかけようとした。
　桃をいじめるのは好きだし、困った顔を見るのも好きだし、涙目になってたら最高にキュンキュンするけど……傷つけたいわけじゃない。
　普通の恋愛をするための"リハビリ期間中"の俺は、こうやって桃が意思表示してくれないとその気持ちにすら気

づくことができない。
　それでも、そのたびに向き合っていきたいと思ってる。
　……桃に飽きられなきゃの話だけどな。
　桃の甲高い声を聞き、小走りで向かった教室の外での光景に、俺は目を疑った。
　英二に抱きつく桃。
「ひ、陽っ!?　こ、ここ、これは、違うんだぞ!?」
　あからさまに焦る英二。
　ただただ呆れた。
「桃ちゃんが走ってきたから俺も避けきれず、そ、それで、体当たりして、こ、こういう形になっちゃっただけだからな!?」
「いや、そうだろうなとは思ったけど、お前が焦りすぎて逆に怪しいわ」
「へっ?　な、何が」
　すぐに身体を離した２人。
　桃は英二に何度も頭を下げ、「ほんとごめんなさい！」と謝り続けた。
　英二はというと、わかりやすく顔を赤くし、俺に何度も謝り続けた。
　別に事故なんだから怒ってねぇのに、なんでこんなに焦ってんだよ、こいつ。
「あ、あたし、ホームルームあるから戻ります！　じゃ、じゃあ！」
　桃はそう言うと、足早にその場をあとにした。

桃もなんだか挙動不審で、何かが引っかかる。

こいつら、ただぶつかったわけじゃねぇな？

英二と２人だけになり、挙動不審な行動をとる理由を聞いた。

「ほんとなんもねぇって！」

「明らかになんかあったっていう顔してる。隠し事はよくねぇぞ？　ん？」

過去に浮気経験まであるこいつに、女への免疫がないはずがない。

それなのにあんなに顔を赤くしてたら、「なんかありました！」って言ってるようなもん。

英二が、俺に隠し事ができるほど器用なヤツじゃねぇのはわかってた。

だから、そのあと英二はあっさり吐いた。

「桃ちゃんの胸に手が当たりました……」

「……は？」

「事故事故！　事故だから！　桃ちゃんが走ってきて、ぶつかる！って思ったらとっさに手が出てて、その手がタイミング悪く桃ちゃんの胸に……」

「……」

「事故とはいえ、申し訳ありません！」

床に頭を突っ込む勢いで土下座をする英二。

ふつふつ湧き上がる怒りもそれを見たら自然となくなっていた。

そりゃあ自分の女が触られて嫌な気持ちにならないわけ

がない。
　なんなら一発お見舞いしてやりたかったくらいだ。
　それを我慢できたのは相手が英二だったからで、ましてや事故なんだからしょうがねぇ。
　桃と付き合うまでは、遊んでる女に彼氏がいようがいまいがどうでもよかったけど、桃が他の男とどうこうなんて考えただけでも頭がおかしくなりそう。
　改めて、やっぱり桃は特別なんだなぁと思う。

　挙動不審なまま去っていった桃には、学校が終わってから行ったカラオケで、お仕置きとして大人なチューをたくさんしてあげた。
　体力がないのかすぐにギブアップした桃は息を乱していて、無自覚に俺を誘惑する。
　桃が思ってる以上に俺は桃のことが好きだと思う。
　わかってんのかな？
　どうしたらもっと伝わるんだ？
　……こんなことを考えてる自分が気持ち悪くて仕方ないけど、桃がこうしたも同然だから責任を取ってもらうしかない。

　気がつけば、夏休みが明けて1ヶ月が経った。
　10月になり季節は秋、高校生活最後の文化祭があと1週間後に迫(せま)っていた。
　この学校は、俺たちの親世代のときは美男美女しか入れ

ないレディークラブというものや、美男美女コンテスト、ダンスパーティーなどが盛んで有名だったらしい。
　今はそれも落ち着いて、ミスターコンテストが残っているくらいだ。
　ミスターコンテストなんてありきたりだけど、この学校のぶっ飛んでるところは、その景品にある。
　1位になると、その男は、好きな人1人を指名して愛の告白をしなければならない。
　そして、見事相手と両想いだったときは……豪華ペア温泉旅行チケットがプレゼントされる。
　悲しくもフラれてしまったときは、友達を1人選んで行ける傷心温泉旅行チケットがプレゼントになるらしい。
　まあどっちにしろ、1位をとれば温泉旅行に行ける。
「ひーくん、文化祭参加したことないの!?」
「だって面倒くせぇじゃん」
　高校生になって初めての文化祭にドキドキワクワクしまくってる桃。
　案の定、「コンテスト出るよね!?」と帰り道で食い気味に聞かれた。
「今年は参加するでしょ？」
「文化祭はな」
「えっ！　コンテストは？　だって1位になったら温泉旅行行けるんだよ！　2人でどこも出かけられてないから行きたいー」
　文化祭自体はまあいい。

今年は桃がいるからそれだけで楽しそうだし、外部からの変な虫が寄らねぇように注意しなきゃなんねぇし。
　でも、コンテストは断固拒否。
「コンテストでどんなことやるか、知ってて言ってんの？」
「知らないけど……なんか衣装に着替えて特技アピールしたりするんじゃないの？」
「……この学校、ちょっと前まで男女一緒の寮とかあったんだぞ。ぶっ飛んでるに決まってんだろ」
　直接見たことはなくても、風の噂で聞いたことがあるコンテストの内容が、それはそれはもう恐ろしかった。
　まず、審査（しんさ）は舞台（ぶたい）の上だけでやるわけじゃない。
　審査項目（こうもく）はたった２つ。
　１つ目は、ホストになりきってファンを多く作ること。
　これは、コンテストに参加するメンバーたちだけでホスト風カフェを開き、そこで指名やお気に入りになった人数など、とにかくファンの数が多ければ多いほど有利になる。
　これはもう地獄（じごく）でしかない。
　桃と付き合う前もそうだけど、女に媚びるタイプではないからそんな演技もできるわけがない。
　そもそも、なんで好きでもない女にサービスしなきゃなんねぇんだよって話。
　ならその時間も桃とイチャイチャしてぇわ。
　何よりそれが拒否する理由。
　２つ目は、文化祭最終日に舞台の上で適当に特技を披露（ひろう）して審査される。優勝者はさらに、その場でかっこよく愛

の告白をすることになっている。
　そんなのは適当にやればいいだろうけど、ホストだけは適当にできても恥ずかしすぎてやりたくねぇ！
　……はずだった。
　けど、自分の意見を曲げたことなんてないに等しいこの俺が、桃にお願いされたら断れずに、コンテストに参加する羽目になってしまった。
「ホスト姿のひーくん見てみたいなぁ。絶対かっこいいんだろうなぁ」
「そうやって持ち上げてもやんねぇよ」
「あたし文化祭でメイドの格好するのね？　だからメイドのままひーくんがいるホストに行こうかなぁ。そしたら堂々とイチャイチャできるね？」
　不覚にもメイド姿の桃を想像し、イチャイチャできると思ったら、ニヤけてしまった。
「いや、でも他の女と話さなきゃいけねぇのが無理」
「でも、景品は温泉旅行だよ。お、と、ま、り、だ、よ？」
「……」
「一緒の部屋で……寝られるよ？」
「……」
「あたし、ひーくんと旅行行くのが夢だったのになぁ……」
「よし、参加しよう。そして１位とって温泉旅行行って、夜は激しく過ごそう」
「うん！　最後のは聞かなかったことにするけど、ありがとう！　全力で応援するから頑張ってね！」

旅行チケットが泊まりだってことは気づいてなかった。
　担当のヤツらそこをもっとメインで押し出せよ。
　……まんまと桃の策略にはめられた俺は、もう後戻りできないように参加申込書を桃に提出させられ、あんなに嫌だったミスターコンテストに参加することになった。

　文化祭のちょうど１週間前に応募が締め切られ、すぐに参加者の顔写真が下駄箱にある掲示板に張り出された。
　こう言っちゃなんだが、顔には自信があるから１位をとるのは余裕だと思ってる。
　だから適当に参加者の顔を見ていた……ら、そこには英二も載っていた。
　は？　英二も参加すんの？
　そのあと英二に聞いたところ、俺が参加するって言ったから面白半分で自分も申し込んだらしい。
　らしいっちゃらしいけど、まさかこんな展開があるとはな……。
　正直、英二は男の俺から見てもかっこいいと思うから、かなり邪魔な存在かもしれない。
　……ここまで本気になるとは、思ってもみなかった。
　すべては桃との温泉旅行のため。
　愛の力ってすげえなぁ。

ピンチです、ご主人様

　コンテストをひーくんに猛プッシュした結果、しぶしぶ参加してくれることになった。
　このミスターコンテストの景品がすごいのはとても有名だった。
　こうして今、ひーくんが１位をとって行けるかもしれないのなら、こんな大チャンス逃したくはない。
　きっと、ひーくんはこれから受験勉強で忙しくて、なかなか会うこともできなくなる。
　そうしたら、出かけることは当然減る。どこかへ旅行なんてもってのほかだ。
　同じ高校に通って、お互い高校生という特別な今、できる限り思い出を残しておきたい！
　大学に入ったら忙しくなる可能性だってあるもん……。
　何より！
　無料で温泉に入れて泊まれるなんて最高！
　ここはなんとしてでも、ひーくんに１位になってもらわなければ!!

　文化祭当日。
　土曜日、日曜日の２日間開催され、両方とも一般の人が出入りできる。
　ミスターコンテストは最終日の日曜日にあるから、ミス

ターコンテストに参加する人は土曜日のみが自由に文化祭を楽しめる。

　あたしのクラスはメイド・執事喫茶をすることになり、1週間の準備期間中に女子全員で衣装を作った。

　シフトを作って、1時間半ごとに交替制で働くことにし、あたしたち6人組は3人ずつに分かれ、あたしと愛ちゃんと日菜子は土曜日は10時半から12時までの午前中、日曜日は昼の2時半から4時までを担当することになった。

　ひーくんは1日何もすることがないので、あたしの担当が終わる12時に教室の前で待ち合わせをすることになっていた。

　時計を見ると、針は11時50分をさしていた。
「あと10分で交代だねー。普通にバイトより忙しかった気がするよ」
「わかるなぁ。でも、たくさんお客さん来てくれたからよかったね！」

　疲れた様子の日菜子と、誰よりも衣装を上手に作ったに違いない愛ちゃん。

　喫茶といっても、近くのドーナツ屋さんで買ってきたドーナツと、市販のジュースをコップに入れて渡すだけだから、とても簡単。

　それでも"文化祭"というだけで、楽しさが倍増した気がする。
「ここって飲み物ありますかぁー？」

　交替の時間が迫った頃、同い年くらいの男子3人組が

入ってきた。
　聞いてきたのは3人の中で一番背の高い人。
　あたしが席へと案内した。
「こちらがメニューになります。お決まりになりましたらお呼びくださいませ、ご主人様」
　設定がメイドと執事だから、会話のたびに"ご主人様"と言わなければいけないのが、想像以上に恥ずかしい。
　案の定、その言葉に反応した3人組はニヤニヤし出した。
　お客さんの半分以上が女の人だったから、相手が同性だとそこまで恥ずかしがらずできたんだけど……やっぱり相手が異性で、かつ同い年くらいだと恥ずかしい。
　お辞儀をしたあと、その場から逃げるように立ち去ろうとした……そのときだった。
「あ！　ちょっと待ってよっ。メイドさんのオススメは何ー？」
　背の高い人に呼び止められたため、再びそこに戻ることになった。
「メープルドーナツと、チョコドーナツがオススメになっております」
「じゃあー、メープルとコーヒーもらおうかな。お前らは？」
「俺、チョコとコーラで」
「俺もメープルとコーヒーで」
「かしこまりました、ご主人様」
　メニューを受け取り席から離れ、注文を他のスタッフに伝えていると、また3人組に呼ばれたため席へと向かった。

「ねぇねぇ、メイドだからご主人様の言うことはなんでも聞いてくれるんだよね？」
　何を企んでいるのか、3人ともニヤニヤしている。
　ひーくんがニヤニヤしていても"ほんとに変態だなぁ"くらいにしか思わないけど、初対面の人にニヤニヤされると、正直気持ち悪いと思ってしまう。
「なんでも、というわけではないですが、喫茶店としてのお願いならできるだけ承ります」
　仕事として、丁寧に答えたあたしに、「えー、そんなんつまんねぇじゃーん」と、あからさまに嫌な顔をして見せる3人組。
　すると、一番近くにいる背の高い人が、あたしの手首を突然掴み、こう言い出した。
「お姉さんのこと気に入っちゃったからさぁ、連絡先だけでも教えてよ」
　手首を掴まれたことにまずビックリし、その次に今さっき会ったばっかりなのに連絡先を聞いてくる早さにもビックリした。
「すみません。それはできません」
「えぇー、なんでよー？　連絡先くらい教えてくれてもよくない？」
「ごめんなさい」
　手首を掴まれてる手を必死に振りほどこうとするけど、向こうも意地になってるのか、なかなか離してくれない。
「じゃあさ、このあとちょっとでいいから俺らと一緒に回

ろうよ！　あと少しで交替なんでしょ？」
　入るときにあたしたちの会話を聞いていたのか、すでに交替することがバレてる……。
　もう、なんでこんなことになっちゃったの……。
　あとちょっとで交代して、ひーくんと一緒に回れるのを楽しみにしてたのにー……。
　その直後、フワッと大好きな香水の匂いがした。
　愛しの存在を思い出したと同時に、その張本人はいつの間にかあたしの背後にいたらしい。
　不敵な笑みを浮かべる彼は、背の高い人の手首を掴んだ。
　『誰だこいつ？』と言いたげな３人組。
　一方で、怒る様子もなく、むしろ怖いくらいニコニコしているひーくん。
「この子連れてくなら、俺もついてくるけどいい？」
　話す声は明るく、一見楽しそうにも感じるが……これは、かなり怒ってるときのひーくんだ。
「は？　いきなりなんなの？　つーか、誰？」
　それに気づかず火に油を注ぐ背の高い人。
「誰って、彼氏」
「……」
「何勝手に、人の女触っちゃってんの？」
「あー……」
　さすがの背の高い人もヤバいと思ったのか、すぐにあたしの手首を離した。
　なのに、ひーくんは相手の手首を離さず、自分のほうへ

と近づけた。
「自分勝手に動く手なんかいらねぇよなぁ？　な？」
　すると、ひーくんはもう片方の手で相手の腕を掴み、折ろうとする仕草をした。
「えっ!?」
「何？」
「えっ、あ、いや、折ろうとしてるんで……」
「よくわかったじゃん。正解」
　そのまま折ろうとするひーくんに、さすがに命の危険を感じたのか、他の2人が適当に財布からお金を出し、そのお金だけを置いて、教室から走り去っていってしまった。
　背の高い人はこれでもかってくらいの力で、ひーくんの腕を振りほどき、いちもくさんに逃げ出した。
　どこから聞いてたのかは知らないけど、ひーくんはどうやらかなり怒ってるらしい。
　嫉妬深いのはわかってたけど、まさかここまでとは思ってなかった……。
　怒り方が度を超えてる。
　見ず知らずの人の腕を折ろうとするって。

「まさか本気で折ろうとしてたんじゃないよね？」
　思わず心配になりそう聞いたあたしに、ひーくんはニコニコしながら「もちろん本気だよ」と答えた。
　そのわざとらしい笑顔が逆に怖くて、これからはなるべく嫉妬されないように注意しなきゃいけないなと思った。

「明日もこの格好?」
　さっきの３人組が残していったドーナツたちを片付けてると、ひーくんが後ろでぼやき始めた。
「そうだよ?　明日は２時半から４時までが担当」
「聞いてない」
「言ってないもん。だって、ひーくんはミスターコンテストで忙しいだろうなと思って……」
「無理、却下。こんな露出度高いメイド服なんて聞いてねぇし、男が大好物のニーハイソックスなんて履いてるし、ましてや似合いすぎてて可愛さ倍増なんてありえません。他の野郎の前に出せません」
「ちょっ、待って待って!!　なんか途中可愛いとか嬉しい言葉があってニヤけちゃったけど、却下って何!?　もう着ちゃダメってこと?」
「イエス。陽様がそんなこと許しません」
　すでに交替のため、次の時間担当のクラスメイトたちが教室に来てて、あたしとひーくんの会話をみんなしてニヤニヤしながら聞いてる。
　いくらかっこいいひーくんでも、こんな横暴、まかり通るわけない。
「１人１日１回は担当するって決めたから、さすがにあたしだけやらないってわけにはいかないんだよね……」
　あからさまなヤキモチに、まんざらでもないあたし。
　それでも、ここは彼女であるあたしが、なるべくこの場でひーくんの気持ちを、落ち着かせなきゃいけない。

……そんなとき、ちょうど英二くんが教室の前を通るのを見た。
「英二くん！」
　とっさに声をかけたあたしに、一瞬で嫌そうな顔をするひーくん。
　不機嫌なひーくんを置いて英二くんに駆け寄り、衣装を自慢した。
「あっれー？　桃ちゃん、なんて可愛い格好してんの！　こんなの陽が黙ってないでしょ！」
　お世辞でも可愛いと言われて嫌な気はせず、自然と顔がほころぶ。
　そこに不機嫌100％男のひーくんがやってきた。
「当たり前だろ、バカ」
「うわっ、お前いたのかよ」
　突然出てきたひーくんに驚く英二くん。
　事情を説明し、なんとか英二くんが説得してくれたおかげで、明日もメイド服を着ていいことになった。
　ただし、条件付きで。
「明日絶対優勝して旅行チケットもらうから、その旅行のときにこれ持ってこい」
「このメイド服？」
「別に1着持ってこようがわかんねぇだろ？」
　いや、問題そこ？
　何を言い出すかと思えば、案の定これだ。
　さっきまでの不機嫌モードから打って変わって、いつも

のいじめ大好き俺様モードになったご様子の陽様。
　何を想像してるのか見え見えなニヤけた表情。よっぽどワクワクしたのか、最終的には廊下であたしを力いっぱい抱きしめた。
「ちょちょっ……!!!　ここ廊下！　みんな見てるよ！」
「じゃあ、俺の言うこと聞くってことな？」
　耳元で囁くように話すひーくん。
　くすぐったくて、思わず声が出ちゃいそう。
　旅行先にメイド服を持っていってどんなことをするのかは、だいたい想像ができる。
　経験値が低いあたしでもそのくらいわかる。
「はい、メイド服持っていきます」
「よろしい」
　それなのに、言いなりになっちゃうあたしは……やっぱりそうとう、ひーくんのことが好きなんだろうなと思う。
　すると、すぐに離れたひーくん。
　メイド服で歩かれるのが嫌だからと言われたので、しぶしぶ制服に着替えに行った。

　着替え終わり、ひーくんの元へ向かうと、廊下で待ってるはずの姿がない。
　そこには英二くんだけだった。
「ひーくんは？」
「トイレだってさー」
　暴君俺様でも一応人間なようで、もちろんトイレにも行

くのだ。
　英二くんは、一緒に回るはずの友達にドタキャンされたから1人でいるらしく、せっかくなら、と誘ってみた。
「いや、いいよいいよ。だって付き合って最初で最後の文化祭だろ？　しかも明日は陽のほうが忙しくて一緒に回れないんだろうし」
「英二くんいてくれたほうが助かるよ！　さっきあたしが男の人3人組に絡まれちゃったんだけど、その人たちに会ったりしたら怖いし……英二くんならひーくん止められるでしょ？」
「絡まれたの？　大丈夫？」
「あ、うん！　ひーくんがタイミングよく助けてくれて」
「そっか、ならよかった。まぁ、あんなに可愛いメイドさんがいたら俺でも絡むなぁ……なんてね」
「またまたぁー。ほんと英二くんってお世辞が上手だよね」
　さりげなく褒めてくれるから、冗談で言われてるはずなのに、つい本気にして照れてしまう。
　大人な雰囲気があるからなのかな？
「お世辞じゃないよ」
　廊下の窓に寄りかかる英二くんは、急に真剣な表情になった。
「あ、ありがとう」
　あたしはそう返すことしかできず……少し気まずい空気が流れた。
　急に本気の顔になるから、ビックリしたぁ……。

告白されてるのかと勘違いするくらいの空気感に、どうすればいいかわからなかった。
　そんな空気を破ったのは、英二くんだった。
「あのさ、この前はほんとにごめんね」
　この前という単語を聞いて、すぐにぶつかってしまった日を思い出した。
　胸に手が当たってしまうというハプニングがあったけど、そもそもぶつかった原因はあたしにあるから、そこまで気にしてない。
　そういえば、あの日から英二くんに会うたびに、なんだか気まずそうにしていたように思う。
　そのことを気にしていたからなのかな。
「全然大丈夫だから気にしないで！」
「……陽はどう？　なんか言ってなかった？」
「あー……」
　あの日の放課後、ひーくんと2人でカラオケへ行った。
　入るや否や、「嘘ついたからお仕置き」と称された大人なチューをされまくった。
　あたしが酸欠になりギブアップしたおかげで、それはすぐに終わり、そのあとは普通にカラオケを楽しんだ。
　……だから、ひーくんから特に何かを言われたわけじゃない。
　でも、カラオケでのことは言えない……!!
「何も言ってなかったよ。多分、ひーくんも事故だってわかってるから、そこまで気にしてないんじゃないかな？」

本人がそう言っていたわけじゃないけど、あたしにも英二くんにも怒ってるわけじゃないから、きっとひーくんなりに納得してくれてるんだろうとは思う。
「なんの話？」
　突然背後から現れたのは、ひーくん。
　今の話聞かれてた!?
　焦ったのは英二くんも同じようで、2人同時にクルッとひーくんのほうを向いた。
　あからさまに眉間にシワを寄せるひーくん。
「ねぇねぇ！　かき氷食べたい！　2年生のクラスで売ってるらしいから早く行こ！」
　この場をなんとか誤魔化そうとテンション高めにそう言うと、疑うこともなく「俺もかき氷食いてぇー」とノってくれたので、心の中でよっしゃ！とガッツポーズをした。

　2年3組がかき氷を売っていたので、それを買い、そのまま教室で食べることにした。
　あたしとひーくんは隣に座り、英二くんはひーくんの前の席に座った。
「つーか、なんで英二がいんの？」
　ひーくんは口いっぱいにかき氷を頬張ったあと、口を開いた。
「一緒に回る予定だった友達が来なくて、1人だって言うから、あたしが誘ったの」
「はぁ？　あいつらもともと来ねぇって言ってなかったっ

け?」
　なんだろう?　今日のひーくんはやたらと英二くんに突っかかる。
「そんなに俺が邪魔なら帰るけど」
　その流れで英二くんの口調もきつくなった。
　え?　急にこの2人どうしたの?
　そもそもあたしが英二くんを誘ったことがいけなかったの……?
　イライラしてる様子の2人に、かける言葉も見つからないあたしは、せっかく買ったかき氷が溶けないように、食べることに集中した。
「明日は、なんで出ようと思ったんだ?」
　まだイライラが収まらない様子のひーくんのかき氷は、食べてもらえずにいるから、どんどん溶けていく。
「暇だからだよ」
「暇ぁ?　じゃあ、もし勝ったら誰に告白するんだよ」
　しゃべりながらもかき氷を食べる英二くんの手が……そのとき突然止まった。
　そう言われてみれば、明日のミスターコンテストで優勝した人は誰か好きな人に告白をしなければいけないルールがある。
　ひーくんはもちろん彼女のあたしに告白するとして……英二くんは誰に告白する予定なんだろう。
「あぁ、言ってなかったっけ?　コンテスト辞退した」
「えー!　辞退しちゃったの?　英二くんかっこいいのに

もったいない」
「桃ちゃんにそう言われると照れるなぁー」
　そう言ってはにかむ英二くんだけど……何かいつもと違う気がしてきた。
　ひーくんが無駄に突っかかってるから、そんな気がしてるだけかもしれないけど……。
　それでも、ひーくんに一切言い返さない英二くんも、どういう心境なのかわからない。
　そんななか、いつの間にかかき氷を食べ終わってたひーくんが、重そうに口を開いた。
「……なぁ、お前嘘ついてねぇ？」
　その言葉に最初は否定していた英二くんだったけど、最終的に観念して「本当のことを話す」と言った。
　……やっぱり。
　あたしでも様子が違うなと思ったくらいだもん。
　いつも一緒にいるひーくんなら気づいて当たり前だ。
　それにしても、嘘って何？
　なんだかいろいろひーくんは疑ってみたいだけど、あたしにはさっきの様子がおかしいなと感じたくらいで、他の怪しい部分なんてまったく気づかなかった。
　ここからはおとなしく黙って２人の会話を聞いてることにしよう。
　まず話し始めたのは英二くんで、いつになく真剣な表情だった。
「まず、陽の言ってた通り、もともとあいつらと一緒に回

る約束なんかしてない。だから、桃ちゃんには嘘ついた。ごめん」
　頭を下げられたので、思わず「大丈夫だから頭上げて！」と声が出てしまった。
「ありがとう。……で、コンテストに応募したのも、俺自身の本意じゃない」
「んなことわかってるよ。お前がどんだけこういう行事が嫌いか、よく知ってる。いいからこんな茶番をやった理由を話せ」
　英二くんは嘘をつくような人には見えない。
　そんな人が、どうしてあたしに……ましてや、親友のひーくんにまで嘘をついたのか。
　このあと理由を聞いて初めて……時には、優しさで嘘をつくこともあるんだなと、あたしは思った。

親友の嘘☆side H

　英二がコンテストに応募したと知ったときから、何かが怪しいなとは思ってた。
　そもそもコンテストのことを話したこともねぇし、英二は何より面倒くさがりや。
　そんなヤツが告白したい女もいねぇのに、旅行チケット目当てで応募する理由がわからなかった。
　しまいには今日、急に辞退した、なんて言うし。
　俺らがいつもつるんでるヤツらは、基本学校行事に参加しねぇ。なのに、一緒に回る約束してたとかいう見え見えな嘘つくし。
　どこまで俺のことをおちょくってんだ？
　問い詰めたらやっと吐き出して、その理由にはどうやら俺も関わっているようだった……。
「最初から話すけど……桃ちゃんはあんまり気にしないで聞いてほしい」
　静かに聞いてる桃は、素直に頷いた。
「桃に関係あんの？」
「あぁ……まぁ、大半はお前絡みだけどな」
　そう言われて、嫌な予感しかしなかった。
「まず、お前が遊んできた女の子たちいるだろ？」
「あぁ」
「お前は関係を切ったと思ってるかもしれないけど……女

の子たちはそう思ってない。だからこそ、唯一無二の桃ちゃんが標的になってる」
「は？　片っ端からひとりひとりに連絡して切ったのに？　そんで桃が標的？　標的ってどういうことだよ」
「切ったって言ってもお前から一方的にだろ？　そもそも、お前のことが好きだった女の子たちなんだから、そんなすぐに忘れられるわけねぇだろ」
「俺を？　ありえねぇよ」
「ほんっと陽は女の子の気持ちわかってねぇなぁ。だから今回、こんな問題招いちまうんだよ」
　英二は小さく舌打ちをした。
　どうやら、状況がイマイチ把握できていない俺に、イライラしてるらしい。
「まぁ、お前に捨てられた女たちはみーんなそのあと、お前の代わりに俺のところに来たわけ」
「……」
「もちろん陽が遊んでた女に手出す趣味はねぇから、みんな断ったよ。そしたらさ、もう怒りをぶつける相手は１人しかいねぇだろ」
　……桃か。
　まったく気づかなかった。
　確かに一方的に関係を切ったのかもしれないけど、相手は納得してるもんだと思ってたし、そこまで執着してるはずないと思ってたし、その後は誰からも連絡がなかったから、円満に終わったんだと勝手に解釈してた。

「……桃……誰かに何かされた？」
　急に心配になりそう聞くと、否定する答えが返ってきたので、ホッと一安心した。
「あのなぁ、桃ちゃんが何もされてねぇの、全部俺のおかげだぞ？」
　英二は大きくため息をつきながらそう言った。
「とにかく邪魔をしてって頼まれたんだ。だからまずコンテストに応募して、２人の旅行を阻止しようと思った」
「……」
「でも、途中でやめた。１人１人に、ちゃんと説明すればいいだけだって気づいたから。陽が心から桃ちゃんだけを想ってるって言ったら、ほとんどのヤツがわかってくれたよ。……ある１名を除いてな」
　英二くんは、付け加えた。
「とにかくお前を取り戻そうと必死だよ」
「ちっ、面倒くせぇな……」
　付き合ってたわけでもないのに、なんでこんなに執着してくる？
　取り戻すも何も、誰かのものになった覚えはない。
「あたし……どうなっちゃうの？」
　ずっと静かに聞いてた桃が、心配そうに口を開いた。
　桃の眉は垂れ下がり、口はすぼんでいる。
　久しぶりの困り顔に、こんな状況にもかかわらず、今すぐ抱きしめてそのままキスしてやりたいと思った。
「そいつが、俺の桃ちゃんに何しようとしてんのか知らねぇ

けど、そもそもお前はなんで最初に俺に言わなかった？ あ？」

キスしたい衝動(しょうどう)をなんとか抑え、本題に戻る。
「な、なんとなくだよ。ほら、企んでたヤツが同じクラスの……名前なんだっけ？　橋本？とかいうヤツ。あいつだったから、なんかチクッたら可哀想だなーって思って」
「橋本？　誰だそれ。さすがに遊んだ女の名前くらい覚えてるけど、橋本は遊んだことねぇ」
「あ、あれ？　違ったか！　じゃあ隣のクラスの……」

またあからさまに挙動不審になる英二。

こいつは何を必死に隠そうとしてんだ……？

今回の英二を使った企みを考えた主犯が、まったくと言ってわからない。

それに英二は正直に話すって言っておきながら、明らかにまだ嘘をついてる。

……主犯のヤツをなんで言わない？

まさか、庇ってる？

英二は今回の計画を丸く収めようと、主犯側には俺と桃の邪魔をしてるように見せながら、俺と桃には何事もないように平然を装っていた。

そこまでして庇いたいヤツ。

そして、俺を恨(う)んでるヤツ。

……あぁ、そんなヤツがいっぱいいすぎて絞れねぇ。

でも、英二が庇いたいヤツは……俺の知ってる限り、1人しかいねぇ。

「絢か」

「……」

「絢に頼まれたんだろ」

「……」

「なぁ」

「……」

「お前の弱点が、絢なことくらい知ってる」

「……あー、だよなぁ、バレるよなぁー……」

　英二はうな垂れるように頭を机につけ、頭上で手を合わせて「ごめん！」と言った。

　桃はまるで「誰？」とでも言いたそうな、不思議そうな顔をしている。

　できればまだ、桃に絢のことは言いたくなかった。

　でも、今回みたいに桃に被害が及ぼうとしているんだとしたら、知ってもらわなきゃいけないのかもしれない。

　俺はいい機会だと思い……絢について話すことにした。

　……が、それは叶わなかった。

　絢本人が、俺たちの前に現れたのだ。

「うぅっ、陽ぉっ……会いたかったぁ」

　そして、なんの躊躇もなく俺に抱きついた。

　その勢いで、俺のイスが、桃のほうに動いた。

最強の敵、ここに現る

　もう頭の中が混乱してて、ちんぷんかんぷん。
　いきなり英二くんは、嘘ついてるってカミングアウトするし、そしたらあたしがひーくんの元遊び相手の女の子に狙われてるらしいし、その女の子を英二くんが庇っていて、どうやらひーくんもその子を知ってるみたいだし……。
　――って思ったら今度は、めちゃくちゃ可愛い女の子が現れて、突然ひーくんに抱きつくんだもん!!!
　あたしの頭の中パニックだよ!!
「離れてくださいっ!!!!」
「キャッ……」
　ひーくんから女の子を無理やり剥がした。
　わざとらしく甲高い声を出す女の子。
　目には涙が浮かんでる。
　え?
　あたしが……泣かした?
「相変わらず嘘泣きがうめぇな」
　心配したのもつかの間……女の子の涙はすぐに引っ込んでいった。
　抱きつかれたのにもかかわらず、平然としてるひーくん。
　ちょっぴり、いやなりムカつく。
「って、嘘泣きっ?」
　ビックリするあたしを、頭からつま先までチェックする

ように見てくる女の子。
　チェックし終わったあと、バカにしたようにフッと鼻で笑われた。
　こ、こ、この子、とーってもムカつくんですけど？
"はらわたが煮えくり返る"とはまさにこのことだろう。
　この子が登場してから、イライラしてしょうがない。
　そんな噴火寸前のあたしを見たあと、すぐに視線をひーくんへと移した女の子。
「この子が桃ちゃん？」
　桃ちゃんですけど？　何か？
　そう答えそうになったけど、しっかりとお口をチャックした。
「そう。俺の可愛い可愛い桃ちゃん」
　ひーくんはそう言って、あたしの頭を優しくポンポンしてきた。
　ひーくん……っ。
　好き、大好き。
　さっきまでのイライラはどこかへ飛んでいった。
「ふーん」
　「この子が彼女？」と言わんばかりの鋭さで、睨みつけてきた女の子。
　こんなに感情をあらわにする人、ひーくん以外に初めて見たと言っても過言ではない。
　というより、ここまで嫌な顔する!?
　そもそも人って、こんなにあからさまに初対面の人を見

下すことができるんだ……。
　と、あまりにも思いっきり見下されすぎて、逆に尊敬してしまう。
　まぁ、スタイルや顔面偏差値でいったら、100人中100人があなたのほうが上だと言うでしょうけど、ひーくんが好きなのは〝あたし〟に変わりありませんから！！！！
　本当はいろいろ言ってやりたいところだけど、直接勝負したところで勝ち目はなさそう。
　あたしにそう思わせるほど、この子は綺麗に整った容姿をしている。
　そして何より、さっきからずーっと睨んでくるので、ケンカも強そう。
　ここはおとなしくしていたほうが身のため。
　ところで、この女の子もひーくんと昔関係があった子なのかな。
　だから、こうして敵意むき出しなの？
「こいつが、さっきまでの話に出てた、絢」
　言いたくなさそうに口を開いたひーくんに、あたしは驚きを隠せなかった。
　えっ、この人が、絢って人？
　……ってことは、つまり……あたしに嫌がらせをしようとしてた張本人ってことか。
　この子の正体を知って、散々嫌な顔をされる理由がようやくわかった。
　英二くんにお願いしてまで、あたしとひーくんを別れさ

せたかった人だもん。
　……そうとう、あたしのことが嫌いなんでしょうね。
　ひーくんの口から名前を聞くまでは、負けじと睨み返していたけど、なんだか怖くなってしまって、目を見ることさえできなくなった。
　そもそも嫌がらせって何？
　何をしようとしてたの？
　今になって、自分の身に何かが起きていたのかもしれないと思うと、怖くて寒気がしてきた。
「桃、大丈夫だから。俺以外のヤツに触れさせねぇよ」
「……うん」
　あたしの変化に気づいてくれたひーくんは、珍しく優しい声。
　あたしの髪をとかすように撫でながら、おでこに軽くキスをした。
「何、ラブラブっぷりでも見せつけてるつもり？」
「じっさいラブラブなんだから、しょうがねぇだろ」
「キモッ」
　一部始終を見ていた絢さんはそう吐き捨て、余っていたイスに座った。
「で、今度は何？」
　座った絢さんにひーくんが問いかける。
　今度は？
　ってことは前にも何かあったの？
　英二くんもひーくんも顔が怖い。

そういえば、絢さんが登場してからこの場の空気が重くなったような気がする。
　どうやら、ひーくんと絢さんとの間には、ただならぬ問題がありそうだ。
「相変わらず、ほんと冷たいよねぇ」
「お前がしつこいからだろうが」
「しつこい？　妹がお兄ちゃんに相談しちゃいけないわけ？」
　突然出た"妹"、"お兄ちゃん"というワード。
　待って待って。
　さっきから起こることが全部いきなりで、頭の整理が追っつかない。
「妹？って、ひーくんの？　え？　お兄ちゃん？　ひーくんの、妹ってこと？」
　パニクりすぎて、思ったことが口に出た。
　慌てるあたしを見て、絢さんは声を出して笑う。
「あはははっ……！　何、もしかしてあたしのこと言ってない感じ？　あは、勝手にカミングアウトしちゃった？　ごめんねぇ？」
　悪びれる様子もなく、笑いながらひーくんへ両手を合わせる絢さん。
「前に、再婚した女と親父との間にできた子がいるって言っただろ？　それが絢」
「あ……そ、うなんだね」
　なんて言えばいいかわからず、それしか言えなかった。

今は離婚していて別々になってしまったから、家族ではないけど、一応血が繋がってる兄妹なんだもんね。
　そりゃあ、こうして話しに来ることもあるよね。
　以前話をしてくれたとき、確か２歳年下の妹って言ってた気がする。
　ということは、絢さんはあたしと同い年ということだ。
　全身をこっそりと見てみるけど……同い年とは思えないほどのナイスバディー。
　神様はなんて不公平なんだろう。
「なんだぁ、話したことあるんだぁ？　じゃあやっぱり今までのおばさんたちとは違って、大切にしてるってことなのねぇー」
「何考えてんのか知らねぇけど、今回は本気で許さねぇぞ」
「許さない？　別にあたしは何されたっていいよ、どうせ心配してくれる人なんかいないんだから」
「母親はどうした。また帰ってこねぇのかよ」
「ここ２週間１回も帰ってきてませーん。どうせ新しい男のとこでしょ？　あんなヒステリック女、一生帰ってこなくていいし」
　静かに話を聞いていると、絢さんも家庭に複雑な事情があるようで……もしかしたら、定期的にこうしてひーくんに話を聞いてもらいに来てるのかもしれないと思った。
「ねぇ、陽は今お父さんと暮らしてるんでしょ？」
「ばあちゃんちにな」
「おばあちゃん？　あたしおばあちゃんに会ったことな

い！　会ってみたい！」
「はぁ？　んなの親父に連絡して、勝手に会いに来ればいいだろ」
「お父さんの連絡先知らないもん」
「母親が知ってんじゃねぇの」
「お母さんいつ帰ってくるかわからないし……それに、あたし最近ストーカーされてるみたいなの」

　絢さんのその告白に、一番反応が大きかったのは意外にも英二くんだった。

　「ストーカー？　大丈夫かよ」と声を荒げる。

　英二くん、もしかして……？　絢さんに協力したり庇ったり……さらにはストーカーと聞いてこの反応。

　まさか、絢さんのこと好きなんじゃないの？

「お母さんが帰ってこなくなったあたりから、バイトの帰りとか遊んだ帰りとか、なんか後ろからつけられているような気がして……」

　さっきまではこのムカつく女！って思ってたけど、お母さんのことやストーカーのことを聞いて、同じ女として同情してしまう。

　こんだけ可愛ければストーカーもされるよなぁ……。

　それにしても心配。

「お母さんいつ帰ってくるかわからないし、いつも帰って家に入るとき、誰かいたらどうしようって、怖くて夜もなかなか眠れなくて」
「そりゃそうなるよなぁ……」

「それにお母さんのほうの親戚にも会ったことなくて、おばあちゃんって存在がいないから、少しでも会えるならこんな機会ないから、おばあちゃんに会ってみたいって思ったの。でも行ったところで、何を話せばいいかわからないし、帰り道ストーカーに襲われないか心配だし……」

　今までの絢さんとは打って変わり、俯きながら低いトーンで話していて、本当に悩んでるんだなと、あたしでも心配になってしまった。
「なら、陽、お前んちに少しの間泊まらせてやれよ」
　ところがひーくんだけは違うようで、英二くんの言葉への返答は「は？」の一言。
「別に俺んちじゃなくてもいいだろ。誰か女友達の家に泊まらせてもらえ」
「友達に迷惑はかけられないもん……」
「俺とお前は血は繋がって確かに兄妹だけど、もう家族じゃねぇだろうが。子どもじゃねんだから、自分の問題は自分で解決しろ」
「うぅ……ひどい……っ。たった1人のお兄ちゃんだから、頼れる人が他にいないから、こうして学校に来てまでお願いしてるのに……っ」
　絢さんの目から雫がこぼれた。
「ひーくん、あたしからもお願い」
「は？」
　居ても立ってもいられなくなったあたしは、ついに間に入った。

「家族のこととかストーカーのことで、悩んだことがないから、気持ちがすべてわかるってわけじゃないけど、でも、こうしてひーくんしか助けてあげることができないんだったら、お兄ちゃんとして力を貸してあげてほしい」

最初は敵意むき出しで、このまま蛇のように巻き付かれて殺されちゃうんじゃないの？って心配になってた。

けど、話を聞いてみれば、たった1人のお兄ちゃんを取られちゃうと思っていたのかもしれない……と広い心を持つことができた。

お母さんは男の人の元へ出かけたっきり帰ってこなくて、頼れる親戚もいなくて、そんななかストーカー被害に遭ってて……。あたしだったら真っ先に家族に相談するけど、絢さんにはその家族がいない。

頼れる人が周りに誰もいないって、どれだけつらく悲しいだろう。

想像しただけで胸が締め付けられるのだから、じっさいに味わっている絢さんは、そうとう苦しい思いをしてきたに違いない。

「桃、こいつに狙われてたの覚えてる？　そういうヤツだよこいつは」

「覚えてるよ。でもそれはそれ、これはこれでしょ？　もしこれで泊まらせてあげなくて、絢さんが何かの事件に巻き込まれちゃったらどうするの？　あとから悔やしがっても遅いんだよ？」

「ストーカーだって嘘に決まってんだろ。俺らの気を引き

たくて口から出たでまかせだろ」
　こんなに真剣に相談してきてる絢さんの言葉を、嘘の一言で終わらせようとするひーくんに、さすがのあたしも堪忍袋の尾が切れた。
　そしてそれは英二くんも一緒だった。
「あのなぁ、さすがにここまでの嘘はつかねぇだろ。そんなのもわかんねぇのかよ。確かに今まで気を引くために嘘ついてたこともあったよ。現に今回は俺も加担しちゃって悪いと思ってるよ。でもよ、家族って存在を感じたいからこそだろ？」
「逆に聞くけど、英二こそこいつが今までどれだけ嘘ついて気引いて、俺らの周りの女たちをどれだけ脅してきたか知ってんだろうが。まさか忘れてるわけじゃねぇよな？」
「でも、それも全部結局は、お前がもっと家族として関わってあげてねぇからだろ」
「家族？　数年一緒に住んで親が離婚してから何年も連絡取らずいきなり現れたヤツが？　ふざけんじゃねぇよ」
「籍は違っても血繋がって、一瞬でも一緒に暮らしてたんだから家族だろ!?　絢ちゃんは家族だと思ってるんだよ。なんでその気持ちに寄り添ってあげられねぇんだよ。だから絢ちゃんもつきたくない嘘ついて、お前の気引こうとしてんだろうが」
　ヒートアップする２人の間で、絢さんはただただ下を向いていた。
　呆れたように大きくため息をつくひーくん。

確かに過去に嘘をつかれていれば、疑ってしまうのも無理はない。
　だけど今回は例外だと思う。
　ストーカーに、毎日のようにあとをつけられるような生活をしていたら、あたしだったら怖くて外に出られなくなってしまうと思う。
　そんな恐怖(きょうふ)を感じる中で、他に頼れる人がいないからこそひーくんに相談して、勇気を出してお願いをしたのにこの有様。
　ずっと一緒に暮らしていたわけじゃなくても、血が繋がってこうして関わりがある時点で、"家族"と言える気がする。
　女性として、ひーくんには少しガッカリした。
「英二くんも桃ちゃんもありがとう。あたしは大丈夫だから、とりあえず警察に相談して、早く捕(つか)まるこを祈ってる。陽……なんか、ごめんね。こんなに嘘ばっかりついてたら、そりゃ信じてくれないよね。自業自得だ……」
　涙を拭い、無理して笑顔を作る絢さん。
　それを見てさらに心が痛む。
　明らかに腑に落ちてないだろうひーくんは、しぶしぶ「わかった」と低い声で言った。
　条件として「親父の電話番号を絢に教えるから、自分で頼め」と付け加えて。
「ありがとう、あとで連絡してみるね！……それと、もう１つお願いがあるんだけど……」

「なんだよ」
　さっきまで泣いていた絢さんにやっと笑顔が戻り、あたしも内心ホッとした。
　ひーくんが絢さんのことを信じられなくて、頼られるのを嫌がっていたのは、きっと強がりだったんだろうと思う。
　2人は同じように家庭環境が複雑で、人を信じることが簡単にはできないのかもしれない。
「今日このあと家まで送ってほしいんだけど……」
「英二に送ってもらえ」
「え、でも、英二くん何か用事あるって言ってなかったっけ……」
「ないない！　全然送ってくよ」
「ほんと？　じゃあ、英二くんお願いします」
　このあとの文化祭はお邪魔したら悪いから、と絢さんは英二くんと2人で回ると言ってその場からいなくなった。

平行線の２人

　なんだか最初は敵意むき出しで"嫌いオーラ"全開のムカつく女だったのが、最後はお兄ちゃんが大好きなちょっとキツめの女の子という印象に変わった。

　あたしでも、もしひーくんがお兄ちゃんで、彼女を作ったとしたら嫌かもしれない……ていうか絶対嫌だ。

　だからこそ、絢さんの気持ちもわからなくはない。

　あたしは、素直になれないひーくんの背中を押してあげたのだ。

　悪いことをしたなんて思ってない。

　２人きりになっても不機嫌なままのひーくんが、急に立ち上がりどこかへと歩き始めたので、とりあえず追いかけることにした。

「あのー……怒ってる？」

　スローペースで歩くひーくんのあとを様子をうかがいつつ、ついていくあたし。

「わかってんなら、なんで絢の肩持った？」

「同じ女としてほっとけなかったの。もし自分がストーカーされてて、それを嘘だって言われたらそうとう傷つくなって思って」

「絢のこと知らねぇから、そんなこと言えるんだろ」

「そりゃ絢さんがどんな人か知らないけど、でも、そうやって最初から嘘だって決めつけるのはよくないと思う」

「お人好しも度が過ぎんだよ」
　だって変な話、最初から『嘘だから信じませーん！』って放っておいて、そのあとそれは本当でストーカーに襲われちゃいました……なんてなったら、自分をどこまで責めても、後悔は消えないと思う。
　たとえば、たらればって言葉がある。
　あのとき〇〇して"たら"。
　あのとき〇〇して"れば"。
　普通に生きてくなかでそう思うことは多々あるけど、結局過ぎてしまったものは元に戻ることはできないんだから、しょうがないと諦めるしかない。
　自分のことで諦めることがあっても、それは大したことないから別にいいんだけど、今回の絢さんの件は何回も言うけどあとから悔しがったんじゃ遅い。
　ましてや同じ女だもん。
　危険があるかもしれないのに、1人の部屋で暮らすなんてありえない。
　ひーくんはあたしの彼氏であると同時に、絢さんのお兄ちゃんでもあるんだから、あたしが独り占めしていいわけじゃない。

　ひーくんが足を止めた場所は、この前連れてきてくれた使われていない美術室。
　ケンカムードが漂っている中でも、この前ここであったことを事細かに思い出してしまい、顔が赤くなりそうに

なった……けど、気持ちを落ち着かせてなんとか赤面は止められた、はず。
　泊めることを了承してくれたから、少しでもあたしや絢さんの気持ちを理解してくれたと思っていたのに……。
　歩いてるとき同様、全身から怒ってますアピールが、まぁすごい。
　途中何人かひーくんの知り合いが声をかけようとしているのを見たけど、さすがに機嫌が悪いと瞬時に判断したのか、声をかけるのをやめていた。
　それくらい怒ってらっしゃる。
「絢が家に泊まるの、俺はいいとして、お前はいいの？」
　ひーくんは美術室の窓下の壁に寄りかかる形でしゃがみ込み、あたしを下から真っ直ぐ見つめた。
「いいも何も兄妹なんだし、気にしないよ」
「……ごめん、１個嘘ついてる」
「え？」
「あいつと俺、本当は血繋がってない」
　血が……繋がってない？
「だってお父さんとの子でしょ!?　前に話してくれたときもそう言ってたじゃん。それに英二くんも、同じように話してたじゃん……」
「英二には本当のこと言ってたけど、今までも他のヤツらに話すときは、本当の兄妹だって話してた」
「ど、どうしてそんなこと……しかも、なんであんなに嫌ってた嘘を、あたしについたの？」

「絢はあいつの母親が、浮気相手と作った子ども。親父は離婚するまで、気づかなかったらしいけどな。親が再婚して離婚して、そんで２歳下にできた妹は血が繋がってないなんて説明するの面倒くせぇだろ」

　面倒くさくても、彼女のあたしには、本当のことを話してほしかった。

　血が繋がってるのと、繋がってないのとじゃ……解釈が大きく違う。

「あたしに内緒にしてたのは、なんで？」

「絢のことは言わないつもりだったから。それに俺ももう会うことはないと思ってたし」

「それは絢さんが、あたしに何かするかもしれないって思ったから？」

　ひーくんの「あぁ」といういつもの声を聞いても納得できない自分がいる。

「他に隠してることはないよね……？」

「ねぇよ」

「じゃあ、変な質問してもいい？」

「ん？」

「……絢さんって、ひーくんのことが好きだよね」

　血が繋がってない＝恋愛対象にできるってこと。

　兄妹として見てたからそんなこと１ミリも考えなかったけど、今思えば……絢さんの視線の先にはひーくんがいて、ひーくんを見る目は、恋をする目だった。

　あたしの問いに答えられないのか、答えたくないのか知

らないけど、ひーくんは無言を突き通す。
　なーんだ、そういうことね。
　あたしだけが真実を知らずに、ひーくんにお説教してたってわけか。
　英二くんも怒ってたけど、あれは絢さんのことが好きだから協力してあげたってことだったのね。
　あたし１人でヒートアップしててバカみたい……。
「嘘が嫌いって言ってたのに、平気で嘘つくんだね」
「だから、桃のためだって」
「そんなのっ、ひーくんの勝手じゃん。むしろ血が繋がってないんだって知ってれば、あたしだっていろいろ注意できたよ」
　こんな大事なこと、嘘ついてほしくなかった。
　ましてや家族のことで、あたしの知らない部分は多いはずだから、真実をちゃんと知りたかった。
　だって……ひーくんが話したくないと思ってる部分でも、あたしは彼女として受け入れて、一緒に生きていく覚悟を持ってる。
　重い空気が流れる中、ひーくんの携帯が鳴った。
　電話で誰かと話し始めたひーくん。
　会話の内容から、どうも相手は絢さんっぽい。
　まだ会ったばかりなのもあるけど、絢さんの本当の部分があまり掴めていない。
　会ったときにあからさまに嫌な顔をされたのは、やっぱりひーくんが好きだから……？

考えなければいいのに、どんどん深読みしてしまう。
　ひーくんと絢さんはいつから会ってなくて、いつからこうして会うようになったの？
　会ったら何をしてるの？
　もしかして、あたしと付き合ってからも、隠れて２人で会ってた……？
　自分の中の嫉妬が、黒い塊(かたまり)になって心をどんどん支配していく。
　ひーくんへの愛が、大きすぎるから。
　それと同じくらい、今は憎い。
　電話から漏(も)れる絢さんの声が、少し聞こえた。
　元気な声ではっきり『明日からよろしくお願いします！』と言っている。
　電話が終わったひーくんは携帯をズボンのポケットにしまい、ゆっくりとあたしの目を見た。
「あいつ、明日来ることになったから」
　吐き捨てるようにそう言って、立ち上がる。
　こんなに冷たい声、初めて聞いたかもしれない。
　付き合ってからのひーくんは基本あたしに怒らないから、ケンカをしてもいつもあたしがギャーギャー怒って、それをうまく丸め込む役目。
　気づいたら仲直りして、チューしてハグ……って流れになるから、ケンカというよりあたしの一方的な愚痴をひーくんが聞いてその場で即終了してしまう。
　どうやら今回は違うらしい。

わざわざ絢さんが明日来ることを報告してきたのは、あたしが泊まることを止めるんじゃないかと試してるから？
　今のひーくんが何を考えているのかさっぱり不明だから、なんて返したら正解なのかまったくわからない。
　兄妹なら別に泊まってもいいよ？
　あたしだってさっきまでは兄妹だと思ってたから、必死にひーくんに頼んでたんだもん。
　でもでもでも、血が繋がってないってどうなの？
　絢さんに下心がまったくないなら別だけど、科学がいくら進歩してるからって、他人の心の中がすべて見えるわけでもないし……。
　なんなら、あたしが無理やり頼んだようなもんだもんね。
　そんなのいまさら『やっぱり泊まらせるのはやだ！　中止にして！』なんて言えるはずない。
　テスト勉強してるときでも、こんなに頭の中を回転させることはない。
　あぁ、このまま気絶かなんかして眠っちゃって体調悪くなって、そしたらひーくんが心配してくれて『やっぱり桃のことが心配だから、絢には断っといたよ』なんて言ってくれないかなー、とか、最低なこと思ってる自分に、ビックリする。
「同じ部屋ではないんだよね？」
「さぁ。部屋数多いわけじゃねぇし、親父のことだから同じ部屋かもな」
「同じ部屋!?」

それは2000%やだ。
「い、いつまで泊まるの？」
「知らね。犯人捕まるまでじゃねぇの？」
　まぁ、普通に考えてそうだよね。
　あたしもそう思ってた。
　なんせ、本当の兄妹だと思ってたからね。
　犯人が捕まるまでなんて、そんなの先が見えない……！
　え、待って、もし犯人も捕まらず、お母さんも彼氏さんのところから帰ってこなかったら……一生ひーくんの家で暮らすかもしれないってこと？
「ねえ、絢さんとは……さ……その、からだの、関係？　あったり……しない、よね？」
「ない。けどキスはある」
「そ……なんだね」
「詳しく覚えてねぇけど、向こうから一方的に」
　認めたくなかったけど、認めざるをえない。
　血が繋がってなくても、一応お兄ちゃんであるひーくんに一方的にキスするなんて……恋愛感情以外の何物でもないと思う。
「とりあえず、犯人探しも手伝うからあんまり会えなくなるかも」
　ひーくんにそう言われ、一気に不安が押し寄せてきた。
「しばらくは学校帰りに絢を迎えに行って、そのまま帰ることにするから」
「う、うん……」

ひーくんは目も合わせず淡々と話し、あたしの反応さえもどうでもいい感じだった。
　絢さんを助けようとしてることは、あたしにとっても嬉しいこと。
　早くストーカーの犯人が捕まってくれれば、絢さんも少しは安心して生活ができるはず。
　そのためには、今はなるべく１人でいないほうがいい。
「明日のコンテストは出るの？」
　この話を続けていると、あたしの気持ちが揺らぎそうだったから、他の話題へと変えた。
　元はといえばあたしがお願いしたことなんだから、ひーくんと絢さんのことを信じるしかない。
　マイナスなほうへ考え出すと、嫌なことばっかり考えてしまいそうだから、自分で歯止めをかけた。
「もうキャンセルできねぇから、出るしかないだろ」
「そうだよねっ、それに温泉旅行も行きたいなぁ」
　この場の空気を変えようと、わざとテンションを上げてみるけど、ひーくんの表情は変わらず。
　高校生最初の文化祭が、まさかこんなに嫌な空気になるとは思ってもみなかった。

恋する乙女よ強くあれ

　文化祭1日目が終わり、いつものようにひーくんは家まで送ってくれた。

　けど、違っていたのはバイバイのキスがなかったこと。ひーくんが怒っている理由は、なんとなくわかっていた。

　あたしはひーくんの話を聞こうともせず、自分の意見が100％正しいかのようにひーくんへと押し付けた。

　絢さんの家庭事情やストーカーの話を聞いていくうちに自分だったら……と勝手に感情移入していたんだと思う。

　同じ女として他人事とは思えず、本当に余計なお世話だけど、絢さんに同情した。

　今思えばひーくんのほうが絢さんといる時間が長く、絢さんのことに関しては圧倒的に知っているはずなのに、そのときのあたしは"妹なのにどうして助けてあげないの？"という気持ちが大きすぎて、ひーくんの意見を受け入れようとしなかった。

　こんな自分勝手な女になら嫌気も差す。
　"あとの祭り"とはこのことで、いまさらひーくんに何を言えばいいのかまったくわからない。

　翌日も天気は晴天で、気温も9月にしては高かった。

　ひーくんは、すれ違っても目を合わせようともしてくれず、せっかくのスーツ姿なのに、あたしは素直に喜ぶこと

ができなかった……。
　そんなことでメソメソしてても時間は待ってくれず、メイド喫茶の担当時間、2時半があっという間に訪れた。
　接客し始めて10分足らず……まず驚いたのは、お客さんとして絢さんが男友達と来たこと。
　いかにもチャラそうな見た目の2人組を引き連れている感じが、絢さんにとてもピッタリだった。
「へぇー、可愛いねぇ？　陽くんの彼女さんなんでしょ？」
　眉毛にピアスをつけてる1人がそう聞いてきたので、ビビりながら静かに頷いた。
　次に驚いたのは、男2人組がひーくんのことを知っているということ。
「絢が今日から泊まるみたいだけど、なんかお邪魔しちゃってごめんね？」
「あ、いえ、大丈夫ですよ」
「ふーん、結構嫉妬とかしないタイプなの？」
　初対面なのに、眉ピ男は馴れ馴れしく話しかけてくる。
「そういうわけじゃないんですけど、絢さんは妹なんで嫉妬することはないです」
　自分で言ってて、これが本心なのかは定かではないけど、絢さんを目の前にしたらこう強がるしかなかった。
　そんなあたしの唯一の防御(ぼうぎょ)に対して、手を叩きながら大爆笑し始める男2人。
　今のどこがそんなに面白かった？
　メイド喫茶という設定すらもどこへ消えてしまったの

か、どうでもよくなって２日目にしてここまで崩れている。
　絢さんも２人と一緒に笑うあたり、これはただメイド喫茶を楽しみに、わざわざあたしのクラスまで来たんではないだろうなと確信した。
　最初からあたしのことを嫌ってると感じていたけど、昨日の泊まることが決まったあたりから、少しは打ち解けてくれたのかと思っていた。
　……が、そういうわけではないらしい。
　よっぽどひーくんの近くに他の女がいるのが許せないのか、血が繋がってはいないものの一応の妹の行動にしてはやりすぎてるような気がする。
　幸いお客さんもそこまでいなくて混んでないから、この場でこの３人の笑ってる姿を冷静に見て分析できるけど、これが混んでたら、この３人に構ってる余裕なんかこれっぽっちもない。
　そう考えたら、ここは今メイド喫茶なんだから、こうしてあたし１人を長々と拘束していいだけのお金を払ってほしいくらいだ。
　なーんて、冗談でも考えてなきゃ、昨日の絢さんの言葉を疑ってしまいそうになる。
　ひーくんはストーカーすらも嘘だと言っていた。
　あたしはあのとき周りが見えずにいたから、自分の単純な考えだけでああやって意見したわけだけど……もしかしたら、もしかしたらね、ひーくんの言ってることも、あながち間違ってないのかもしれない。

そう思わずにいられないのはなぜか、わからなかったけど、このあとすぐ知ることになる。
「あーははっ、笑っちゃってごめんごめん！　桃ちゃんだっけ？　ほんとーに桃ちゃんは純粋なんだねぇ？」
　あたしは涙が出るほど笑えることを言ったらしい。
　眉ピ男の顔が後半真顔になり、あたしをジッと見据える。
　なんだか目を逸らしたら負けるような気がして……あたしも負けじとジッと見た。
「どういうことですか？」
「絢が陽くんのことを普通のお兄ちゃんとして見てるわけないでしょ」
「……」
　言葉が出ないあたしに「言っている意味わかる？」とバカにしたように聞いてくる眉ピ男。
「つまり……男として見てるってことですか？」
「そういうこと。それに、こいつの母親のこと知ってるでしょ？　男にだらしなくてほとんど家に帰ってこない最低女。必然的に一番近くにいた陽くんに惹かれたわけ」
「……じゃあ、どうして昨日あたしに、血の繋がってる兄妹って嘘ついたんですか？」
　代わりにペラペラとしゃべる眉ピ男のことは一旦置いといて、あたしは隣に座り俯く絢さんへ視線を移した。
　だってそうでしょ？
　ひーくんのことが好きで男として見てるんだったら、正々堂々あたしに立ち向かうべきじゃない？

彼女のあたしが言うのもなんだけど。
「はっ……、あんたってほんとに平和な世界で生きてきたんだね」
　この場所に来てからずっと黙っていた絢さんは急に顔を上げ、昨日と同じようにあたしを鋭く睨んだ。
「当たり前のように家に帰れば両親がいて、さぞかし家族に愛されて生きてきたんでしょうね」
「……」
「あたしね、そういう……苦労も知らずに生きてきたヤツが一番嫌いなの」
「……」
「しかもそんなのが陽の彼女？　今まで彼女っていう特別な存在を作らなかった陽が彼女を作ったなんて……信じたくなかった」
「……」
「陽にあなたは相応しくない。そう思ったから別れさせようとした。ほら、英二から嫌がらせされるかもって聞いたでしょ？　あれあたしだから。この２人使ってあなたのこと傷つけてやろうと思ってたの」
　絢さんの話すことが、冗談であってほしいと思った。
　でも、冗談で話してるんじゃないこともわかっていた。
「英二が使えないから自ら動くことにして、昨日あなたに会いに来たの」
「……じゃあ、ストーカーがいるかもっていうのは……」
「嘘に決まってるでしょ。陽の気引いてあなたと離れさせ

たかったから思いついた、ただの嘘」
「本気で心配して……」
　同じ女としてどうしても助けてあげたいと思ったから、ケンカしてもひーくんのことを説得したのに……。
「そんなのそっちが勝手にしたことでしょ。まぁでもそのおかげで勝手にケンカし始めてくれたから、こっちとしてはありがたかったわぁ」
　笑いが溢れるほど、あたしとひーくんの距離が離れていくことが嬉しいようで、あたしには絢さんのその笑ってる表情が不気味にさえ感じられた。
「陽も、あたしと本当の兄妹だって嘘ついて、悪いヤツだよね」
「そしたら英二まで嘘つくし、こんなのあたしの思い通りじゃーんって浮かれてたら、陽が泊めること拒否してきたでしょう？」
「そりゃあすぐ襲ってくる女、家に泊めたくねぇよな」
「はぁ？　一応可愛いく振る舞うからぁ」
　眉ピ男じゃないもう１人の男の言葉に、思わず『え？』と聞き返しそうだった。
　想像してしまう嫌なシーン。
　襲うって……。
　ひーくんは昨日、キスならされたことはあるけど、それ以上は何もないって言ってた。
　その言葉を信じることにしたあたしの決意は……今どのくらい自信を持っていいのだろうか。

一度嘘をつかれると、こうも影響してくるものなのね。
　ひーくんは絢さんにたくさん嘘をつかれたと言ってたけど、こういう気持ちだったのかもしれない。
　信じたいけど、信じたいのに、100％信じてあげられない、このもどかしい気持ち。
　今ならあたしもわかる。
　大好きで大好きで、ようやく付き合えたひーくんのことを疑う日が来るなんて、考えたこともなかった。
　……でも、今この瞬間、目の前にいる絢さんの言葉を真に受けてしまう自分もいるのが事実。
　会いたい。
　ギュッと抱きしめてもらえれば、こんな疑う気持ちもきっと消える。
　……自分の中でそう言い聞かせていないと、いったい誰を信じればいいのかわからなくなりそうで怖かった。
　タイミングがよかったのかはわからないけど、おやつ休憩で来てくれるお客さんが急に増えたことで、絢さんたちと話してる場合ではなくなった。
　あまりの忙しさに余計なことを考える暇もなく時間は過ぎ、絢さんたち3人もいつの間にか教室からいなくなっていた。
　それに気づいたのは担当の時間も終わり、と同時に文化祭自体も終わりを告げる放送を聞いたあとだった。
　結局ひーくんがホストをしてるところには行けずに、最終日が終わってしまった。

それと同時に後夜祭が始まった。ミスターコンテストも、後夜祭の出し物の1つだ。
　まぁ行ったところで無視されるだろうけど。
　……それでも……2人での最後の文化祭を本当はもっと楽しみたかった。
　なんでこうなっちゃったんだろう。
　何がいけなかったんだろう。
　あたしがコンテストを勧(すす)めたこと？
　絢さんの言葉を真に受けて、ひーくんの言葉を聞かなかったこと？
　……そもそも……ひーくんと付き合ったこと自体、間違ってたのかもしれない。
　絢さんの言う通り、あたしは自分でも、お父さんお母さんからはたくさんの愛情をもらって生きてきたと思う。
　家族のことで悩んだこともなければ、寂しいとか孤独(こどく)だとかは感じたことがない。
　ひーくんも絢さんもひとり親で、物心ついた頃に衝撃的なショックと再婚相手との2度目の離婚があって、同じ境遇(きょうぐう)で生きてきた。
　あたしはひーくんの背負ってる荷物を一緒に背負ってあげたいと思っていたけど……じつは少しも理解してあげられてなかったのかもしれない。
　同じような経験をしてる2人だからこそ、そんな2人じゃなきゃわかり合えない気持ちがあるんだと思う。
　こんなこと思いたくない。

考えたくない。
だって、やっとやっと手に入った大好きな人だもん。
でも……もし、あたしという存在がひーくんにとって重荷になってるんだとしたら、あたしは彼女としてひーくんの隣にいる権利はあるんだろうか。
昨日から起こった出来事に頭が追いつかなくて、整理できたと思ったら……マイナスな考えしか思い浮かばない。
"別れ"
あたしたちに一番遠いと思っていた言葉。
「……っ」
片付けをし始めるクラスメイトたちが、視界に入るものすべてが……涙で歪む。
一度溢れ出した涙は止まることを知らず……人目もはばからずその場でしゃがみ込んだ。
自分でもどうしようもない。
だから、ただただ涙が枯れることを待つしかなかった。

その場にいた日菜子が駆け寄ってきてくれ、とりあえずここで泣いてたら周りのみんなが心配しちゃうからと、落ち着くまで保健室にいることになった。
泣きながら入ってきたあたしを、先生は何も聞かずにベッドへと案内してくれた。
「ほら、とりあえず拭きなよ」
ここに来るまであたしのことを支えてくれた日菜子。
ハンカチを差し出され、涙でぐちゃぐちゃになった顔を

ハンカチで押さえた。
　愛ちゃんたちも付き添ってくれようとしてたんだけど、何かを感じとったらしい日菜子が「あんまり大勢で行ってもアレだし、落ち着くまでとりあえずあたしがいる。また何かあったら連絡するよ」と気を利かせてくれた。
　お互い黙ったまま、ただただ日菜子はあたしの背中をさすってくれる。
　それがなんだか心地よくて、さっきまでの苦しい感情も柔らぎ、涙も気づけば止まっていた。
「少し落ち着いた？」
「うん。ありがとう」
　優しい日菜子の声を聞いて、やっと心が落ち着いた。
「で、何があった？」
　他人の心の浮き沈みにすぐ気がつく、勘が鋭い日菜子。
　これだけ思いっきり泣いておいて隠す必要もない。
　あたしは2日間の出来事をすべて話した。
「直接嫌がらせされたわけじゃないんだよね？」
「うん」
「まぁでも、本宮先輩の友達を使って遠回しに邪魔しようとしたり、ストーカーがいるって嘘ついたりしてるのも充分嫌がらせに入るよ」
　腕組みをして真剣に悩んでくれている日菜子を見て、自分1人で抱えていたストレスが一気に解放された。
「本宮先輩は、ストーカーが嘘だって知ってんの？」
「多分知らないと思う。けど、昨日ひーくんだけは絢さん

が嘘つきだから信じないって言ってて、それをあたしが説得して無理やり泊めてあげる形になっちゃったの」
「本宮先輩は絢さんのこと信用してないってこと？　じゃあ今もストーカーはいないと思ってるんじゃないの？」
「それはわからない。昨日あたしがひーくんのこと信じなかったから怒っちゃって、今日から絢さんのこと泊めてあげるって言ってたし……」
「それにストーカーは嘘だって聞いたの、さっきだもんね。しかも、桃だけにわざわざネタバラシしに来るってところが性格悪いよねぇ」
　絢さんは、あたしとひーくんを、どうしても別れさせたいんだと思う。
　母親にも見放され、他に頼る人が信頼できる人がいない生活を送ってきた彼女にとって、ひーくんがどれだけ大きい存在なのか……嫌でもわかる。
　それでもあたしは、ひーくんを手放したくない。
　小さい頃出会って、初めて恋をした人。
　数年会わなくても……傷つけられても……嫌いになれなかった人。
　こうして無視されている今でも、嫌いになれない。
　考えると胸の奥が締め付けられるくらい、好き。
「とにかくその絢って人はかなり厄介だけど、そんなヤツのせいで別れちゃったら元も子もないよ？　とりあえず、本宮先輩とちゃんと話したほうがいい」
「絢さんにストーカーは嘘だって言われたって？　昨日あ

たしが信じてって言ったのに、いまさらそんなこと……」
「昨日は過去でしょ。過去に言ったこと後悔してもしょうがないじゃん。大事なのはこれからなんだから、ちゃんと自分が悪いことしたと思ったんなら謝る！」
　日菜子はあたしの両手を掴み、力をギュッと入れた。
「桃たち２人がうまくいってないのに、どうやって絢さんと戦うのよ。まずは本宮先輩と仲直りして、一致団結しなきゃ始まらないでしょうが」
　そうか……あたしとひーくんの仲が悪くなればなるほど、絢さんは間へ入ってきやすくなるんだ。
　絢さんのことを、どうしようどうしようと考えていたから、昨日もそうだけど、ひーくんのことをあと回しにしてしまったのかもしれない。
「彼女を作らなかった本宮先輩が、初めて特別にしたいと思ったのが桃なんでしょ!?　なら自信持って強くいなさいよ」
「うん。堂々としてなきゃいけないよね」
「そうだよ。本宮先輩も意地張ってるんだと思うよ？」
　１人でいろいろ考えてるときは、嫌なことばかり考えてしまって、暗い誰もいない海の底にいるような気分だった。
　日菜子は優しく手を伸ばして、底からあたしを引き上げてくれた。
　友達という存在を、改めて大きく感じる。
"付き合う"ということが初めてのあたしにとって、恋愛経験豊富な日菜子はかなり心強い。

おかげで、さっきまでのウジウジしていた弱虫な自分から、自信を持ってひーくんの彼女だと言えるような強い人になりたいと思えるようになった。

~ラスト注意報~

一方通行の好き

　ミスターコンテストに出てるはずのひーくん。
　本当は応援するはずだったけど、それはもう叶わない。
「告白タイムなんて、桃いないのにどうしてるんだろうね？　パスできるのかな？」
「どうなんだろ……」
　楽しみにしていたコンテストのことを忘れるほど、さっきまで余裕がなかった。
　あれほど出てほしいと懇願していたコンテストだけど、優勝して旅行チケットがもらえたとしても、今のひーくんとあたしの状態じゃ行けるわけがない。
「まあ、今の桃が行ってもしょうがないから、あたしが体育館に様子見に行ってこようか？」
「ほんとに？　ごめん。そうしてくれると助かる……」
「じゃあ300円いただきまーす！」
「お金とるんかーい！」
　突然の日菜子のボケに反射的にツッコむあたし。
　いつものような空気に戻ったのを感じ、日菜子もそれは同じだったようで……２人で目を合わせて笑った。
「笑顔が見れたからよしとするかぁ！　では、偵察に行って参る！」
　おでこに手を当てて敬礼をしたあと、日菜子は保健室を小走りであとにした。

保健室の先生も「コンテストの結果が気になるから留守番よろしくー!」と言って出ていったため、結局保健室にはあたし1人だけとなった。
　携帯のインカメラを鏡代わりにして、自分の顔を確認してみると、それはもう悲惨な状態になっていた。
　マスカラはすべてと言っていいほど綺麗に落ちて、そのマスカラのせいで目の下は真っ黒。
　さっき日菜子に借りたハンカチを見ると、やっぱりマスカラがついていた。後日、汚れを落としてから返そう。
　アイシャドーもチークもなくなって肌はほぼむき出し。
　こんな顔じゃ廊下すら歩けない。
　だからといって、今はメイク落としもメイクポーチもないから、この悲惨な顔を直すこともできない。
　こんな顔、クラスメイトにもさらせない!
　ましてや、ひーくんにこんな顔見られた日には、それこそお別れされる気がする……。
　ベッドの横に置いてあったティッシュで、とりあえず目の下のマスカラを落とそうとこすってはみるが、これがなかなか落ちない。
　すると、保健室の扉が勢いよく開いた音がした。
　誰かと思って、閉まってるカーテンの隙間から入り口のほうを見てみると、そこには息を荒げた英二くんが、肩を上下に揺らしながら立っていた。
　英二くん? なんでここに……?
　すぐ出ていきたいけど、こんな顔じゃ出るに出られない。

「桃ちゃんっ……大丈夫？」
　英二くんはそんなあたしの気持ちをつゆ知らず、唯一閉まってるカーテンを、これまた勢いよく開けた。
「どうしたの？」
「どうしたも何も、桃ちゃんの友達が桃ちゃんが倒れたっていうから、心配になってすっ飛んできたんだよ」
　倒れたって嘘ついたのは、葉月な気がする。
「友達が大袈裟に言っただけだよー。朝ご飯食べてなくてちょっとフラフラしただけだから、大丈夫だよ」
　昨日の今日であたしが倒れたって聞いたから、英二くんはこんなに急いで来てくれたんだと思う。
　嬉しい反面、これがひーくんだったらよかったのに……と思ってしまう。
　あたし、最低だ。
「それと、謝りたかったからここに来た」
　あたしの真正面に立つ英二くんは、深々と頭を下げた。
　その行動の意味はわかっていた。
「絢のこと庇ったり、本当の兄妹だって嘘ついたり……最低なことばかりしてごめん」
「……」
「許してもらえるなんて思ってない。でも、話だけは聞いてほしいんだ」
　許すも何も英二くんには、まず怒ってない。
　英二くんは絢さんに協力したとしても、本気であたしとひーくんを別れさせようとはしなかった。

庇ったのだって、ひーくんと絢さんが本当の兄妹じゃないって言わなかったのだって、絢さんのことが好きだからでしょ？
　あたしもこの前まで片想いをしていたから、その気持ちがわかる。
「絢さんのことが好きなんだよね……？」
「え？」
「絢さんのことが好きだから協力したり、庇ったりしたんじゃないの……？」
「お、俺が絢を？　ないないない！」
　自分を指で指したあと、全力で手と顔を横に振って否定した英二くん。
「確かに絢はああいう性格だから、ほっとけない部分はあるけど、あいつのために協力してたわけじゃないよ」
　てっきり英二くんは絢さんのことが好きなんだと思ってたから、まさかの否定をされて驚きを隠せない。
「じゃあ、なんのために……？」
「自分のため」
「英二くん自身のためってこと？」
　英二くんは頷き、ジッとあたしの目を見つめてきた。
　お互い無言でただ見つめ合うだけの時間。
　静かなこの空気に耐えきれず、あたしは口を開いた。
「と、とにかく、あたし怒ってないから大丈夫！　気にしないで！　こうやってストーカーも嘘だってわかったし」
「ストーカー？　嘘？　え、どういうこと？」

「じつはさっき絢さんがメイド喫茶に来て、ストーカーの話はひーくんの気を引くための嘘だって言ってて……」
　さすがに英二くんも、ストーカーが嘘とは知らなかったようで、真実を知ったあと大きなため息をついた。
「その……あの２人って、よく会ってるの？」
「んー、絢が一方的に会いに来るって感じかな。まあでも、陽もあんなに冷たく接してるけど、正直ほっとけないと思うよ。絢の母親がどんなヤツか身に染みてわかってるし」
　ほっとけない存在。
　それは妹としてなのか、女の子としてなのか、本当の部分は今はわからない。
　お互いひとり親で苦労して生きてきたという同じ境遇があるからこそ、２人にしかわからない悩みがあるんだろう。
　彼女なのに……すごく距離を感じる。
「陽はこのこと知ってる？」
「ううん」
「もうすぐコンテスト終わるだろうから行ってきたほうがいいよ」
「でも……」
「ん？　でも？」
「昨日あんなに信じてあげてって言っといて、今日になって"やっぱり嘘だったから泊めないで！"なんて……都合良すぎないかなぁ」
　今日なんか話しもしてくれなければ、目も合わせてくれない。

ここまで怒らせておいて、やっぱりあたしの勘違いでしたーなんてそんな簡単なこと言えないよ……。
「俺も今日は陽と話せてないからなんとも言えないけど、あいつも誰かと付き合うこと自体初めてだから、今どうしたらいいのかわからないんだと思う」
「そんなの……あたしだって、どうしたらいいのかわからないよ……」
　ついさっき日菜子に気持ちを上げてもらったはずなのに、気づけばもう底辺まで落ちてしまった。
　マイナス思考サゲサゲ女の出来上がりだ。
　だって、こうして保健室に来てもひーくんは一向に現れないし、なんならこんなときなのにコンテストに出てるし!!
　……いや、コンテストを勧めたのはあたしなんだけど。
　でも今は状況が状況じゃない!?
　あー……なんかまたいろいろ考えてたら涙が出そう。完全に情緒不安定だ。
　目の前に英二くんがいるのに。
　おかまいなしのあたしの涙たちは勝手にどんどん外へと出てくる。
　もう英二くんに面倒くさい女とかどう思われてもいいやと思って、ベッドの上で体育座りをし、顔を膝にピッタリつけて顔を見られないように静かに泣いた。
　きっと英二くんは、あたしが泣いてることに気づいてたんだろう。
　ただ黙って隣にいてくれた。

何も言わず……静かに泣かせてくれた。

　どのくらい経ったのだろう。
　こうなったらスッキリするまで泣いてやろうと思って涙を出しきった頃、後夜祭の終わりを意味するチャイムが鳴った。
「……英二くん、ありがとう」
「どういたしまして」
　泣き腫らして、とてもお見せできる顔ではないだろうから、失礼だけど俯いたままお礼を言った。
　そんなあたしの頭を、優しく撫でてくれる。
　考えても考えてもどうしたらいいのかわからなくって。
　恋愛ってこんなに難しいんだと……思い知らされた。
　そして、ずっと待ちわびていた愛しの人は、前触れもなく保健室へと現れた。
　荒々しく開くドア。
　下を向いていたあたしも、思わずドアへ視線を向けた。
　そこには冷たい表情のひーくんがいて、なぜか後ろには絢さんの姿もあった。
　１人じゃないんだね。
　心の中で呟くことしかできない。
「なんで英二、お前がいんの？」
「逆に聞くけど、なんでお前が先にいねぇんだよ」
　ひーくんも英二くんも眉間にシワ。
「桃の彼氏気取りかよ」

「あ？」
「お前、桃のこと好きなんだろ？」
　前触れもなく耳に入る言葉に、思考が停止する。
　早く否定すればいいのに黙ったままの英二くんと、ひーくんの後ろで何が楽しいのかニヤニヤしている絢さん。
「だから絢に協力して、それとなーく俺と桃が別れればいいなぁとか思ってたんじゃねぇの？」
「……待ってよ、それはひーくんの勝手な推測でしょ？」
「英二のこと庇うんだ？」
　別に英二くんのことを庇ったつもりはない。
　ただ真実じゃないことでこうやって争っても意味はないと思ったから、あたしは間に入った。
　なのに、英二くんは真剣な表情で「だったらなんだよ」と怒り口調でそう答えた。
　嘘でしょ？　英二くんがあたしを？
　これっぽっちも本当の話だと思ってなかったから、どんな顔をすればいいのかわからない。
　今すぐにでもこの場から離れたい。
　だからってこの空気の中、逃げる勇気もない。
　ただひーくんと仲直りがしたいだけなのに……。
　英二くんの胸ぐらを掴んだままのひーくんは意味深に笑い、次の瞬間……素早く出されたひーくんの右こぶしは英二くんの頬を力強く殴った。
　勢いよく床に倒れ込む英二くん。
　殴られた衝撃で唇を切ったのか、口元から血が出ていた。

その血を指で拭い、ゆっくりと立ち上がる。
　一瞬の出来事で、驚きの声も出なかった。
「陽に殴られるようなこと、してないと思うけど」
　あたしからは英二くんの背中しか見えないから、どんな表情をしてるのかわからないけど、それでも冷静でいるんだってことはわかった。
　対照的にひーくんは感情的になっていて、口元は笑ってるけど目が笑ってないから、すごく怒ってるのがわかる。
「好きになったのは悪いと思うよ。でも、陽と桃ちゃんの邪魔をしようなんて思ったこと１度もない」
「ほんとかなぁ？　だって、陽が遊んできた女の子たちが桃ちゃんに嫌がらせしようとしてたのを止めたの、全部英二なんでしょ？　陽より自分のほうが幸せにできるって思ってるんじゃないの？」
　絢さんの言葉を聞きつつ、英二くんは、ゆっくりと立ち上がった。
「嫌がらせって……この前言ってたやつ？　あれは嘘じゃなかったの？」
　あたしは唇を痛そうに触る英二くんを見上げた。
　絢さんが嫌がらせをしようとしてたのをカモフラージュするための嘘かと思ってたけど、まさか裏で英二くんが止めてくれたの？
「確かに噂で聞いたり相談されたりしたよ。もちろん桃ちゃんのために止めた。でもそれは……」
「もういい、聞きたくない」

話し始めた英二くんの言葉を無理やり止めるひーくん。
　そのままあたしと目を合わせることなく、保健室の扉のほうへ歩き出した。
「ひーくん！　待って……っ！」
　ベッドから下りてひーくんのそばへ行った。
　冷たい目であたしを見下ろす。
　あたしに続いて英二くんがそばへと来た瞬間、ひーくんの視線はそっちへ移った。
「自分の手で桃を守って、ヒーローのつもり？」
「別にそんなんじゃねぇよ」
「ならなんで、俺に言わねぇんだよ」
「女の子たちが嫌がらせしようとしてるって？　陽に？　言ったところで何ができんだよ」
「は？　どういう意味だよそれ」
「今まで適当に遊んで、適当に別れてきたヤツが、ちゃんとケジメつけれるわけねぇだろ」
　英二くんの言葉で顔色が変わったひーくんは、怖い顔して右こぶしを振り上げた。
　このままだとまた英二くんが殴られる！と思ったあたしはとっさにひーくんに抱きつき、その一回り大きな身体をなんとか静止させた。
「ひーくんっ……お願い、やめ、て……っ」
　これ以上２人のこんな姿は見たくない。
　今あたしができる唯一の行動だった。

恋愛初心者マーク☆side H

　前のめりになる俺の身体を後ろから抱きしめる桃。
「結局お前は英二を庇うのかよ」
「だって殴っても意味ないでしょ？　そんなことしてもわかり合えないよ……」
「わかり合う？　そんなつもりねぇよ」
　しっかりと俺の腰を抱きしめる桃の腕を掴み、突き放す。
「助けてくれるヒーローと、それを庇う優しい桃ちゃん、お似合いじゃん」
　もう誰からも何も聞きたくない。
　ついさっき保健室に入ってきたとき、すぐに目に入った光景が頭から離れない。
　俯く桃の頭を優しく撫でる英二。
　心がせまいだけなのかもしれない。
　けど、英二が桃に好意を寄せてることを知った以上、下心としか思えない自分がいるからどうしようもない。
　桃だけは裏切らないと、英二だけは信じられると心から思っていた。
　それなのにこの有様。
　しまいには、桃に嫌がらせをしようとしてた女がいたなんてこと1ミリも知らなかった。
　あー……なんでこうなった？
　付き合うってことがこんなに面倒くさいだなんて。

泣き出す桃を抱きしめることもせず、早くこの場を離れたくて保健室をあとにした。
　勝手についてくる絢を無視し、自分の教室へ戻る。
　まだみんな後夜祭なのか、教室には誰もいない。
「英二って友達の彼女までとるんだねぇー、ほんと最低」
　一番後ろの自分の席に座る俺。
　その前に座る絢は、振り返りながらしゃべる。
「そういえば、今日から泊まってもいいんだっけ？」
「あぁ。もう行く」
「えっ？　もう？」
　面倒くせぇけどしょうがない。
　親父も実の娘じゃねぇのにお人好しだから「犯人捕まるまでうちに泊まれ！」なんて、ほざきやがって……。
　俺は今でも99％は嘘だと思ってる。
　こいつのことだ。
　寂しくて、こんなあざとい嫌がらせばっかりしてくるんだろう。
　なんだかんだで何年も会ってるからか……俺も似ているからなのか、そんなこいつの寂しさをわかってしまう。
　確かに放っておけないのは事実。
　血は繋がってない。
　今はもう家族でもない。
　それでも、１つ屋根の下で暮らしてきた時間があるからこそ、多少の情はある。
「桃ちゃんたち、今ごろどうしてるんだろうねぇ？」

「いいから黙って座ってろ」
「あっ、トイレ行きたい！　ちょっと寄ってくる！」
　絢はそう言って、近くの女子トイレへと消えていった。
　"桃"という名前を聞いてため息が出る。
　桃は……悪くねぇのに。
　俺が勝手に嫉妬して、出た怒りをぶつけた。
　それは……英二にも同じだ。
　正直、裏切られたと思っていない。
　絢のことでも嫌がらせのことでも、とにかく話してくれなかったことに腹が立った。
　気持ちを抑えきれなかった。
　……あぁ、もしかして俺って恋愛も初心者だけど、友達との付き合いも初心者なのか？
　どこまでもダメ人間で、自分でも呆れる。
　桃とのことになると、どうも感情が抑えられない。
　こうして1人になれば冷静になれるけど、それじゃ意味がない。
　思い通りにいかねぇからって、イライラして周りに当たりまくって……本当に情けねぇ。
　自己嫌悪に陥ってる俺の目の前を……私服の男2人が通った。
　後夜祭は外部から来た一般の人たちは参加できないことになっているのに、なんで私服のヤツらがいるんだ？
　相手も俺の存在に気づいてこちらを向く。
　真正面に見えるのは、どう見ても知ってる顔。

なんでこいつらが、ここにいる？
「絢にくっついてきたのかよ」
　絢と同じ学校で、いつも絢と一緒にいる野郎２人組。
　こいつらがいるってこと自体、嫌な予感しかしない。
　無言を貫く２人に追い打ちをかけるように、近づく俺。
　目が合った瞬間の２人の「あ、やべっ」って顔は忘れられない。
「今度は何企んでんの？　あ、ストーカー？　もしかしてストーカー役でも頼まれた？」
　わかりやすく目を泳がせて、動揺する２人。
　片方の男の眉毛についてる異物に触れ、軽く引っ張ると「ってぇ！」と叫び声をあげた。
「何すんだよっ！」
「ゴミがついてるから、とってあげようとしただけだろ」
「おっまえなぁ……っ」
「いいから質問に答えろよ。じゃねぇとほんとに、コレ皮膚ごととっちゃうよ？」
　チャラい見た目と違って、手を出してくる性格じゃないことはすでに知ってる。
　おとなしく口を開き、すべての計画を話した。
　想像通りで、俺は最初から疑ってたストーカーも、絢が勝手に話したデマだった。
　驚きはなく、あぁやっぱりなと納得してしまった。
　ちょうどいいタイミングで戻ってきた絢は、２人の存在に気づき、一瞬でその表情を曇らせた。

「これってもう、全部バレた感じでしょ？」
　絢は状況を把握したらしく、今度は開き直った。
「お前さぁ、いつまでこんなことするの？」
「陽があたしを好きになってくれるまで」
「もういい加減目覚ませよ。お前は俺のことを好きなわけじゃねぇよ」
　絢の母親と俺の父親が離婚してから、俺ら2人はしばらく会ってなかった。
　再会したのは俺が中学3年生、絢が中学1年生のときのこと。……コンビニの前で友達といたら絢が突然現れた。
　母親似の絢を見て、一目でわかったのを覚えてる。
　その日から定期的に会いに来るようになり、俺も絢の家庭環境を知っていたからそこまで邪険にできなかった。
　だから何度も好きだと言われたけど、他の女のように適当に扱うことも、完全に突き放すこともしなかった。
　今思えば、ここまで絢のことを適当にあしらってた俺自身に、一番の責任があるのかもしれない。
「……なんで……なんでそういうこと言うの？　あたし本当に陽のこと好きだよ？」
「じゃあ俺のどこが好きか、言ってみろよ」
　言葉に詰まる絢を見て、もっと早く気づかせてやればよかったと後悔が生まれる。
「ほら、言えねぇだろ？　お前は同じ境遇の俺になら同情してもらえるから、そばにいてほしいだけなんだよ」
「そ、そんなこと……」

「俺とお前じゃ、一緒にいても成長できない。それは絢も今なら感じてるだろ？ 傷の舐め合いしかできねぇよ」
「そんなことない……好きだよ！ ちゃんと好きだよ！ あたしは陽がいないと……」
　絢が言葉を続けようとしたとき、眉ピじゃないもう1人の背の高い男が、絢の腕を掴んで自分のほうへ引き寄せた。
「なっ……何!?」
「俺がその寂しさ埋めてやるから。もう2度と絢がひとりぼっちになって泣かなくて済むように、俺がずっとそばにいるよ」
　突然の男の告白に、顔全体を真っ赤にする絢。
　掴まれる腕を振りほどこうとはせず、ただお互いがお互いを真っ直ぐに見つめていた。
　気づいてないだけで、案外近くに一番の理解者がいるのかもしれない。
「……どうしよう」
　さっきまで俺に好意を寄せてるそぶりをしてたのが嘘のように、絢は今、そいつしか見えていないらしい。
「どうした？」
　優しく問いかける男に「不覚にもあんたにドキドキしてる……どうしよう」と、柄にもなく恋する乙女が言うようなセリフを吐きやがる。
「これでわかっただろ。もう俺の人生の邪魔すんなよ」
「うん、もうしない。……今まで、本当にごめんなさい。英二のこともね、あたしが誘導して……」

「知ってるからもういいよ。これからはお前なりに幸せな人生歩け」
「……うん。陽も、幸せになってね」
　もっと早くこうしていれば、俺も絢もそれぞれ前を向いて歩けていたのかもしれない。
　先に歩き始めた絢の背中を見て、素直に幸せになってほしいと思った。

　そのあと、すぐに向かった先は保健室。
　けど、時すでに遅しで、桃も英二もいなかった。
　2人に電話をしてもどちらも出ない。
　気づいたときには身体が勝手に動いていて、無我夢中で走っていた。
　こんなに誰かを想って、誰かのために走るのは初めてだ。
　誰か1人を愛して生きていくなんて俺にはできないと思っていたけど、そんな俺を桃が変えてくれた。
　……でも、さっきのできっと幻滅したよなぁ。
　途中バスに乗り、桃の家へ着くまでの時間、ただただ早く着いてくれと願った。
　今は桃のことしか考えられない。
　付き合ってからたった数ヶ月しか経ってないのに、いつの間にかこんなに桃のことを好きになっていた。
　そんな自分が……不思議と嫌じゃないのは、こんな俺にも人間味が出てきたからなのだろうか。

ハグしてキスして

　ひーくんが保健室を飛び出したあと、英二くんはひたすらあたしに頭を下げた。

　何度も何度も「ごめん」と繰り返し、俺のせいだ、俺が全部いけない……と自分をずっと責めていた。

　今回のことは結果的に、誰が悪かったのかわからない。

　絢さんはただひーくんのことが好きで、ひーくんは自分の思いにきっと素直に行動していただけ。

　そして英二くんがみんなに気を使った結果、こうなってしまった。

　あたしも純粋にひーくんが好きなだけなのに、地味に正義感を出してしまったり、ひーくんの話をちゃんと聞かなかったりしたせいで……今、こうしてすれ違っている。

　ひーくんは本当にあたしと英二くんがくっつけばいいと思ってるのかな。

　あたしが英二くんのことを庇ったから？

　あんな状況でも、彼氏であるひーくんの肩を持てばよかったの？

　多分またあの時間に戻っても、あたしはひーくんを止めると思う。

　後夜祭が終わってすぐ保健室に再び来てくれた日菜子は、入った瞬間だいたい起きたことを予想したらしく、何

も聞かずにあたしのカバンと着替えを差し出してくれた。
　英二くんは日菜子が来るや否や「じゃあ、俺は帰るね。桃ちゃんをお願いします」と、最後にお辞儀をして保健室をあとにした。
　明日は文化祭の片付けで学校に来なきゃいけないから、その振替（ふりかえ）で火水は休み。
　さすがに今日迷惑をかけちゃったから、明日は人一倍片付けに力を入れよう。
　そうすると、次に英二くんに会えるのは木曜日。
　その日にちゃんと向き合って話そう。
　あたしも真面目に答えなきゃ。
「ほら！　何ボーッとしてんの！　そんな派手な格好してんの桃だけだから、とりあえず着替えて！」
「あっ、そっか。あたしまだメイド服だったんだ」
　いろいろありすぎてすっかり忘れてた。
　制服に着替え終わった頃には保健室の先生も帰ってきていて、「もう閉めちゃうから帰りなさーい」と言われたので、お礼を言ってあたしと日菜子も保健室を出た。
　そのままバスであたしの家に向かい、玄関の扉を開けるなり、先に帰ってきてたママがあたしに思いっきり抱きついてきた。
「桃ーっ!!　あんたなんで後夜祭いなかったの!?　陽くん告白タイムで相手がいないからできなくて、失格で優勝できなかったんだよ。どこで何してたのっ!?」
　目を大きく見開いて今まで見たことないくらい興奮して

るママを見て、思わず吹き出し笑いしてしまった。
　いきなり爆笑し始めたあたしに、日菜子もママもビックリしてた。
「あーははっ、はははっ、ごめんごめん。ママがあまりにも興奮してるのがおかしくて笑っちゃった」
「興奮するに決まってるでしょ！　娘と娘の彼氏が通ってる学校の先生っていう特権があるし、しかも優勝したら旅行券プレゼントだっていうから、心の中ですごく応援してたんだからね!?」
「じゃあ、ママも後夜祭見てたんだね。ひーくんかっこよかった？」
「先生たちの特等席から見てたわよー。授業受け持ってなかったから久しぶりに見たけど、やっぱりずば抜けてイケメンねー」
　ママは２、３年の偶数(ぐうすう)クラスの国語を担当してるため、あたしは１年生でもちろん教わることはないけど、ひーくんも３組で奇数(きすう)クラスなので、学校で会うことはあまりないらしい。
　ママの中のひーくんはよく遊んでいた頃の小さいままで止まってるだろうから、それはさぞかし今の仕上がりを見て驚いたに違いない。
　興奮冷めやらぬまま、なんとかリビングへと移動し、ソファーに座って、ママが出してくれた温かい紅茶を飲んで一息ついたあと、２人に保健室であったことを話した。
　ママにひーくんとのことをここまで詳しく話すのは初め

てで、どんな反応をするのかわからなくて怖かったけど、真剣にあたしの話を聞いてくれる姿勢を見て、話してよかったと思えた。

　人生の先輩でもあるママと恋愛経験豊富な日菜子に、ひーくんとこれからどう向き合っていけばいいのかを教えてもらおうとした……矢先のこと。

　玄関のチャイムが鳴り響いて、その音に反応して身体がビクッと震えた。

　こんなときに誰……!!?

　モニターを見にいったママが、なぜか勢いよく振り返ってあたしに向かって口をパクパクしながら、何かを伝えようとしてきた。

「え？　誰？　どうしたの？」
「ちょ、ちょっと、ほら、ねえ……」

　ママが急に挙動不審になるほどの来客って、いったい誰よ？と思いながらモニターに近づいてみると……そこにはひーくんがいた。

　驚きのあまり声が出ず、ママが挙動不審になったわけがわかった。

　通話ボタンを押す手が震える。

　こうして会いに来てくれた嬉しさからなのか、今会ったからって、何を話せばいいのかという不安からなのかはわからない。

「本宮陽といいます。突然すみません。桃さんはいらっしゃいますか……？」

インターホン越しに聞こえる、ひーくんの声。
あたし以外が出てもいいように丁寧な言葉を使ってる、それだけで嬉しくなってしまう。
いつも聞いてる声なのに……胸の奥がギュッと締め付けられる。
「いますよ。今開けるので、ぜひいらしてください」
あたしに聞くでもなくそう答えたママは、マンションのエントランス共有玄関のロックを解除し、勝手にひーくんを招き入れた。
「待って！　ひーくん入れちゃったの？」
「入れちゃったのって、入れるに決まってるでしょ。ケンカしたとき、特にこうやって第3者が関わってるときこそ、直接会って話さなきゃダメ！　ママの経験上、仲直りは直接会って話してハグしてキスするのに限る！」
「ハグにキスって、そんな上級者テクニック無理だよ！」
「何言ってるのよー。触れ合うのって結構大事なのよ？抱きしめちゃえば面倒くさい感情なんて、いつの間にか消えてるんだから」
ママの言葉を受け入れる前に、再び鳴ったチャイム。
今度は下のエントランスからではない。
ひーくんが玄関の扉の向こう側にいるという証。
リビングで立ち止まるあたしの代わりに、ママが玄関の扉を開けに行ってくれ、そのあとかすかにひーくんの声が聞こえた。
「桃さんとは、真剣にお付き合いさせていただいてます」

その言葉を聞いて、意地を張るのがバカらしくなった。
　マナーモードにした携帯には、何度もひーくんからの電話があって、それに気づきながらも出なかったのは……ひーくんがあたしと英二くんがお似合いだと言ったことで傷ついたから。
　でも落ち着いた今、本気で言ったわけじゃないことはわかってる。
　これからも……ひーくんと一緒にいたい。
　ゆっくりと歩き出し、愛する人の元へ向かう。
　目の前には戸惑った様子のひーくん。
　気を抜いたら思いっきり抱きしめてしまいそうだ。
　ママにあたしたち２人は背中を押されて、あたしの部屋へと押し込まれた。
「陽くん、ご飯食べていくでしょ？　とりあえず落ち着いたら食べに来なさいね。では、ごゆっくりー」
　ママはニヤニヤしながら部屋のドアを閉めた。
　２人きりになったあたしたちは気まずさから来るなんともいえない空気の中、真ん中にあるローテーブルを挟んで向かい合って座った。
　どちらも口を開くことなく続く沈黙。
　……こういうときって、いったい、どうしたらいいんだろう。
　あたしから謝るべき？
　いや、でも別に悪いことしたわけじゃないしなぁ。
　そりゃあ、絢さんの言葉を鵜呑みにした結果が今なわけ

だけど……。
　煮え切らない自分にイライラしながらも、なかなか口火を切ることができない。
　結局先に口を開いたのはひーくんだった。
「今回、絢がしたことは許されないことだけど、俺の責任でもある」
「……」
「ごめん。きっとどこかで、俺も絢と同じように馴れ合うことが当たり前になってたんだと思う」
　まさかひーくんが謝るとは思っていなかったから、正直ビックリしたし、あたしの中でひーくんへの印象がガラッと変わった。
　今までひーくんは自分の意見を押し通していた。幼い頃に衝撃的な場面を目撃(もくげき)したせいで心が不安定なのもわかっていたから、あたしもとりあえずひーくんの意見は受け入れるようにしてた。
　でも、ひーくんがあたしに謝る日が来るなんて……！
　言っちゃいけないけど、内心嬉しくて嬉しくて今すぐにでも抱きしめて仲直りしてしまいたい。
「今まで付き合うってことをしてこなかったから、どうやって話し合えばいいのかもわからなくて……あーくそ、ほんと情けねぇな」
　首の後ろに手を回し、困った様子のひーくん。
　あたしのために……なのかはわからないけど、こうして話し合うために、たくさん悩んでくれたんだとわかっただ

けで、もう充分だ。
　あたしが突然立ち上がると、ひーくんは驚くことなく、ただ静かに近づくあたしを見ていた。
　隣に座ったときに、かすかに感じるひーくんの体温。
　触れそうで触れないこの距離は、今のあたしにはもどかしくて仕方ない。
　ひーくんに正面を見せる形で正座し直し、床に頭がつくかつかないかくらいまで下げた。
「あたしこそ、ごめんなさい。ひーくんの話聞かないで、おまけに英二くんと誤解させるようなことして……本当にごめんね」
「いや、あれは俺の八つ当たりだから桃は悪くない。英二にも悪いことした。どうもお前のことになると調子が狂う」
　どうやら今のひーくんは子犬系男子らしい。
　自分の髪をくしゃくしゃっと無造作に触り、こっちを見なくても困った顔をしてるのがわかる。
　これがまさに"母性をくすぐられる"ということなのだろう。
　久しぶりに近くに感じるひーくんの体温。
　存在を確かめるようにゆっくりと伸ばした手は、ひーくんの右腕に触れた。
「仲直り、しよ？」
　やっと言えた、と思った。
　この短期間でいろんなことがあって、滅多に使わない頭をフル回転させたけど、結局考えついた先にはどんなに悩

んでも、ひーくんと仲直りすること以外なかった。
　小さな頃から私の心の中はひーくんでいっぱいで。
　嫌いになりたくてもなれなくて。
　離れたけどまた会えば一瞬で好きな気持ちが高まった。
　あたしにとってひーくんはきっと……唯一無二の存在なんだ。
「はぁ……」
　うな垂れるようにため息をついたあと、あたしのほうを見ようとせず困惑気味のひーくん。
「な、何っ？　なんか変なこと言った？」
「いや、なんでもない」
　そう言いながら振り返ったひーくんの顔は、いつもの何かを企んだようないたずらっ子の顔で、不覚にもそれにドキッとしてしまった。
　その隙に脇を抱えられ、気づけばあたしはひーくんのあぐらの上にいた。
　突然の出来事と、いきなりのひーくんのドアップに加えての香水の甘い匂いに、心臓が悲鳴をあげて俯いた。
「あれ？　積極的な桃ちゃんはどこにいったの？」
　いつものペースを取り戻したからか、さっそく俺様モード全開。
　むしろあなたこそ、さっきまでの紳士な態度はどこにいったのー。
　恥ずかしがるあたしを見て、楽しんでるんだろう。
　ジーッと凝視されてるのが、見なくても感じる。

このままだと完全にひーくんの流れに乗ることになる。
　せっかく話し合う機会ができてひーくんと同じ立場になれたんだ……こんな絶好の機会を逃すわけにはいかない。
　そんなときふと頭に浮かんだのは、ママの言葉。
"ママの経験上、仲直りは直接会って話してハグしてキスするのに限る！"
　学校で久しぶりにひーくんと再会して、何も考えず「好き」と言ってしまったけど、もしかしたらそのときと同じ状況なのかもしれない。
　ひーくんの両頬を両手で挟み、とりあえず長めのチューをかました。
　調子に乗ったあと一瞬で我に返ったあたしは、恥ずかしさのあまりひーくんの顔を見ることができなかった。
　とっさに抱きつくあたし。
　これまでのようにひーくんのペースに飲まれないようにと行動したけど、我ながら大胆すぎる。
　ひーくんの首に両腕を回し、何がなんでも離れないようにその腕に力を込める。
「仲直りのチューってやつ？」
「そう……かもしれない」
「かも？　んー、こんなんじゃ足りないし、ただ俺のスイッチ入れただけなんだけど」
「足りなくない！　仲直りしましたって証のチューだよ」
　自分のペースへ持っていこうと頑張ってはみるが……その努力も虚しく、あたしの手番は呆気なく終わった。

「じゃあこれは、ラブラブの証って意味ね」
　完全に油断していたあたしの両腕は解かれ、後ろへ倒れそうなあたしの腰を支えるようにして抱きかかえたひーくんはそのままあたしの唇を奪った。
　久しぶりのひーくんからのキスにドキドキが止まらず、自分でもどうしちゃったのかと思うほど慣れた手つきで、再びひーくんの首に手を回した。
　前のように瀕死状態にならずに、しっかりとひーくんの愛を受け止められるようになったみたい。
　気づかないうちに人は成長しているらしい。
　……そう思ったのもつかの間、するりとスカートの中にしまわれていたブラウスの隙間から手が侵入してきて、ブラジャーのホックを呆気なく外した。
　撫でるように動く手が冷たいからかくすぐったくて、いきなりのスキンシップに動揺も隠せない。
　あたしの唇から離れたひーくんの唇は、そのまま下りてあたしの首筋に狙いを定めた。
「いった……！」
　背中に触れる手は動きを止めぬまま、首にキスをしてきたかと思ったら次には勢いよく吸ってきて、思わず苦痛の声が出た。
　あたしのその反応がよっぽどお気に召したのか、ニヤリと笑ったあとに、再び唇を塞いできた暴君俺様。
　いやいやいや！
　めちゃくちゃ痛いんですけど！

吸われた部分が一気に熱を帯びて熱いのがわかる。
　それでも、ひーくんのペースに流されているのは、こうして触れられていることが嫌ではないからなんだろう。

　いい感じのムードのまま大人の階段を上れる……はずもなく、そのあとすぐ聞こえたパパの「ただいまー！」の大きすぎる声に２人して驚き、即終了した。
　ひーくんは続きができずに拗ねてたけど、あたし的にはまだ心の準備ができていなかったので少し安心した。
　完全に存在を忘れていた日菜子もリビングでママと待っていてくれたこともあり、あたしとひーくんも仲直りの報告をみんなにし、一緒に夜ご飯を食べることになった。
　状況を把握できていないパパは、最初あっけにとられていたけど、でも、ひーくんの意外な真面目さに、すぐにいつもの笑顔が戻った。
　ひーくんが建築の道へ進みたいことを話すと、パパの友達にも建築士の人がいるみたいで、後半は２人でその話で盛り上がっていた。
　その様子を見てとても嬉しくなり……あらためてひーくんを好きになってよかったと思った。
　すれ違っていたときは、どうなることかと思っていたけど、お互いに寄り添おうと思う気持ちがあったからこそ、今こうして仲直りができたんであって……逆にすれ違いがなかったら、今のように本音を言い合えていなかったのかもしれない。

きっとまだまだ知らない部分はたくさんあるだろうけど、この先もぶつかりながらひーくんの本心や闇の部分でもいいからなんでも知っていきたい。
　それと同じように、ひーくんにもあたしの全部を知ってほしいなぁ。

俺様からの贈り物

　波乱の文化祭が終わりを告げ、季節はあっという間に冬へと移り変わった。
　仲直りしてからというものの、さらにラブラブできるのかと思いきや、そこにはすっかり脳裏から離れていたひーくんの"受験"が仁王立ちであたしたちを待ち構えていた。
　夏同様、最後の追い込みをかけるひーくんの邪魔はできないため、平日はほとんど会えず、毎週日曜日の午後が唯一のひーくんとの時間。
　何回かパパとママに会いに家まで来てくれたり、あたしもひーくんのおばあちゃんに会いに、家に行ったりした。
　パパに初めて彼氏という存在を見せるから、少し心配していたけど、すっかり仲良くなり、あたしがママとキッチンにいても２人で楽しそうに話してる姿を見て、なんだかほっこりした。
　ひーくんのことは耳にタコができるほど聞かされているママは、すっかりひーくんのことを息子同然の扱い。
「お母さんの料理本当に美味しいから、毎日でも食べに来たいです」
「あら、ほんとー？　じゃあ、結婚したら同じマンションに住んじゃうのもありかもね？」
「それいいですね、考えておきます」
　女性の扱いならお手の物のひーくんに完全に乗せられ、

そんなことまで言っちゃう始末。
　今はまだ結婚なんて考えられないけど、あたしがいつか結婚式を挙げたときに隣にいてほしいのは、変わらずひーくんだろう。

　１月の半ばには、今年初めての雪が降った。
　３年生のひーくんは学校が自由登校になったため、しばらく一緒に帰ることもできない。
　３年生が登校するのは残りわずかで、卒業式練習がある２月の２日間のみ。
　それに加えて４日前の日曜日はその週で唯一ひーくんに会える日だったのに、急な用事が入ったと言われて結局会えず、木曜日の今日になっても、授業の内容がいっさい入らない。
　窓側の席になったあたしは雪が降る校庭を見ながら『ひーくんに会いたいなぁ……』と頭の中で繰り返した。
　窓の外にふと視線を移すと……どうやらあたしには幻覚(げんかく)が見えるらしい。
　校門近くの反対の道路に止まった１台の車の運転席から降りてきた人物が、ひーくんにものすごく似てる。
　ていうか、あれひーくんだよね!?
　雪が降る中、傘をさすその人の顔はもう見ることができないけど、傘をさす前チラッと見えた横顔は明らかにひーくんだった。
　この時間は塾にいるはずなのに、どうして学校に？

しかもいつの間に車の免許とったの。
　車まで持ってるなんて……。
　突然の驚きの多さに頭の中はショート寸前で、タイミングよく授業の終わりを告げるチャイムが鳴り、いちもくさんに帰る支度をする。
　担任の先生が来て、帰りのホームルームも終わり、一緒に帰る約束をしていた日菜子に、さっそく駆け寄って状況を説明した。
「本宮先輩が車で！　てか、免許持ってたんだ？」
「あたしも全然知らなかった……。え、でもそもそもあたしを迎えに来てくれたのかな？」
「それ以外考えられないでしょ！　早く行きなよ！」
　すると、あたしの携帯の着信音が鳴った。
　画面には"ひーくん"の文字。
「は、はい」
『授業終わった？』
「うん、終わったけど……ひーくん、もしかして校門の前にいる？」
『いる。寒くて死にそうだから、早く出てこい』
「あ、あのねっ、車……だよね？」
『あぁ。どうした？』
「日菜子と帰る約束してたんだけど、日菜子も……いい？」
　こんな雪が降ってる中を、日菜子１人で帰らせるわけにはいかない。
　隣で日菜子は必死に手を横に動かして「いいー！　い

いー！　あたしは大丈夫！」と口パクしてたけど、ひーくんはあっさり承諾してくれたから、無理やり日菜子を連れてひーくんの元へ向かった。

　雪が降ってるから学校の前には迎えの車が他にたくさんあって、でも、傘をさして校門まで来てくれてたのはひーくんしかいなかったから、余計に目立っていた。

　女の子たちには小声でキャーキャー言われ、それにまんざらでもない顔をするひーくん。

　男の子たちの中には、お辞儀する人や挨拶する人もいて、やっぱりそうとうな有名人なんだなとあらためて感じる。

　あたしが近づくと手で"こっちへ来い"と合図され、その言葉に自然と身体は動き……傘を急いでたたんでひーくんの胸に飛び込んだ。

　その瞬間、片腕でギュッと引き寄せられ強く抱きしめられる形になった。

　そのまま車のほうへと歩き出したから、傘からもひーくんの腕の中からもはみ出さないように、とりあえずくっついて歩いた。

「よりによってなんで今日が初雪なんだよ、ほんとついてねぇ」

「もともと、今日はこうして迎えに来てくれるつもりだったの？」

「あぁ。今日納車したんだよ。っていっても親父が買ってくれたんだけどな」

「お父さんが買ってくれたの!?　じゃあ、車運転するの今

日が初めて？」
「んなわけねぇだろ。ちょこちょこ親父とか友達の車、運転してた」
　車は全体的に車高が低く、車の形はあとからひーくんに聞いた話だと、セダンというらしい。
　車内はすでに暖房で温められていたので、入った瞬間生き返った感覚を味わい、結局あたしは助手席に日菜子は後部座席に座った。
　考えてみれば、ひーくんの誕生日は４月３日。
　再会したときにはすでに18歳になっていて、車の免許も５月中にはとっていたらしい。
　隣で運転する姿を見て、思わずキュンとした。
　何もしなくても顔がかっこいいから様になるのに、こうして慣れたように運転なんてされたら、ますます好きになっちゃう……。
　気づいたら日菜子の家に着いていて、日菜子とはそこで別れた。

　そのまま向かったのはひーくんの家。
　久しぶりに来たからか、少し緊張した。
　雪が降っていたこともあって、居間にはおばあちゃんがいたので、挨拶をすると手作りのプリンをくれた。
　せっかくだからその場で食べさせてもらったら、すごく美味しくて、いつものクセで「うまーっ！」と大きい声を出してしまった。

恥ずかしさのあまり口を手で押さえて、穴があるなら今すぐ入りたかった。
「すみません、大きい声で……」
「あら、どうして謝るの？　こうして美味しいって言ってもらえるのが何より嬉しいのよ。息子とか陽はなーんにも言ってくれないから、作りがいがなくてねぇ」
「そうなんですか？　こんなに美味しいのに」
「男ってそんなもんよ。陽の彼女さんがこうして来てくれて、とても嬉しいわ」
　こんな女の子らしくもないあたしを、おばあちゃんは歓迎してくれた。

「ばあちゃんさ、桃のこと気に入ってるみたいで、この前『桃ちゃん泣かせるようなことしたら許さないからね』って言われた」
　ひーくんの部屋に入って、すぐに言われた言葉。
　ますます、おばあちゃんのことが好きになった瞬間でもあった。
　それなのに……!!!
　ひーくんはしれっとソファーまであたしを連れてきた。
　今大事な話してたんじゃないの？
　心がほんわかしていたあたしなんかお構いなしに、自分が座ったあと、膝の上にあたしを乗せる。
「あの、ひーくん？　おばあちゃんの話は？」
「さっきので終わりだけど？」

「たとえ終わりだとしても、切り替え早くない？」
「早ぇに決まってんだろ。キスしたくてしょうがねぇんだから」
　その言葉にドキッとしたのもつかの間……首の後ろを掴まれ次第にひーくんとの距離が近づく。
　準備ができない自分を演じても、心は嘘をつけない。
　こうして綺麗な瞳に見つめられるだけで何されてもいいやって気持ちになっちゃう……。
　空気を読んでゆっくりと閉じた目。
　しかし、いっこうに唇に何かが触れる気配はない。
　どういうことだ？
　閉じた速度と同じようにゆっくり目を開けると、さっきと同様あたしをジッと見つめるひーくん。
「どうした？」
「え、あの、チュー……するのかと……」
「桃はチューしたいの？」
　自然とひーくんの唇に目がいってしまう。
　薄くて綺麗な唇。
　チューしたいに決まってる。
　さっきは切り替え早いなとか言ったけど、今はもうチューのことしか頭にない。
「ひーくんとたくさんチューしたいです」
　我ながらよくもそんな恥ずかしいことを言えたなと思うし、いつの間にここまで変態になったんだとも思う。もうとりあえずひーくんは、早くあたしをいじめて遊ぶのをや

めてほしい。
　ゆっくりと腰に回る手。
　今度は目を閉じる間もなく、顔が近づいてくる。
　何度経験しても、キスをするのは付き合いたての頃のようにドキドキする。
　ひーくんの首へと腕を回し、自分の息が荒くなるのがわかった。
　けど、そのあとすぐに感じたのは、服の中に忍び寄る冷たいひーくんの手。
　慣れた手つきでブラジャーのホックを外され、赤ちゃんを寝かしつけるように、優しくソファーへ寝かされた。
　何が起こってるのか、経験がないあたしでもわかる。
　見えるものは白い天井にＬＥＤの照明と、そして愛しのひーくん。
　下から見ても思わず見惚れてしまうほどかっこいいからずるい。
　考える隙を与えられることなく再開されるキスの嵐に、あたしはなんとかついていった。
　どうしても意識が集中してしまうのは、服をめくりながら撫でるように徐々に上がってくるひんやりとした感触。
　このままいけば必ず胸へと来るわけで……このまま続ければ大人の階段を上るわけで……あたしの心臓は破裂しそうなほどバクバクと脈を刻んでいた。
　それが胸に触れたとき、ギュッとひーくんの服を掴んだ。
　その瞬間、何かのスイッチが切れたかのように起き上が

るひーくん。
　腕を引っ張られたあたしも、同じように起き上がった。
「あの……」
「ん？」
「え？　いや、その」
　今さっきまであった出来事がまるでなかったかのように、あっけらかんとした表情のひーくん。
　急に終わっちゃったから、あたし何かしたのかなぁって思ったけど、そもそもドキドキしてたのはあたしだけ？
「……余裕があるのムカつく」
　蚊の鳴くような声で呟いた不満。
　こっちは初めてのことで、もしかしたら心臓の音がひーくんにも聴こえてるんじゃないかって心配になるくらい、こんなにもドキドキしているのに。
　ブラジャーのホックが外れたままでタイミング逃して、付け直すこともできないのに。
　目の前にいるこの男ときたら、嬉しそうにニヤッと笑って軽くキスをしてくる。
「あたし怒ってるんだよ!?」
「知ってるよ。途中でやめられたから怒ってるんだろ？」
「ちっ、違う!!」
「続きはまた今度な」
　頬っぺたを軽くつねられ、お子様扱いされてる気分。
　でも、どこかホッとしている自分もいる。
　大人の階段を上るのはもう少し先になりそうだ。

すると、ひーくんはテレビ台の扉を開けて何かを取り出し、それをあたしに渡した。
　渡されたのは１枚の紙。
「ま、まさか、婚姻届……!?!?」
「んなわけねぇだろ！」
「ですよねー」
　拗ねるように唇を尖らせながら、４つに折りたたまれた紙を広げる。
　何やらパソコンの画面を印刷したもののようで、小さい文字などがいくつか並べられていた。
「宿泊予約、完了……？　え？　どういうこと？」
　静岡県のとある旅館の名前の下にひーくんの名前、その下には【大人２名の宿泊予約完了】の文字。
　日にちは約１ヶ月半後、合格発表が終わった２月の末になっている。
「この１年、ていうか付き合ってからなかなか出かけられなかったから、せめてお互い高校生のうちにどこか行きてぇなって思って。予約した」
　淡々と説明するひーくん。
　ポカーンと口を間抜けに開けるあたし。
「受験は……？　も、もしも、落ちたりしたら……」
「受かる自信があるから大丈夫」
「うん、そうだよね。この１年こんなに頑張ったんだもんね。って、あたしが言える立場じゃないけど……。でも、素直に嬉しい!!」

初恋でもあるひーくんとやっと付き合えたと思ったら、ひーくんがまさかの一般受験をすると知り、この約1年は塾詰めでなかなか出かけられなかった。
　たまにデートはできたけど、遠出なんてできなかったし、特別な日に特別なデートをすることもなかった。
　不満がなかったわけじゃないけど、我慢できたのは……ひーくんの夢を素直に応援したかったからだと思う。
　初めて彼氏にサプライズというものをされて舞い上がったあたしは、さっそくその場で予約先の旅館を調べた。
　温泉で有名な旅館らしく、タイミングがよければ貸し切り露天風呂にも入れるらしい！
　パパとママの仕事が忙しく、家族でもなかなか泊まりで旅行なんて行けてなかったから、久しぶりの旅行でドキドキワクワクが止まらない!!!
　まるで遠足を楽しみにする小学生になったようだ。
「ちなみにお金はいらないからな」
「えっ、それはダメ！　バイトで結構貯めてるし！」
「それは俺も同じだし、なんなら桃が想像する以上に貯めてるよ？　お前に払わせたらプレゼントの意味ねぇだろ」
「プレゼント？」
「この1年支えてくれたから、感謝を込めたプレゼント」
「そんな、あたしなんか全然何もしてないよ。支えるどころか邪魔になってたような気がするもん……」
　そのあと食い気味にひーくんからデコピンをくらった。
「お前と付き合ったことで、ちょっとは俺がまともな人間

になった。って、桃は感じない？」
「……ん？　そう、かな」
「桃が、トラウマを消していってくれたんだよ」
　まさかひーくんがあたしのことをそんな風に思っているなんて、1ミリも知らなかった。
　過去のトラウマから助けてあげたい。
　確かにそう思って、ひーくんと向き合ってきた。
　その思いがこうして今ひーくん本人に伝わっていたんだと思うと、素直に嬉しい。
「でも、ひーくんが突然プレゼントなんて……」
「どういう意味だよ？」
　怪訝(けげん)な顔をするひーくん。
　いつものように豪華な餌(えさ)を撒いたあと、あたしにその倍以上の見返りを求めてるんじゃないかって、ついつい思ってしまった。
　そのことをそのままひーくんに伝えると、軽く鼻で笑われ、「今回は求めねぇから安心しろ」と言われた。
　いや"今回は"かい！とツッコミを入れつつも、こうしてあたしのために旅行を計画してくれたひーくんには、今回だけは見返りを求められてもいいかなぁーなんて、ぼんやり思ってしまった。

桃ちゃんプンプン旅行

　旅行計画を聞かされたその日から、ひーくんは受験へと向かって自分を追い込んだ。

　試験当日まで残り半月ほどだったので、あたしも今までの放置と比べたら短い時間に感じ、そこまで苦しいとは思わなかった。

　試験当日は晴れ、ひーくんの頑張りを知ってるから不安はなく、行く前の少しの時間の電話では、我ながら晴れやかな気持ちで送り出せたと思う。

　合格発表はその10日後にあり、その日はさすがにドキドキして手汗びっしょりになりながら、ひーくんの部屋で一緒に合否発表の時間になるのを待っていた。

　ネット上で午前10時から合否発表がされるとのことで、支度を終わらせたあたしは、9時にはひーくんの家に着いて準備は万端。

　そんなドキドキのあたしをよそに当の本人はそこまで緊張する様子もなく、10時になり合否発表専門サイトをササッと開いて数秒見つめたあと……「あ、受かった」とあっさり口にした。

　そのあとも「おめでとう！　すごいね！」と喜びでテンションマックスなあたしに対して「ありがと」とぶっきらぼうな返事しかしない。

　自分の気持ちがようやく落ち着き、なんであんなにあっ

さりしてたのかを聞いた。
　ひーくんいわく、頑張ってきたのは自分が一番よくわかっていて、試験当日も手応えがあったから、不安はいっさいなかったそうだ。
「それって、あたしが支えたおかげってこと!?」
「まあ、そういうことだな。ありがとね、桃ちゃん」
　そのあとひーくんからお礼のチューとギューをたくさんしてもらったが、あとから考えるとなんか余計なことを言ってしまった感も否めない。
　でもひーくんとイチャイチャできたからよしとしよう！

　そして訪れた旅行当日。
　まだ２月の後半で寒いけど、天気は良好。
　朝、家の前までひーくんが車で迎えに来てくれた。
　マンションのエントランスを出てすぐ目に入ってきた姿に思わずキュンとする。
　かっこいいひーくんに、かっこいい車……なんてったってこれから初めての旅行……なんて最高な１日なの!!!

　ドキドキワクワクしながら向かった先は有名な温泉街。
　ちょうどお昼頃目的地に到着し、土曜日ということもあってか、家族連れやカップルなどで賑わっている。
　近くの駐車場に車を停め、ひーくんが事前に調べた美味しいと噂の海鮮丼屋さんに、まずは行くことになった。
　車を降りて自然と繋がれた手にドキドキし、２人並んで

歩く時間がとても幸せに感じた。
「さっきからニヤけまくってるけど大丈夫?」
「うそ! 顔に出てる!?」
　まさか幸せな気持ちが外に溢れ出てるなんて、思いもしなかった。
　そのあと海鮮丼屋さんに着くまでは、必死に両頬を抑えて平常心を保つことに専念した。
　そもそもお昼ご飯の場所からちゃんと考えてくれていたなんて思ってもいなかったから、そんな頼もしいひーくんをさらに好きになった。
　頼んだ海鮮丼は噂どおり新鮮で美味しくて、2人とも大満足でお店をあとにした。
　そのあとも神社へ行ったり、近くの海へ行ったり食べ歩きをしたり……久しぶりにデートって感じの時間を過ごすことができた。
「今日が終わらなければいいのになぁー」
　旅館へ行く時間となったため駐車場に向かって歩く最中、ポロッと心の声が漏れてしまった。
　きっと、あまりにもこれまでの時間が楽しいからだ。
「まだまだ今日は長いから、大丈夫だよ桃ちゃん」
　ニヤッと口角を上げながらそう言うひーくんに、少しの期待と不安を覚えながらも、あたしは差し出された手の上に自分の手を重ねて隣を歩いた。

　最初に停めた駐車場から旅館までは、車で30分もかか

らなかった。
　厳かな雰囲気の立派な旅館。
　荷物はすべてひーくんが持ってくれ、受付を済ませるからとあたしをロビーのソファーに座らせた。
　小さく聞こえた「予約している本宮ですけど……」の声に、あぁ、ついにひーくんと今日、初お泊まりしてしまうのかぁー！と１人で勝手に興奮してしまった。
　そんなことはつゆ知らず、部屋の鍵を持って近づいてきたひーくんは、躊躇なくあたしの手を取る。
　荷物は係の人が、部屋まで運んでくれた。
　部屋はそれはそれはもう、想像していた遥か上を行くほどの豪華さで、一番ビックリしたのは部屋のドアを開けて目の前の大きなガラス窓越しにある露天風呂の存在。
　こ、これがいわゆる、客室露天風呂というやつ……!!？
　驚きを隠せず、はしゃぎまくるあたし。
　それを見て、ひーくんは終始嬉しそうに笑ってた。
「あ、こんなところで恥ずかしいよね……。はしゃいじゃってごめんなさい」
「なんで？　そうやって喜んでほしくて今日ここに連れてきたんだから、もっとはしゃいでよ」
「そ、そう……？」
「満足するまでどうぞ？」
　そう言って、座布団をいくつか並べて、その上に横になりくつろぎ始めたひーくん。
　まあまあ長い運転だったもんね……そりゃ疲れも出てく

るよね。
　さすがにあたしだけ子どもみたいにはしゃいでるのも恥ずかしくなったので、ここは彼女として、疲れてる彼氏のために温かいお茶を淹れてあげることにした。
「もうはしゃがなくていいの？」
「満足したから大丈夫！　それよりお茶でも飲む？　運転で疲れたよね？」
「もらおうかな。ありがとう桃ちゃん」
　今日のひーくんはまだ意地悪してこないし、なんなら究極に優しいし、なんだか別人のようでこれはこれで怖い。
　お茶を飲んで少し休憩し、もう温泉に入れるということなのでさっそく行くことにした。
　部屋の露天風呂はまだあたしにはハードルが高く、ひとまず、ひーくんに裸が見られない大浴場へと向かった。
「ゆっくりしてこいよ」
「ひーくんもね」
　お互い声をかけ、男湯女湯へと別れた。
　ゆっくりしておいでと言われたものの、あたしにゆっくりする暇などない。
　なぜなら、あたしもひーくんへのサプライズを考えているからだ。
　なんていったってこの1年、ひーくん自身が受験勉強を頑張ったからこそこうして合格できたんだから、ひーくんの合格祝いをしなきゃ彼女としての意味がない！
　といっても、何をしたら一番喜んでくれるのかわからな

かった。
　その結果……英二くんにアドバイスを求め、ひーくんが最近欲しがってるらしい時計を買った。
　某有名ブランドの時計で、ベルトの部分が黒革で、これから大学生になるひーくんには、ピッタリだと思う。
　女のあたしより男のひーくんのほうが温泉から出てくるのは絶対早いだろうと思い、あたしは軽く温泉に浸かるだけにしてささっと大浴場をあとにした。
　温泉はまたあとでゆっくりと味わえばいい。
　今はとにかくサプライズを成功させなきゃいけない。
　部屋に戻り、荷物の中から時計が入った袋を取り出しテーブルの上に置き、そこに事前に書いたメッセージカードを添えた。
　こんな素敵な旅行をプレゼントされておきながらなんだけど、喜んでもらえるといいなぁ。
　あとはひーくんを待つだけ！
　それなのに、温泉に入ったからか喉が渇いてきてしまい、部屋に冷たい飲み物がなかったため、急いで自販機を探しに部屋を出た。
　なかなかなくて、結局ロビーにある自販機で冷たいお茶を買うことになった。
　こうしてる間にもひーくんが帰ってきてて、驚く顔が見れなかったらどうしよう……!!!
　そんな不安が頭をよぎる。
　しかし、冷たいお茶を取ってふと見上げた視線の先の光

景に、そんな不安は一瞬で消え去ってしまった。
　受付の女の人と仲良さそうに話すひーくん。
　携帯の画面を女の人側に向けて、女の人も何がそんなに面白いのかその画面を見てクスクスと笑っている。
　これはいったいどういう状況……？
　突然の光景に戸惑いを隠せなかったあたしは、とりあえず部屋へ戻ることにした。
　なんだか見てはいけないものを見てしまった感覚。
　浮気現場を目撃する世の女性たちは、こういう心情なのかな……。
　なんて、ありえないとは思うけど、どうも胸の奥のどこかが突っかかってる気がして気持ち悪い。
　テーブルに置かれてる、さっき準備した時計とメッセージカード。
　視界に入るだけで、悲しく虚しい気持ちになった。
　やっぱり綺麗な女の人がいれば、ああやって楽しそうに話しちゃうんだなぁとショックでしかない。
　真相は本人に聞くのが一番なんだろうけど……旅行に来てまでこんなしょうもないことでケンカしたくない自分もどこかにいるから、現在あたしの頭の中は大混乱中。
　ささっと時計とメッセージカードをカバンの中に戻し、頭の中を無にするために携帯のゲームに集中した。
　すると、部屋のドアが開き、ひーくんが戻ってきた。
「早いな、もう戻ってたのか」
　自分よりも先にいるあたしを見て驚くひーくん。

そりゃそうだ。だってサプライズしようと思ってたから温泉なんか一瞬しか味わってないもん。
「ちょっと体調悪くて」
　とっさに嘘をつくあたしに、信じてくれたのかおでこに手を当てて「大丈夫か？」と、熱がないか心配してくれるひーくん。
　さっきの受付の人とのことがなければ、今日はスーパー紳士なひーくんで完璧なのに、あたしの脳内からはあの光景が焼き付いて離れない。
「寝てれば？」と気を使ってくれても、「ううん、もう大丈夫だから」と素っ気なく返してしまうあたし。
「ん？　桃ちゃんなんか機嫌悪い？」
　こんなときに限って察知能力を最大限に活かされ、ズバリ言い当てられる。
　ええ！　あなたが女の人と仲良さそうに話してるのが気に食わなくてね！　それからご機嫌ナナメになりました！
　そんな本音を口にしてしまえば、せっかくのこの旅行がどうなってしまうのかは目に見えていたので、あたしは首を横に振ることしかできなかった。
　これから大学生と高校生で離れた場所で学生生活を送ることになるっていうのに、今からこんなことを気にするようなちっちゃい女だと思われるのはあたしのプライドが許さない。
　しかし、あたしが具合が悪いわけじゃなく、機嫌が悪いんだと完全に勘づいたらしいひーくんは、あたしの携帯を

無理やり奪った。
「あっ!! 何すんのっ!?」
「とりあえず、なんでそんな態度とるのか教えて」
「な、何が……? べつに普通じゃん」
「普通じゃないから聞いてるんでしょ。明らかに怒った顔してる」
「いつもこういう顔です」
　自分で言葉を返しつつ、さすがに怒ってることを自供してるようなもんだと、うすうす気づいていた。
　それでも止めるすべを知らないあたしは、ただただ意地を張り続けるしかない。
　そんなあたしに嫌気が差したのか、ひーくんは夕食の時間までいっさいあたしに話しかけることなく、テレビをずーっと見ていた。
　来たときとは一変して部屋には重く嫌な空気が流れ、せっかくのひーくんが計画してくれた旅行なのに、結局素直になれないあたしのせいで台無しにしてしまった。

　あまりの気まずさに、部屋を出た。
　ひーくんも他の女の人とあんなに親しげに話したあと、よく普通にあたしとしゃべれるよね。
　やっぱりたくさんの女の人と遊んできたから、普段の生活でもああやって自覚なしにフレンドリーに接してるのかな……。
　そう思ったら、さらに気持ちがモヤモヤしてきた。

適当に歩いていると中庭を見つけた。
　考えてもらちがあかなそうだから、気持ちを無にしてただただ中庭を歩いた。
　日も暮れてさらに気温が下がり、いい感じに怒りで沸騰していた頭も冷え、落ち着きを取り戻したところで夕食の時間が近づいていることに気づいた。
　急いで部屋に戻ると、仲居さんたちが料理を運んでくれていた。
　それはそれは豪華な海鮮料理で、この重苦しい空気の中で食べるにはもったいないほどだった。
　途中で話を切り出そうかと何度も思ったが、返ってくる答えがショックなものだったら、それこそ立ち直れないと思い諦めた。
　お互い黙々と目の前の料理を食べ続け、短くも長くも感じられる夕食の時間が終わった。
　さすがにこの空気に耐えられなくなったあたしは、「温泉に行ってくるね」と一言だけ残し部屋を出た。
　こうして時間が経ってみて冷静に考えると、あたしが目にした光景はこんなに拗ねるようなことじゃない。
　ただ仲良く話してただけじゃん。
　あたしも他の男の人と仲良く話すことなんてたくさんあるのに……。
　時間はもう夜７時。
　星が綺麗に見えるほどあたりは真っ暗。
　そんな夜空を見上げながら大きな露天風呂に浸かり、と

りあえず1人反省した。
　よし、部屋に戻ったらまずひーくんに謝ろう。
　理由も何も言わずあんなに不機嫌な態度をとったこと、せっかくの旅行を台無しにしちゃったこと、これは100%あたしがいけないんだから謝ろう。
　心にそう決めて、あたしはゆっくりと部屋へ戻った。

　ドアを開け部屋の中へ入ってみると……なんだかシーンとしている様子。
　テレビの音がさっきまでついていたからかもしれない。
　ひーくんも温泉に入りに行ったのかな？
　謝ろう！と意気込んでいたのもあって、ひーくんがいないんだと知り、なんだか拍子抜けしてしまった。
　……しかし、突然視界に飛び込んできたのは、小さなホールケーキ。
　さっきまで豪華な料理が並べられていたテーブルの真ん中に、小さいけれど存在感を放つケーキがあった。
　座イスにはひーくんが座っていて、唖然とするあたしに「ハッピーバースデー、愛しの桃ちゃん」といつもと変わらない笑顔を向けてくれた。
　あたしの誕生日は1月27日。
　確かに試験間近で特にお祝いはしてもらわなかったけど、でも誕生日プレゼントで可愛いピンクゴールドのネックレスをひーくんはくれた。
　あたしは本当にそれだけで嬉しかった。

それなのに、まさか、今日またサプライズを考えてくれていたなんて……。
　さっきまでのモヤモヤした気持ちは、あっという間にどこかへ吹っ飛んだ。
「誕生日プレゼントもらったのに……まさか、こんな、ケーキまで……」
「ちゃんと祝ってあげられなかったから、ごめんね？」
　あたしから謝らなきゃいけない状況なのに、それにはいっさい触れずに、そんなことを言ってくれる大人なひーくん。
「ううんっ……あたしのほうこそ、こんなことしてもらえると思ってなくてっ……本当にごめんなさいっ……」
　サプライズしてもらえた嬉しさと、自分の行動の後悔から来る悲しさの両方で、一瞬で目が涙でいっぱいになった。
「んー、じゃあ、不機嫌だった理由教えてもらえる？」
　その場で立ったまま泣くあたしに近づいてきたひーくんは、そっとあたしの腰を抱き、耳元でそう囁いた。
　ひーくんマジックにかかったあたしが素直に理由を話すと、なぜか肩を揺らすほどひーくんは笑い出した。
「それ、電話したらこのケーキを部屋に持ってきてくださいってお願いしてたとき。携帯は、彼女さんのこと大好きなのねーって言われたから、この頃から好きなんです、って昔の写真見せてたから」
「うそ……このサプライズのために話しただけってことなの？」

「うん。ただそれだけ」
「なんだぁ……勘違いだったのかぁ」
「うん」
　理由を聞いて、自分がとんだ勘違いでここまで怒ってたんだと思い、なおさら恥ずかしくなる。
　あたしのために……こんな盛大にサプライズを考えてくれていたなんて、数時間前のあたしに教えることができるなら、今すぐにでも教えてあげたいくらいだ。
「ていうか、ひーくんって昔からあたしのこと好きだったの……？」
「さあな。まあ、特別だったのは事実じゃね？」
「えっ？　そうなの!?」
「むしろ気づかなかったのかよ」
「あんなに意地悪ばっかりされてたら、そんなの気づくわけないじゃん」
「好きだからいじめるんだろ」
「そんなのわかりっこないよ……」
「俺なりの愛情表現は桃をいじめること、それに変わりはない」
「無茶苦茶な……」
「これからたーっぷり教え込んでやるから安心しな？　桃ちゃん？」
　仲直りの証とでも言わんばかりに、あたしのお尻をギュッと掴むひーくん。
　さっきまでのあたしの怒りは結局大きな勘違いだとわか

り、なんだか拍子抜けしてしまった。
　とにかくこの旅行を台無しにしてしまったことを謝り続けるあたしに、ひーくんは優しく「勘違いさせた俺も悪いから」と慰めてくれ、普段意地悪なひーくんだけど今回ばかりは神様のように思えた。
　仲直り……というか誤解が解けたということで、ひーくんからまさかの提案をされた。
「えっ、こ、ここの露天風呂!?」
「せっかく露天風呂付きの部屋にしたのに入らなかったらもったいないだろ？　見ないようにするから、ね？」
　両手を合わせて、お願い？と言わんばかりの子犬のような潤んだ瞳をするひーくん。
　くぅっ……可愛いな……。
　羞恥心よりも母性が勝り、しぶしぶ部屋についている露天風呂に一緒に入ることにした。

　先にひーくんに入ってもらい、あたしは未だかつてないくらい心臓をドキドキさせながら、身体にタオルをきつく巻きつけ、いざ戦いの場へ出陣した。
　あたしに気を使ってか、背中を向けて空を見上げるひーくん。
　今だ！と言わんばかりに早足で向かって露天風呂の中にそっと入り、ギリギリ体育座りできたのでなるべく身を縮めて気配を消した。
　しばらく他愛もない話をした。

気づけばひーくんと向き合う形になってて、恥ずかしさも軽減されていた。
「ねえ、桃」
「ん？　何？」
　そんなときに突然出たひーくんのニヤリ顔に、心臓がドキッとする。
「触ったら、怒る？」
「怒る」
　大魔王ひーくんの悪ふざけがついに来た。
　今日１日特に何もなかったから、そのツケが今この瞬間に回ってきたに違いない。
　そもそもどこを触るってこと？
　それによるよ！ってそうじゃないか。
　基本どこ触られても……嫌じゃないけど嫌だもん……。
　脳内で１人で解決しようと頑張るが、なかなか答えは出ない。
　戸惑うあたしを見て、嬉しそうに笑うひーくん。
「さっきまでの優しいひーくんは、もういないんだね……」
「今も優しいだろ、充分」
「完全に恥ずかしがるあたし見て、楽しんでるじゃん」
「でも触る前にちゃんと確認してるじゃん」
　うっ……確かに……。
　今回は正論でぐうの音も出ない。
「で、いいの？」
「い、いいのって、触っていいのってこと？　ど、どこ？

どこかによる!!」
「ココ」
　ニヤッと不敵な笑みを浮かべたひーくんは、躊躇なくあたしの太ももをつまんだ。
　くすぐったさから思わず「ヒャッ！」と色気ゼロの声が出るあたし。
　そんなあたしを見てやっぱり楽しそうなひーくん。
　そのとき、あぁ、あたしはこの人に一生敵わないんだろうなぁ……と実感した。

ひーくん注意報発令中

　結局、旅行ではひーくんと一線を越えることなく、健全な高校生同士の旅行で終わった。

　正直な気持ち、70％はホッとしたけど、30％は残念な自分がいた。

　それを後日、バイトの時間が一緒だった日菜子に話すと思いっきり笑われ、「大事にされてる証拠だよ！」と肩を叩かれた。

　今までたくさんの女の子と遊び放題やってきたひーくんがこうして真面目に、しかもすぐに手を出してこないってことは、それだけあたしとのことを真剣に考えてくれてる証拠だ、とまで言ってくれた。

　そう言われて嬉しくないはずもなく、まだ先にある大人の階段は待っていようと思った。

　そして何より、帰りに家の前まで送ってもらったときに渡した時計とメッセージカードを、ひーくんが想像以上に喜んでくれたことが、とても嬉しかった。

　まさかあたしからサプライズがあるなんて1ミリも思っていなかったらしく、ひーくんのあんな驚いた顔を見たのは初めてだった。

　この1年勉強を頑張ってきたのを知っていたからこそ、こうしてそばでお祝いできたことがあたし自身、すごく嬉しかった。

3月初め、ついにひーくんたち3年生の卒業式当日。
　卒業式に出られるのは2年生のみなので参加できなかったけど、最後の制服姿を拝みに、あたしは卒業式が終わるのを学校で待っていた。
　下駄箱で待つあたしの前に現れたひーくん。
　左手首にはプレゼントした時計がつけられていて、内心ニヤニヤしてしまった。
「卒業おめでとうございます」
「ありがとう。これでもう学校でイチャイチャできなくなるのか」
「そこっ!?　そもそもそんなに学校でイチャイチャしてないでしょ……」
　そんなあたしたちの会話の途中に割り込んできたのは英二くん。
「へーえ？　案外健全なお付き合いを続けてるわけだ？」
「健全も健全よ。なんせまだ桃ちゃんは16だしね」
「うわうわうわ。天下の陽様がそんなお付き合いできるなんて……やっぱり桃ちゃんは特別ってことだな」
「だからさすがの英二にも渡せないの、ごめんね？」
　ぶりっ子のマネをするひーくんに、クスッと笑った英二くんは続けた。
「あ、そういえば俺にも春が来たのよーん」
　満面の笑みでそう言う英二くんは外をジーッと見つめ、「あ！　来た来た」と手で誰かを誘導し始めた。
　そんな英二くんの元に制服姿の小柄な女の子が駆け寄っ

てきた。

　あたしと同学年らしいその子は、英二くんの近くに来るなり「卒業おめでとうっ！」と抱きついた。

　1ヶ月前にこの子に告白＆猛アタックをされたのち、ちょうど1週間前から付き合い始めたらしい。

　正直、あれからひーくんと英二くんの仲が変になってないか、余計なお世話かもしれないけど心配だったから、この光景を見てとりあえず一安心。

　英二くんは秋に進路変更をしたようだ。自動車の整備士になるためにこの春から専門学校へ行くらしい。それがまたひーくんが通う大学と最寄り駅がたまたま一緒だから、高校を卒業してもお互いに全然寂しくないみたい。

　だから特に別れを惜しむ感じもなく、英二くんはそそくさと彼女とイチャイチャしながら去っていった。

「本宮先輩、卒業おめでとうございます！」

　そう言って現れたのは元希と……太陽くん。

「おぉ、ありがとー」

「あの、最後にいいですか」

「ん？」

　重そうに口を開いたのは太陽くん。

「あと2年間は俺のほうが桃ちゃんと一緒にいられるんで、もし先輩が少しでも桃ちゃん不安にさせるようなことあったら覚悟しといてください」

　まるで宣戦布告かのようなその言葉に、冷や汗が止まらないあたし。

元希に限っては「お前、何言ってんだよ!?」と言わんばかりの険しい表情で太陽くんを見つめていた。
　まぁでも、そんな宣戦布告にも動じないのが俺様、いや大魔王のひーくんなのだ。
　ゆっくりと太陽くんに近づいていき、両肩をガシッと力強く掴んだ。
「桃が俺以外の男と仲良くしてんのは、ほんっっとに妬けるなぁ。でもね、嫉妬するほど燃えるのが俺なのよ。ヤキモチ焼いた日のほうが、桃ちゃんいじめたくなっちゃうんだよねー……あ、可愛がるって意味ね？」
「……」
「奪えるなら奪ってみな？　俺と桃ちゃんはこれから心だけじゃなくて、身体も繋がるんだから、奪うのは難しいと思うよー？」
「ちょちょちょちょ……っ！　ひーくん！　何勝手なこと言ってんの!?」
「え？　違うの？」
　突然、何を言い出すかと思ったら……なんてハレンチなことを！　ましてや太陽くんに！
　しかし、太陽くんにはこの謎のひーくん攻撃が効いたようで……初めてひーくんの前で太陽くんが声を出して笑うところをこのとき見た。
「最近になって桃ちゃんのこと、やっと諦められたような気がして、自分の気持ちと向き合うために賭けでこんなことやってみたけど、今ので完全に勝ち目ないと思った」

「なんだよ、案外諦め早いじゃん」
「いや、むしろすみませんでした。悔しいくらいにお似合いだなぁって。桃ちゃんも、これからは同級生としてよろしくね」
「あ、うん、よろしくね！」
　元希と太陽くんは他の先輩の元へ行ってしまい、また２人きりになった。
　残されたあたしは、こんな変態ひーくんとお似合いのあたしっていったい……とそればかり考えていた。
「結局は他人から見ても、ひーくんにいじめられてるあたしは、嬉しそうに見えるってことだよね？」
「いつも喜んでるじゃん」
「なっ！　よ、喜んでない！　抵抗しても無駄だと思うから反抗しないだけだもん！」
「はいはい。そう言いつつも大好きなくせに」
「ずるい！　それはずるい！」
「なんで？　違うの？」
　顔の温度が上がって赤くなっていくのがわかる。
　慌てるあたしを見て、いつものように嬉しそうな顔をするひーくん。
　そんなひーくんを見て、正直まんざらでもないあたし。
　あぁ、とんでもない人に初めて恋をして、そして人生最大の恋をまたこの人にしてしまった。
　これは幸運なのか、不運なのか、考えたところでわかるわけもないけれど……それでも再び出会えてよかったとは

心から思える。
　変態で意地悪で俺様なひーくんを好きになったあたしもそうとうな変態なのかもしれない。
　きっと未来予知ができて注意報が発令されていたとしても……あたしはきっとひーくんに惹かれて恋をしていたと思う。
　どうかこの先もずっと……ひーくんと一緒にいられますように。
　最後の制服デート、手を繋ぎながら、あたしは1人心の中でそう願った。

【END】

あとがき

この作品を最後まで読んでくださり、ありがとうございます。

完結した今となっては、この作品はいろんな思いが詰まったものとなりました。

書き始めたのはまだ私が学生のときで、ここまで完結するのに結婚、妊娠、出産を経験しました。

正直なところ、心情の変化もあり、初めての育児に追われる日々で時間を割くことができず、なかなか書けずにいました。

それでもこうして完結することができたのは、読者の方、ファンの方たちの温かいメッセージのおかげです。

初めて携帯小説というものを知り、書き始めたのは約10年前。

もともと妄想することが好きだった自分の妄想を作品にして、1人でも多くの方にキュンキュンしてほしいと強く思ったことがきっかけで書き始めました。

今までの作品を書くにあたって共通していることはとにかく、キュンキュンするものを書きたいという気持ちと、恋する楽しさを知ってほしいということ。

なので初心に帰り、『狼彼氏×天然彼女』の舜以来の俺様な男の子を書かせていただきました。

『狼彼氏×天然彼女』を読み返す機会があったのですが、それがきっかけで再びキュンキュンする気持ちを思い出せた気がします。

　今回の主人公の桃は両親の恋愛に憧れを持っていて、それは私自身がそうだったのでとても共感することができました。
　私の両親は高校生のときから8年付き合って結婚したので、私も高校生のときに付き合った人と結婚できたらいいなぁと密かに思っていました。
　そんな私の今の夫は、まさに高校生のときに付き合った人で、親と同じ人生を歩んでいて、自分でも面白いなぁと思っています。

　またこうして小説を書くことで読者の皆様(みな)、ファンの皆様と繋がることができてとても嬉しく思います。
　あらためて、最後まで読んでくださり、ありがとうございました。

2019年8月25日　ばにぃ

作・ばにぃ
神奈川県生まれのみずがめ座。「狼彼氏×天然彼女」シリーズは、ケータイ小説サイト「野いちご」内にて、累計1億9千万PVを超えるアクセスヒットを記録。文庫本も累計20万部を突破。「狼彼氏×天然彼女」を原作とした漫画が配信されるなど、幅広い活動を展開するケータイ小説作家。現在、9冊が文庫化（すべてスターツ出版刊）著作多数。

絵・榎木りか（えのきりか）
東京都在住の漫画家。主な作品に『次はさせてね』（シルフコミックス）など。趣味は猫の写真を眺めること。

ファンレターのあて先

♥

〒104-0031
東京都中央区京橋1-3-1
八重洲口大栄ビル7F

スターツ出版（株）書籍編集部 気付

ばにぃ 先生

この物語はフィクションです。
実在の人物、団体等とは一切関係がありません。

KEITAI
SHOUSETSU
BUNKO
野いちご SINCE 2009

モテすぎる先輩の溺甘♡注意報

2019年8月25日 初版第1刷発行

著　者	ばにぃ
	©bunny 2019
発行人	松島滋
デザイン	カバー　百足屋ユウコ+しおざわりな
	（ムシカゴグラフィクス）
	フォーマット　黒門ビリー&フラミンゴスタジオ
DTP	朝日メディアインターナショナル株式会社
編　集	相川有希子
	伴野典子　三好技知（ともに説話社）
発行所	スターツ出版株式会社
	〒104-0031　東京都中央区京橋1-3-1　八重洲口大栄ビル7F
	出版マーケティンググループ　TEL03-6202-0386
	（ご注文等に関するお問い合わせ）
	https://starts-pub.jp/
印刷所	共同印刷株式会社

Printed in Japan

乱丁・落丁などの不良品はお取り替えいたします。上記出版マーケティンググループまで
お問い合わせください。
本書を無断で複写することは、著作権法により禁じられています。
定価はカバーに記載されています。

ISBN 978-4-8137-0744-8　C0193

ケータイ小説文庫 2019年8月発売

『至上最強の総長は私を愛しすぎている。③』ゆいっと・著

事件に巻き込まれ傷を負った優月は、病院のベッドで目を覚ます。試練を乗り越えながら最強暴走族『灰雅』総長・凌牙との絆を確かめ合っていくけれど、衝撃の真実が次々と優月を襲って…。書き下ろし番外編も収録の最終巻は、怒涛の展開とドキドキの連続! PV1億超の人気作がついに完結。

ISBN978-4-8137-0743-1
定価:本体580円+税

ピンクレーベル

『新装版 やばい、可愛すぎ。』ちせ・著

男性恐怖症なゆりは、母親と弟の三人暮らし。そこに学校イチのモテ男、皐月が居候としてやってきた! 不器用だけど本当は優しくさりげなかっこいい皐月に惹かれる皐月。一方ゆりは、苦手ながらも皐月の寂しそうな様子が気になる。ゆりと同じクラスの水瀬が、委員会を口実にゆりに近付いてきて…。

ISBN978-4-8137-0745-5
定価:本体590円+税

ピンクレーベル

『モテすぎる先輩の溺甘♡注意報』ばにぃ・著

高1の桃は、2つ年上の幼なじみで、初恋の人でもある陽と再会する。学校一モテる陽・通称"ひーくん"は、久しぶりに会った桃に急にキスをしてくる。最初はからかってるみたいだったけど、本当は桃のことを特別に想っていて……?イジワルなのに優しく甘い学校の王子様と甘々ラブ♡

ISBN978-4-8137-0744-8
定価:本体590円+税

ピンクレーベル

『何度記憶をなくしても、きみに好きと伝えるよ。』湊祥・著

高1の桜は人付き合いが苦手。だけど、クラスになじめるように助けてくれる人気者の悠に惹かれていく。実は前から桜が好きだったという悠と両想いになり、幸せいっぱいの桜。でもある日突然、悠が記憶を失ってしまい…!? 辛い運命を乗り越える二人の姿に勇気がもらえる、感動の青春恋愛小説!!

ISBN978-4-8137-0746-2
定価:本体590円+税

ブルーレーベル

書店店頭にご希望の本がない場合は、
書店にてご注文いただけます。